BON PRÉSAGE POUR CARLY

PRÉMONITION, TOME 6

DEANNA CHASE

Traduction par
LORRAINE COCQUELIN

RÉSUMÉ DU LIVRE

Une *women's fiction* paranormale.

Carly Preston, une star de cinéma très appréciée, a passé sa vie sous le feu des projecteurs. La plupart des gens imaginent que son existence a été toute rose, depuis cinquante ans. Elle, elle sait ce qu'il en est vraiment. La tragédie qui l'a frappée il y a plus de trente ans ne quitte jamais ses pensées, bien qu'elle ait appris à vivre avec. Mais lorsqu'elle reçoit un message du passé ainsi que la visite de la seule personne qui ne voulait plus jamais la revoir, il s'avère que tout ce qu'elle croyait savoir sur cette nuit-là était un mensonge. Grâce à l'aide du coven de Prémonition, Carly est déterminée à réparer des torts commis, et peut-être trouver un avenir qu'elle ignorait désirer.

CHAPITRE UN

Carly Preston fixa Jeremiah Vance comme s'il lui avait poussé une deuxième tête.

— Pardon ? Qu'est-ce que tu viens de dire ?

L'homme qu'elle n'avait pas vu depuis plus de trente ans et duquel elle n'avait eu aucune nouvelle tout ce temps également regarda derrière elle la foule qui déambulait dans la maison en bord de mer et fronça les sourcils.

— Pourrions-nous parler ailleurs, plus en privé ?

La colère monta en elle, lui donnant envie de lui sauter à la gorge. Il le méritait, puisqu'il venait de débarquer chez elle pendant une fête pour lui lâcher sa bombe. Toutefois, elle se retint, formatée par des années de cohabitation avec les médias hollywoodiens. Si elle faisait une scène devant plusieurs dizaines de membres de l'industrie cinématographique, l'histoire circulerait sur Internet en quelques heures.

— Bien. Entre. Nous pouvons aller dans mon bureau.

Elle lui tint la porte ouverte et lui fit signe de pénétrer dans la maison.

Il observa les gens et leurs tenues scintillantes et se

renfrogna. Il ne dit cependant pas un mot alors qu'elle lui indiquait de la suivre.

Sa colère commençait à se transformer en furie. Comment osait-il les juger elle et ses invités ? Il n'avait pas la moindre expérience d'Hollywood et des gens qu'elle y côtoyait pour le tournage d'un film. Pour ce qu'elle en savait, il passait ses journées coincé dans un bureau à traiter des données pour une start-up quelconque de la Silicon Valley.

Elle ne le surveillait pas, non. Enfin, pas vraiment. Elle avait juste aperçu son nom dans un article mentionnant une récente introduction en bourse, ce qui avait éveillé sa curiosité.

Dès qu'ils furent dans le bureau, elle referma la porte et se tourna vers lui, bien tentée de lui dire ce qu'elle pensait de son jugement injuste. Cependant, lorsqu'elle vit de plus près son regard épuisé, elle se souvint de ce qu'il avait déclaré, lui coupant le souffle.

— Tu as dit que Zane était…

Elle déglutit, incapable de prononcer la suite. Elle avait dû mal entendre. Cela ne pouvait être vrai. N'est-ce pas ?

— Qu'as-tu dit à propos de Zane ?

— J'ai des raisons de croire qu'il a survécu à l'accident et qu'il est en vie, dit Jeremiah, dont le comportement changea.

Elle n'arrivait pas à lire en lui. Était-ce de la détermination, dans son regard perçant, ou une légère accusation voilée ?

Elle se hérissa, mais se retint d'agir sur la défensive. Jeremiah ne viendrait jamais chez elle pour lancer une telle nouvelle à moins d'en être sûr à quatre-vingt-dix-neuf pour cent. Elle s'approcha de la fenêtre qui donnait sur l'océan Pacifique, se souvenant de l'esprit de sa sœur et de son avertissement juste avant que Jeremiah ne se pointe sur le pas de sa porte.

Des changements arrivent. De grands changements, Carly. Tu dois te montrer réceptive.

Réceptive. Oui, d'accord, elle pouvait y parvenir. Écouter ce qu'il avait à raconter ne pouvait pas faire de mal, si ? Elle lâcha un gloussement sans humour, qui agaça Jeremiah.

— Il n'y a rien de drôle, Carly. Zane vit dans le mensonge depuis trente ans.

Elle se racla la gorge.

— Je sais. Je ne me moquais pas de… Tu sais quoi ? Oublie. Ce n'est pas important. Je préfère entendre ce que tu as à dire sur Zane que débattre de mon rire inapproprié.

Elle lui indiqua de la tête deux fauteuils face au bureau.

— Et si on s'asseyait ? Tu pourras m'expliquer ce qu'il se passe.

Les yeux bleu foncé de Jeremiah se posèrent sur les sièges. Après un instant d'hésitation, il accepta et se dirigea vers l'un d'eux. Puis il s'assit, penché vers l'avant, les coudes sur les genoux et les mains croisées.

Elle le suivit et, sitôt installée, se tourna vers lui.

— Il y a deux semaines, commença-t-il, un homme s'est pointé devant mon bureau et m'a interpellé alors que je quittais le travail. Il était trop maigre, portait un jean usé et un tee-shirt élimé. Au début, j'ai cru qu'il s'agissait d'un mendiant, donc j'ai essayé de lui proposer de l'argent, mais il a secoué la tête et m'a dit qu'il n'était pas là pour ça. Tout ce qu'il voulait, c'était sauver un certain Lazer d'une organisation criminelle.

— Mais tu es comptable, pas avocat, non ?

Il écarquilla les yeux, surpris.

— Tu connais mon métier ?

Légèrement embarrassée de devoir dévoiler son penchant pour Google, elle opina et lui raconta son petit pistage récent.

— Je lisais un article l'autre jour sur l'entrée en bourse

d'une entreprise technologique, et en cherchant un peu, j'ai vu ton nom. Tu es dans la comptabilité, c'est bien ça ?

Il la dévisagea un moment, comme s'il essayait de déterminer quelque chose, puis secoua la tête, comme pour repousser ses pensées.

— Vice-président du service financier, pour être précis.

— Vice-président, commenta-t-elle. Impressionnant.

Il haussa les épaules, l'air de dire que ce n'était rien d'important. Pour ce qui était de le charmer avec des compliments, on repasserait.

— Alors, quel rapport ce Lazer avait avec Zane ? demanda-t-elle, impatiente de poursuivre et de découvrir pourquoi Jeremiah pensait son frère en vie.

— Je l'ignorais, au début. Quand je lui ai dit que je n'étais pas avocat, il a été agité et m'a répondu que ce n'était pas ce qu'il voulait, qu'il cherchait le frère de Lazer. Mais avant qu'il ne puisse développer, il s'est tout à coup raidi comme s'il s'était fait repérer et a disparu dans une ruelle.

— Ça ressemble surtout à un homme perturbé, commenta Carly.

Cependant, des picotements dans le ventre lui disaient que cette rencontre n'était pas une erreur.

Jeremiah se posa une main sur la nuque et soupira.

— C'est ce que j'ai pensé, moi aussi. J'ai attendu qu'un petit groupe d'hommes d'affaires s'en aille, puis j'ai vérifié la ruelle et essayé de retrouver Lazer, mais il avait disparu.

Elle fronça les sourcils.

— D'accord. Donc comment en es-tu venu à imaginer que Zane était en vie ?

— Il y a deux jours, un message écrit à la main a été laissé dans la boîte aux lettres de mon entreprise.

Il sortit le papier soigneusement plié de sa poche et le lui tendit.

— Sur les caméras de surveillance, le même homme mince qu'avant a été repéré, avant de s'en aller. La sécurité a déjà cherché des empreintes : il n'y en avait aucune.

Les sourcils froncés, elle prit le papier et le déplia. Au même moment, un cliché typique d'un Photomaton lui échappa des mains et tomba face cachée sur le parquet. On pouvait lire sur le message : « *Il m'a donné ça en me disant que ça m'aiderait à trouver ses proches.* »

Le cœur battant, Carly se pencha et ramassa la photo. Elle se douta de ce qu'elle verrait avant de tourner le papier. Ses yeux s'embrouillèrent quand elle découvrit les poses loufoques qu'ils avaient prises quelques heures à peine avant l'accident qui avait coûté la vie à sa jumelle Caydence et à Zane, le cadet de Jeremiah. Tous les quatre s'étaient tassés devant l'objectif, Carly et Caydence s'étant assises sur les genoux des garçons pour y parvenir, et ils faisaient des grimaces et riaient avec insouciance.

— Comment...

Une boule dans la gorge, elle s'éclaircit la voix avant de reprendre :

— Ce n'est pas possible. Comment cet homme aurait-il pu avoir ça ?

Le visage de Jeremiah se crispa, comme s'il souffrait.

— Il n'y a que deux explications possibles. Soit le portefeuille de Zane a été retrouvé après sa mort et quelqu'un joue à un jeu tordu avec nous, soit il est vraiment en vie et a besoin d'aide. Je ne sais pas toi, mais puisque le corps de Zane n'a jamais été retrouvé, j'ai du mal à croire que son portefeuille ait pu réapparaître, mais pas lui. Ce qui signifie...

— Que tu penses que Zane est en vie, conclut-elle à sa place.

Sa poitrine se comprima tandis qu'elle essayait d'imaginer ce qui avait pu retenir son meilleur ami loin d'elle et de Jeremiah pendant plus de trente ans. Ils étaient seuls au monde, après le décès de leur mère alors que Zane était au lycée, leur père étant mort avant la naissance du cadet. Avait-il perdu la mémoire ? Mais dans ce cas, comment avait-il pu dire à l'autre homme de retrouver ses proches ? Son cœur se mit à marteler sa poitrine. Les conversations et le bourdonnement des voix des participants à sa sauterie avaient augmenté de volume et commençaient à atteindre un niveau insupportable. Elle aurait voulu se précipiter dans le salon pour ordonner à tout le monde de s'en aller.

— Je pense que c'est une possibilité. Et tant que je ne l'aurai pas confirmée, je ferai tout mon possible pour retrouver ce Lazer. Malgré ce qu'il s'est passé entre nous depuis l'accident, je suis venu te demander ton aide, ajouta-t-il en rivant son regard au sien.

— Mon aide ? répéta-t-elle, ignorant la mention à leur passé trouble.

Ce n'était pas elle qui avait gâché leur relation. Il s'était débrouillé tout seul, en lui reprochant l'accident et en lui ordonnant de partir de chez lui, lorsqu'elle était venue solliciter son aide pour poursuivre les recherches. Il lui avait dit qu'elle en avait fait plus qu'assez et qu'il ne voulait plus jamais la revoir. Cette froideur dans le ton de Jeremiah l'avait glacée jusqu'aux os, et une semaine à peine après avoir souffert de la perte de sa jumelle et de son meilleur ami, elle avait également perdu le garçon dont elle était à moitié amoureuse depuis toujours. Cette période de sa vie comptait parmi l'une des plus sombres, et elle n'aimait pas y repenser… jamais. Accepter de l'aider, ce serait rouvrir ses blessures qui n'avaient jamais vraiment guéri. Cependant, avait-elle le choix ? Le message de sa sœur était encore vivace dans son esprit. En outre, s'il existait une possibilité que Zane soit en vie, elle serait prête à affronter l'enfer pour le retrouver. Elle ignorait toutefois ce que Jeremiah voulait d'elle.

— Je ne vois pas bien ce que je pourrais faire, à moins que tu n'aies besoin d'argent pour des détectives privés ou…

— Je n'ai pas besoin de ton argent, Carly, rétorqua-t-il sèchement en se passant la main dans les cheveux. Tu crois vraiment que je serais venu ici si c'était tout ce dont j'avais besoin ?

Elle haussa les épaules. Il ne serait pas le premier à la considérer comme un distributeur de billets. Mais ce n'était pas ce qu'elle sous-entendait ; elle ne savait simplement pas dans quelle mesure elle pouvait l'aider.

— Je ne sais pas pourquoi tu es venu, Jer. Tu ne m'as donné aucune nouvelle en trente ans. Comment veux-tu que je connaisse tes motivations ?

Il plissa les yeux, de nouveau hérissé.

Elle leva la main pour l'empêcher de dire ce qu'il avait sur le bout de la langue.

— J'ignore que faire d'autre pour toi. Je ne suis pas détective privé. Comment veux-tu que je t'aide à trouver ce Lazer avec si peu d'éléments ?

— Grâce au coven. Les autorités ont refusé de m'aider, me disant que l'affaire était classée. Et sans preuve supplémentaire, un détective privé ne peut pas aller bien loin. Je pense que nous aurions besoin de sorcières pouvant utiliser… des méthodes moins *conventionnelles* pour résoudre ce genre d'affaire. Tu es l'amie de Joy Lansing, n'est-ce pas ? Cette actrice avec laquelle tu as fait un film ? Je voudrais lui demander de m'aider à trouver Zane.

Elle ouvrait la bouche pour répondre, pour lui dire que même si elles étaient amies, c'était une sacrée requête, surtout alors que Joy l'avait déjà aidée à retrouver sa nièce Harlow après son enlèvement. Mais avant qu'elle ne puisse parler, un cri résonna à l'extérieur, suivi par un crissement de pneus et le bruit d'une voiture en pleine accélération.

— Appelez les secours ! lança l'un des convives.

Sans hésiter, elle sortit du bureau et rejoignit la porte d'entrée, où étaient attroupés plusieurs invités.

— Que s'est-il passé ?

— Un SUV noir a percuté quelqu'un qui traversait la rue et a filé, lui expliqua Vanessa, l'une de ses partenaires à l'écran.

— Qui est-ce ? Qui s'est fait renverser ? demanda Carly en se frayant un chemin dans le petit attroupement pour pouvoir sortir.

— Aucune idée, répondit Vanessa dans son dos.

Carly s'éloigna des curieux et fila vers la personne étendue au milieu de la rue. C'était un homme mince aux cheveux couleur sable, au jean déchiré et au tee-shirt imbibé de sang. Elle chercha la blessure avec frénésie. Repérant un trou dans l'épaule, elle jura et, à l'aide de son propre pull, essaya d'arrêter le saignement. L'homme ne s'était pas seulement fait renverser, on lui avait également tiré dessus.

Une vive exclamation attira son attention derrière elle. Jeremiah fixait l'homme d'un regard horrifié.

— C'est lui. C'est le type qui a tenté de me parler devant mon bureau.

CHAPITRE DEUX

LA FATIGUE S'ABATTIT SUR CARLY, QUI CHANGEA UNE NOUVELLE fois de position sur les sièges en plastique de la salle d'attente de l'hôpital. Le délit de fuite devant sa maison remontait à plusieurs heures. Elle était restée aux côtés de l'homme jusqu'à l'arrivée des secours, la main plaquée sur sa blessure. Lorsqu'ils l'avaient gentiment éloignée, elle s'était relevée, et Jeremiah l'avait entourée d'un bras et serrée contre lui pour la réconforter.

Elle en avait été si stupéfaite qu'elle n'avait rien pu dire. Des heures s'étaient désormais écoulées, et elle se demandait s'il s'était rendu compte de son propre geste. La dernière fois qu'il l'avait touchée remontait au jour où il avait perdu son frère et elle sa sœur.

— Tiens, pour toi, dit-il en lui tendant un gobelet en carton alors qu'il s'asseyait à côté d'elle.

L'odeur de café inonda ses sens, et elle en pleura presque de bonheur.

— Merci.

Elle en avala une longue gorgée et ferma les yeux. Même le breuvage dilué de l'hôpital était un régal pour ses papilles. Elle poussa un soupir satisfait, contente de ce petit confort matériel pendant qu'ils patientaient.

— Des nouvelles ?

Elle secoua la tête.

— L'opération n'est pas terminée. L'infirmière m'a dit qu'il n'avait pas de carte d'identité sur lui. Ils espèrent qu'il se réveillera et pourra leur dire qui il est.

Jeremiah baissa les épaules, l'air las.

— Alors on risque de ne rien savoir pendant plusieurs heures encore.

— C'est peu probable, en effet. Nous devrions sans doute aller dormir, mais je ne peux pas me résoudre à partir tant que je ne saurai pas s'il va bien.

— Et moi, je ne peux pas me résoudre à partir sans réponse.

Elle lui jeta un regard en coin. Quelqu'un avait clairement essayé de tuer la victime, de la faire taire. Sinon pourquoi lui tirer une balle et le percuter dans le lotissement chic de Carly ? Ce genre de choses ne se produisaient pas dans cette petite communauté de bord de mer où elle avait élu domicile depuis six mois.

— Je sais que tu es impatient de découvrir ce qu'il sait sur Zane, mais je doute qu'il soit en état de communiquer avant un moment.

— Évidemment. Mais si ses agresseurs revenaient ?

Jeremiah fixa les doubles portes menant à l'unité de soins intensifs, où l'homme serait gardé après l'intervention.

— Quelqu'un doit le surveiller, s'assurer qu'il est en sécurité. Et je suis à peu près certain que la police du coin ne s'en chargera pas.

Carly opina et sortit son portable. Cinq minutes plus tard, elle raccrocha et se tourna vers Jeremiah.

— Mon équipe de sécurité personnelle s'en occupe. Ils vont envoyer quelqu'un au plus vite, et il sera surveillé vingt-quatre heures sur vingt-quatre tant que ce sera nécessaire.

Il la fixa, sidéré.

— Juste comme ça ? Tu as une équipe de sécurité prête à venir dès que tu les appelles ?

Elle haussa les épaules.

— Tu n'en as peut-être pas conscience, Jer, mais je suis assez connue, à cause de mon travail. Tu sais ce que cela signifie pour des femmes, dans le domaine du divertissement ?

— Que tu as beaucoup de fans agaçants ? répliqua-t-il, l'air énervé.

Elle souffla et leva les yeux au ciel.

— Oui, c'est ça. Des fans. Mais surtout, plus une actrice est célèbre, plus elle attire les gens instables. Quand je suis à Los Angeles, j'ai toujours toute une équipe de sécurité à mes côtés. Lorsque je suis à Prémonition, il n'y a que Jake.

Elle indiqua de la tête un homme assis à quelques rangées d'eux et jouant sur son téléphone.

— Jake ? s'étonna Jeremiah. Il est avec toi ?

L'intéressé leva le nez en entendant son nom et adressa un petit sourire à Jeremiah. Puis il reporta son attention sur son portable.

— Je ne dirais pas qu'il est *avec* moi. Il garde un œil sur moi, disons. Je n'avais pas de raison d'avoir un service de sécurité, quand je suis arrivée à Prémonition. Les gens d'ici ne s'intéressent pas vraiment à ma carrière ou aux Oscars que j'ai pu remporter. Ou si c'est le cas, ils sont assez polis pour me laisser vivre ma vie tranquillement sans en faire une montagne. Mais après l'enlèvement de Harlow, elle et moi avons toutes les deux eu besoin de quelqu'un auprès de nous pour veiller à ce que ça ne se reproduise pas. Donc Jake me suit, Mikey suit Harlow, et nous faisons tous comme si c'était normal et non une réaction exagérée face à la folie des gens.

— Je ne crois pas que ce soit exagéré, dit Jeremiah tout bas en l'attrapant par l'épaule pour la serrer contre lui un instant. J'ai appris ce qui était arrivé à ta nièce. Ça a dû être terrifiant.

— En effet. Et comme tu le disais, la police du coin n'a pas été d'une très grande aide. Sans Joy et le coven, je ne sais pas si nous l'aurions retrouvée un jour.

Elle s'appuya contre lui, s'imprégnant de sa chaleur, de sa familiarité et du réconfort qu'il lui offrait. Même après toutes les années écoulées, elle se sentait toujours à sa place dans les bras d'un Vance. Elle poussa un petit sourire satisfait et posa la tête sur l'épaule de Jeremiah.

Après quelques instants de silence, il la regarda.

— Le coven t'a déjà aidée. Tu crois qu'ils accepteraient de nous prêter main-forte ?

Elle ne répondit pas, dans un premier temps. Essayer de découvrir qui était cet homme et pourquoi il avait laissé à Jeremiah une vieille photo remontant au jour de l'accident, c'était beaucoup demander au coven. Peut-être cet homme n'était-il qu'un fou de plus cherchant à attirer l'attention d'une star hollywoodienne. Pouvait-il s'être servi de Jeremiah pour l'atteindre, elle ? Elle se détestait d'y penser, mais après trente ans dans le métier, elle serait naïve de ne pas l'envisager.

— Carly, s'il y a la moindre chance pour que Zane soit vraiment en vie, nous devons enquêter, commenta Jeremiah d'une voix rendue rauque par l'émotion.

Les larmes lui brûlèrent les yeux, parce qu'elle savait qu'il avait raison. Peu importait qu'ils apprennent tout compte fait qu'il ne s'agissait que d'un énorme canular et qu'ils en aient le cœur déchiré en deux ; elle devait découvrir la vérité. Elle se redressa, s'éloignant de son étreinte.

— Tu as raison. Mais toutes les femmes du coven sont bien occupées. Je suis sûre que Joy, au moins, pourra nous aider, peut-être toutes, d'ailleurs. Pouvons-nous attendre de parler à cet homme avant de fouiller l'État pour retrouver Zane ? Comment savoir par où commencer ?

Jeremiah poussa un gros soupir et tout esprit combattif le déserta.

— J'imagine qu'on va devoir faire comme ça. Ceci dit... ça fait très longtemps, Carly. C'est dur de me dire qu'il était vivant, mais disparu tout ce temps-là. S'il y a la moindre chance... Je voudrais juste le ramener à la maison au plus vite.

Le cœur de Carly se serra à ces mots. Elle ressentirait la même chose concernant sa sœur. Bon sang, elle l'éprouvait déjà pour Zane. Il était son meilleur ami, après tout.

— Je sais. Nous...

— Madame Preston ? l'appela une femme en blouse depuis le bureau des infirmières.

Elle s'empressa de se lever et de la rejoindre, avec Jeremiah sur les talons.

— Oui ?

— Bonjour, je suis le Dr Green, la chirurgienne de monsieur John Doe. J'ai cru comprendre que vous étiez avec lui à son arrivée ici ?

— Oui, confirma Carly. Il s'est fait tirer dessus et renverser devant ma maison. Je suis restée à ses côtés jusqu'à l'arrivée de l'ambulance.

Le médecin fronça les sourcils.

— Donc vous n'avez aucun lien avec lui ?

Elle secoua la tête.

— Non, mais nous nous inquiétons sincèrement pour lui et voulions attendre de ses nouvelles, pour être certains qu'il allait bien.

Le Dr Green fit la moue.

— Comme vous n'êtes pas de sa famille, je ne peux vous fournir aucune information concernant le patient. Sauriez-vous comment contacter sa famille ?

— Nous ne connaissons même pas son nom, intervint Jeremiah, irrité. Personne ne le sait.

— C'est fâcheux, répliqua le médecin en marquant quelque chose dans le dossier qu'elle transportait. Je suis désolée de ne pas pouvoir vous renseigner davantage…

Carly se plaqua un sourire compréhensif sur le visage et posa une main légère sur le bras de la chirurgienne. Son métier prit le dessus, et elle tenta d'éblouir un peu cette femme avec son charme hollywoodien.

— Je comprends totalement votre position. Mais pensez-vous pouvoir au moins nous dire s'il a survécu ? Jeremiah et moi sommes très inquiets, et aucun de nous ne parviendra à dormir tant que nous ne saurons pas s'il a une chance de se battre.

Le regard du Dr Green passa de Carly à Jeremiah, puis de nouveau à elle. Enfin, elle soupira.

— J'imagine que vous dire qu'il a survécu à l'opération ne peut pas faire de mal. Mais il n'est pas encore tiré d'affaire. S'il se réveille dans les vingt-quatre à quarante-huit heures, alors nous pourrons nous faire une meilleure idée de sa guérison.

— S'il se réveille ? répéta-t-elle en serrant un peu plus le bras de l'autre femme, qui lui tapota la main.

— Il a été blessé à la tête lors de l'accident. C'est ce qui nous inquiète le plus.

Elle recula alors et carra les épaules.

— Merci pour ce que vous avez fait pour John Doe ce soir. Sans votre réaction rapide, il n'aurait pas survécu assez longtemps pour entrer à l'hôpital.

Carly opina et remercia le médecin à son tour. Après que celle-ci se fut éloignée dans le service de soins intensifs, Jeremiah se tourna vers elle, incrédule.

— Quoi ?

— Tu fais ça tout le temps ?

Elle haussa un sourcil interrogatif.

— Oh, allez, Carly, dit-il en secouant la tête. Tu viens de lui faire du charme pour lui soutirer cette information. Ça doit aider d'être actrice quand tu veux quelque chose.

Ce fut dit sur un ton factuel et non accusateur, et pourtant, cela la blessa. Jeremiah donnait l'impression qu'elle manipulait les gens pour s'amuser.

— Nous avions besoin de savoir s'il était en vie, n'est-ce pas ?

— Oui, confirma-t-il.

— Eh bien, je t'ai obtenu cette information. Pas la peine de me culpabiliser par rapport à mes méthodes.

Sur ces mots, elle se détourna et se dirigea vers la sortie.

— Carly, attends ! la rappela-t-il.

— Je vais me reposer.

Elle indiqua l'homme qui se tenait à côté de son garde du corps.

— Voici Phil. Il veillera à ce que personne ne vienne rendre visite à John Doe dans notre dos.

Sans attendre de réponse, elle fuit l'hôpital, déterminée à mettre une certaine distance entre Jeremiah Vance et elle. Comment parvenait-il à la faire passer en un instant de l'impression d'être en sécurité et chérie à celle d'être jugée par rapport à son métier ? Elle avait connu sa part d'hommes considérant que sa carrière faisait d'elle une femme insipide et indigne de respect. Elle n'accepterait pas le même traitement de la part de cet homme-là. Peu importait qu'il soit le frère de Zane et la seule autre personne au monde qui remuerait ciel et terre pour retrouver son meilleur ami.

CHAPITRE TROIS

Elle était toujours agacée quand elle rentra chez elle une demi-heure plus tard. Si elle était énervée contre la réaction de Jeremiah pour la façon dont elle avait obtenu des réponses, elle l'était encore plus contre elle-même de se laisser atteindre. Elle était une femme d'une cinquantaine d'années couronnée de succès. Les jours où elle se languissait de l'approbation de quelcu'un d'autre remontaient à longtemps. Du moins, ils l'auraient dû. Alors pourquoi Jeremiah parvenait-il à la blesser ?

— Carly ? C'est toi ? l'appela la voix très reconnaissable de Joy Lansing depuis l'intérieur de la maison.

— Joy ? Tu es encore là ? s'écria Carly en se précipitant à la cuisine via la porte du garage, où elle avait mis sa voiture.

Elle ignorait qu'il restait des invités après la soirée de la veille. On était désormais en milieu de matinée. Tous les autres étaient déjà partis, n'est-ce pas ? Sa nervosité grimpa en flèche. Dépassant la cuisine, elle découvrit Joy et Harlow sur le canapé, chacune avec une tasse à la main. Une boîte de scones était posée sur la table basse. Carly soupira de soulagement ; elle n'aurait pas eu l'énergie d'affronter qui que ce soit d'autre.

— Salut, lança Joy en se levant pour lui indiquer de prendre sa place. Assieds-toi. Je vais te chercher du chocolat chaud.

— Que la déesse te bénisse, répondit-elle en s'affalant avec bonheur sur le canapé.

Juste avant de partir vers la cuisine, Joy lui tendit un scone.

Alors qu'elle s'apprêtait à croquer dedans, elle remarqua soudain les yeux rouges de sa nièce et son expression tourmentée. Elle lâcha sa pâtisserie et se rapprocha de Harlow.

— Hé, qu'y a-t-il ? Que s'est-il passé ?

Les larmes se mirent à couler sur les joues de sa nièce. Elle se plaqua les mains sur le visage en marmonnant des excuses.

Carly l'enlaça et caressa ses boucles blondes.

— Tu n'as aucune raison de t'excuser.

— Je ne… voulais pas… en rajouter… pour toi, parvint-elle à dire entre deux sanglots.

— Tu peux tout me dire, tu le sais, la rassura Carly en s'écartant pour essuyer gentiment les larmes de sa nièce. Qu'est-ce qui ne va pas ? Qu'est-ce que je peux faire ?

Harlow secoua la tête.

— J'ai juste… très mal dormi. L'agression de cet homme a tout ravivé.

Elle savait que sa nièce faisait allusion au jour où elle s'était fait enlever dans cette maison même où elles vivaient actuellement. Elle resserra son étreinte autour de Harlow.

— Oh, trésor. Je suis vraiment désolée, murmura-t-elle.

Harlow s'accrocha fort à elle, comme si elle ne voulait plus la lâcher. Elles restèrent enlacées un long moment, pendant lequel elle assura à sa nièce qu'elle était en sécurité, qu'elle ferait en sorte qu'il ne lui arriverait plus jamais rien, qu'elle n'était pas seule. Enfant, Harlow avait vu son père, le demi-frère de Carly, étouffer sa mère, alors elle lui avait tiré dessus. La mère de la jeune fille avait menti à la police sur les événements et obligé sa fille à ne plus jamais en parler. Ce calvaire avait valu à Harlow des années de traumatisme latent, plus de père et une mère qu'elle connaissait à peine. Elle suivait une thérapie désormais pour apprendre à vivre avec tout ce qui lui était arrivé. La plupart du temps, elle s'en sortait très bien. Toutefois, l'agression de ce jour-là l'avait ébranlée.

Lorsque les larmes de sa nièce se furent taries, Carly s'écarta légèrement.

— Tu veux que je te prenne un rendez-vous en urgence avec ta thérapeute ?

Harlow secoua la tête.

— Non, je la vois à la fin de la semaine. Je crois que j'ai juste besoin de temps pour intégrer tout ça.

— N'importe qui en aurait besoin, lui assura-t-elle.

— Je pense que je vais aller prendre une douche puis faire une sieste.

Harlow se leva et l'embrassa sur la joue.

— Merci. Je crois que tu ne sais pas à quel point ça m'aide d'être à tes côtés quand je craque comme ça.

Elle attrapa la main de sa nièce et la lui serra.

— On a tous besoin de quelqu'un sur qui compter. Je suis là pour toi.

Harlow opina. Puis elle plissa les yeux et lui lança un regard perçant.

— Carly ?

— Oui ?

— Et toi, c'est sur qui que tu comptes ? lui demanda-t-elle, l'air inquiet.

Carly manqua de lâcher un rire sans humour. Sa nièce n'était pas sans savoir qu'elle n'avait pas de véritables amis, du genre de ceux auxquels elle pouvait tout dire, des amis « à la vie à la mort ». Caydence et Zane étaient les derniers qu'elle avait eus. Depuis qu'elle les avait perdus, elle s'était renfermée. Oui, elle qualifiait certaines personnes d'amis, allait au spa avec ou les retrouvait pour le déjeuner, etc. Mais elle ne pouvait confier ses secrets et sa vulnérabilité à personne. Cela dit, peut-être que les choses avaient changé maintenant que Joy et le coven étaient entrés dans sa vie. Elle adressa un doux sourire à sa nièce.

— Sur toi, Harlow. Tu ne le savais pas ?

— Carly…

Les yeux de sa nièce se gonflèrent à nouveau de larmes, mais cette fois-ci, elle souriait.

— Je t'aime.

— Je t'aime aussi, ma puce.

L'émotion la submergea, lui serrant la poitrine. Elle posa une main sur son cœur pour essayer de se calmer.

Harlow l'embrassa une nouvelle fois sur la joue, puis s'en alla prendre sa douche et dormir.

Carly la regarda s'éloigner, espérant de tout son cœur parvenir à calmer la souffrance de sa nièce. Elle serait ravie de l'endosser à sa place, si cela pouvait libérer Harlow du traumatisme qui l'avait rongée si longtemps.

Joy revint dans la pièce avec un plateau dans les mains, sur lequel étaient disposées une omelette légère et deux tasses.

— Je me suis dit que tu aimerais manger autre chose qu'un scone.

En avisant ce petit déjeuner dont elle avait rêvé sans se l'avouer, elle se sentit saliver.

— Merci. Tu es une déesse.

— Tout comme toi, répliqua Joy en venant s'asseoir sur un fauteuil avant d'attraper une des tasses de chocolat. C'était prêt depuis un petit moment, mais je ne voulais pas vous interrompre, Harlow et toi. Elle a passé une sale nuit. Elle a craqué dès que tu es partie.

Carly but une gorgée du breuvage riche en goût, savourant la dose de sucre dans ses veines. Puis elle assimila les paroles de Joy.

— Tu es restée tout ce temps ?

Son amie opina.

— Elle avait besoin de quelqu'un, et je ne savais pas quand tu rentrerais.

Joy haussa les épaules.

— Ce n'était pas un souci. Troy est venu nous apporter ces scones ce matin en partant pour un shooting.

— Tu es un ange, tu le sais ?

Carly lui serra la main.

— Merci. Et tu pourras remercier Troy pour moi ? C'était gentil de sa part. Je sais que vous ne passez déjà pas beaucoup de temps ensemble, tous les deux.

— Je pourrai voir mon homme ce soir ou demain. Tu sais que je ferais n'importe quoi pour Harlow et toi, répliqua Joy avec un doux sourire.

Carly se demanda si son amie réaliserait un jour l'importance que ce moment eut pour elle.

Elle s'essuya les yeux et se racla la gorge.

— Tu me diras comment te rendre la pareille.

Joy fit la moue et secoua la tête.

— Je n'ai pas besoin que tu me rendes la pareille, Carly.

— Mais…

Joy leva la main, troublée.

— Nous sommes amies, non ?

— Oui, bien sûr. Mais…

— Non. Ça suffit. Je n'ai pas hésité une seconde à rester,

parce que je tiens à Harlow et toi. Tu comprends ? Je ne veux plus jamais entendre parler de réciprocité.

Carly manqua de sourire, amusée par cette blonde élancée qui venait d'utiliser sa voix maternelle, celle destinée à mettre fin à une conversation.

— Compris, acquiesça-t-elle. J'ai du mal à me souvenir que Prémonition n'est pas comme Hollywood, la ville régie par les faveurs. Personne n'y fait rien sans savoir d'abord ce que ça va lui rapporter. C'est l'impression que j'en ai, en tout cas. C'est en partie pour ça que je me suis installée à Prémonition. Je voulais m'éloigner de l'industrie du cinéma et des gens qui cherchent à obtenir quelque chose.

— Je comprends, répondit Joy, amusée. Tu oublies que j'ai travaillé avec certains d'entre eux. Mais tu n'as pas à t'inquiéter de ce genre de choses ici, parce qu'avec les autres membres du coven et moi, tu t'es trouvé une famille prête à tout lâcher si tu en as besoin.

C'était maintenant ou jamais, elle le sentait au fond d'elle-même. La voix de Jeremiah dans sa tête lui disait qu'ils avaient besoin de l'aide du coven. Mais ce fut avec le visage de Zane à l'esprit qu'elle demanda :

— Crois-tu que le coven serait prêt à m'aider à trouver quelqu'un... d'introuvable depuis trente ans ?

Joy fronça les sourcils.

— Le localiser, tu veux dire ? Ce n'est pas ce que sont censés faire les détectives privés ?

— Normalement, oui, mais nous avons très peu d'informations. Presque rien, à vrai dire. J'espérais que nous pourrions tenter ce sort de localisation que vous aviez fait pour trouver Harlow, ou récemment pour Kade.

Joy se mordit la lèvre.

— Tu as quelque chose en lien avec cette personne ?

— J'ai son frère et une photo que Zane a soi-disant gardée sur lui tout ce temps.

Elle retint son souffle, consciente d'en demander beaucoup. Le sort avait peu de chances de réussir, elle le savait. En outre, il fallait beaucoup d'énergie pour l'exécuter, et ils ne savaient même pas avec certitude si Zane était toujours en vie. Certes, Caydence lui avait dit d'être réceptive aux changements, et elle s'y efforçait, mais cela ne signifiait pas que Zane était en vie. Ce ne serait peut-être qu'une quête futile qui ne se terminerait pas comme ils l'espéraient.

— D'accord, compte sur moi, accepta Joy avec un gentil sourire. Je vais poser la question aux autres, mais je suis sûre qu'elles seront volontaires. Tu as la photo sur toi ?

Elle secoua la tête. Elle l'avait rendue à Jeremiah, ainsi que le message.

— Dommage. Je travaille sur mes visions. Elles sont toujours fluctuantes, mais j'étais partante pour essayer.

— Ce serait…

Carly bâilla en plein milieu de sa phrase, rattrapée par sa fatigue.

— Oh, désolée. Ce serait génial.

Joy lui tapota le genou et se leva.

— Nous avons bien besoin de repos. Et si on s'appelait demain pour fixer le jour où on testera quelques trucs ?

— Tu es un ange.

Elle se leva et enlaça son amie.

— Si un jour tu as besoin de quoi que ce soit, tout ce que tu auras à faire, c'est me le dire.

— Tu en as déjà fait plus qu'assez, lui assura Joy avec sincérité. Je n'oublierai jamais le soutien que tu m'as apporté quand nous tournions ce film ensemble. J'étais débutante et tellement pas dans mon élément, mais tu m'as toujours conseillée et accompagnée de gentillesse. Je me serais barrée de ce film, sans toi.

Elle sentit ses yeux se brouiller à nouveau et dut se calmer avant d'enlacer Joy.

— Si j'ai pu t'aider, c'est avec plaisir, mais ne te trompe pas : tu es une actrice formidable. Même s'il t'a fallu un peu plus longtemps pour prendre tes marques, tu étais en revanche très douée dès le début pour jouer la comédie. Je refuse de m'attribuer le mérite de ce succès. Compris ?

Joy acquiesça et la serra contre elle.

— Je n'en reviens pas que tu sois si humble. Personne d'autre ne l'est à Hollywood.

Carly éclata de rire et relâcha son amie.

— La plupart des gens là-bas essaient juste de ne pas tomber dans l'oubli. Mon secret à moi, c'est que je m'en fiche, à présent. J'accepte les rôles que je trouve intéressants, mais sinon je n'ai pas vraiment besoin de travailler aujourd'hui. Je pourrais rester toute la journée dans mon herboristerie jusqu'à la fin de mon existence sans jamais rien vendre, et je m'en sortirais très bien. C'est un privilège. Ça me permet de ne pas avoir à m'inquiéter d'un futur rôle. Tu n'imagines pas à quel point c'est libérateur.

— Je suis tellement contente pour toi, Carly, dit Joy, l'air sincère, alors que tant d'autres personnes de ce métier ne le seraient pas.

— Pour être honnête, moi aussi, répondit-elle en pouffant.

Elle raccompagna Joy jusqu'à la sortie.

— Repose-toi, nous parlerons demain.

— Toi aussi. Mais n'hésite pas à appeler en cas d'urgence, d'accord ?

Carly promit de la contacter si elle avait la moindre nouvelle concernant John Doe. Puis elle referma la porte et s'adossa contre, la main sur le cœur. Cela faisait longtemps qu'elle n'avait pas considéré quelqu'un comme un véritable ami, et pourtant, elle était certaine que Joy Lansing avait endossé ce rôle à l'instant où elle l'avait aidée à trouver Harlow. Mais elle-même venait à peine de réaliser la force de ce lien. Son cœur se gonfla dans sa poitrine, tant son émotion était intense.

Elle repoussa sa crainte de perdre cette amie aussi et s'autorisa à sourire en rejoignant sa chambre pour se mettre au lit. Lorsqu'elle se réveilla huit heures plus tard, elle ne se souvenait même pas d'avoir posé la tête sur l'oreiller.

CHAPITRE QUATRE

Après avoir avalé un dîner léger, elle se dirigea vers son herboristerie et regarda les étagères murales remplies d'ingrédients. Elle se rendait toujours dans cette pièce quand elle était agitée. Créer de nouvelles potions était l'une des activités qui lui occupaient bien l'esprit lorsqu'elle était inquiète. Les détails concernant John Doe et Zane lui semblaient trop surréalistes, et pourtant, l'homme qui avait tenté de parler à Jeremiah de son frère se trouvait désormais à l'hôpital après que quelqu'un eut attenté à sa vie.

Son instinct lui disait qu'elle ne connaissait pas toute l'histoire, et elle savait au fond qu'elle devait trouver le moyen de découvrir la vérité sur ce mystère, sinon elle ne cesserait jamais de se demander si Zach était peut-être réellement en vie. Et s'il existait ne serait-ce qu'une once d'espoir qu'il ne soit pas mort ce jour-là, elle serait prête à parcourir le monde pour le retrouver.

N'avoir pas arrêté de penser à Zane et sa sœur ces dernières vingt-quatre heures lui avait rappelé qu'elle avait peu à peu oublié des détails concernant les deux personnes au monde qu'elle avait le plus aimées jusqu'à aujourd'hui. Elle ne se remémorait pas grand-chose du jour où elle les avait perdus. Comment était-ce possible que Zane soit toujours en vie ? Si seulement elle parvenait à se rappeler précisément cette journée.

Elle attrapa les flacons d'écorce de citronnier, de romarin et de ginkgo sur ses étagères. À l'aide du pilon et du mortier, elle écrasa les herbes dans trois récipients différents, puis quitta son atelier. Elle y revint cinq minutes plus tard munie de photos de Zane et de Caydence, ainsi que de la boussole que son meilleur ami lui avait offerte le jour de son diplôme et d'un bracelet avec pendentifs ayant appartenu à sa sœur. Pour exécuter un sort de mémoire, elle avait besoin d'objets la reliant à chacun d'eux. Elle devait cependant d'abord voir si elle était en mesure d'effectuer ce sort.

Elle avait toujours su qu'elle avait des capacités magiques, mais il lui avait fallu des années pour développer suffisamment ses talents pour pouvoir réaliser une potion ou lancer un sortilège. Sa magie semblait se renforcer avec l'âge. Ce n'était pas plus mal. Elle frémissait rien que de penser à ce qu'elle aurait fait plus jeune si elle avait su accomplir des sorts puissants. Maintenant qu'elle était plus âgée, elle était plus avisée quant à ce qu'elle expérimentait.

Elle attrapa son mini chaudron et le remplit d'une eau de source spéciale, provenant de Keating Hollow, une ville magique située au nord de Prémonition. Elle s'y était rendue un jour et avait été séduite par le centre-ville au charme désuet et les sorcières amicales qui y vivaient.

Après avoir porté l'eau à ébullition, elle y ajouta les ingrédients et baissa le feu, pour laisser aux herbes le temps d'infuser. Lorsque le breuvage vira au vert mousse, elle fronça le nez et coupa le feu. Le moment était venu d'insuffler de la magie.

Elle s'assit sur un tabouret, la potion devant elle, et fixa le liquide terne. Un faible tiraillement de pouvoir naquit dans son ventre, et elle se concentra dessus, lui demanda de grossir. La magie s'étendit à son estomac, sa poitrine, puis lui picota la peau en rejoignant le bout de ses doigts.

Elle sourit. C'était de plus en plus facile. Elle attrapa sa cuillère en bois, la plongea dans la potion et scanda :

— Depuis les ténèbres, contemple la lumière. Débloque le passé, trouve le lien et laisse les souvenirs affluer avec ce breuvage.

De petites étincelles de magie crépitèrent autour de la cuillère en bois et se dirigèrent vers le liquide. À l'instant où les deux entrèrent en contact, la potion vira au jaune vif et scintilla. Carly touilla plus vite, pour s'assurer que la potion se mélange bien, et quand elle retira la cuillère, la lueur s'estompa, et le liquide ressembla à de la limonade.

Elle souleva le chaudron et renifla. Une faible odeur de vanille lui monta au nez, et elle sourit. Les sorts de mémoire devaient toujours avoir l'odeur des premiers souvenirs d'enfance de leurs concepteurs, quels que soient les ingrédients utilisés. La vanille lui rappelait systématiquement sa grand-mère, qui les avait accueillies Caydence et elle après la mort de leur mère dans un tragique accident avant leur premier anniversaire. Son père s'était déjà trouvé une nouvelle femme et avait décrété qu'il ne pouvait pas se charger d'elles. Il avait été absent presque toute leur vie et ne s'était intéressé à Carly que lorsqu'elle était devenue célèbre. C'était à ce moment-là qu'elle avait fait la connaissance de son demi-frère. La seule bonne chose que ce dernier avait accomplie, c'était Harlow.

Carly était heureuse d'avoir sa nièce, mais elle aurait pu se passer de son frère, encore pire que son père.

Elle renifla la potion à nouveau et sourit. Sa grand-mère Cece avait toute sa vie porté un parfum à la vanille, jusqu'à son décès alors qu'elle était tout juste septuagénaire. Cette odeur apportait toujours du réconfort à Carly.

— Victoire ! cria-t-elle en brandissant sa dernière réussite.

Elle s'apprêtait à tester sa potion quand la sonnette retentit. Elle regarda la pendule. Il était vingt et une heures. Elle n'attendait personne. Mais peut-être que Harlow avait invité quelqu'un.

Un coup résonna quelques secondes plus tard sur la porte de son atelier.

— Tatie Carly ?

— Entre, lança-t-elle à Harlow tout en nettoyant son plan de travail.

Sa nièce passa la tête dans l'embrasure.

— Jeremiah Vance est là.

— Ah oui ?

Carly se dirigea vers la porte, soudain inquiète. Que lui voulait-il ? Est-ce que John Doe s'était réveillé ?

— Je l'ai laissé devant la porte, reprit Harlow, amusée, mais si j'avais su combien tu espérais sa visite, je l'aurais fait entrer et je lui aurais offert à boire.

C'était agréable de voir que sa nièce se sentait mieux, même si elle s'amusait à ses dépens.

— Il ne se passe rien du tout. Rien de *ce* genre, en tout cas, rétorqua-t-elle en levant les yeux au ciel. Ne tire pas de conclusions.

— Bien sûr, tatie, répondit Harlow avec un clin d'œil.

Puis elle monta à l'étage tandis que Carly se dirigeait vers la porte. Ouvrant, elle découvrit Jeremiah, dos à elle, en train d'observer la rue.

— Jeremiah ?

— Tu t'es bâti une vie fantastique toute seule, commenta-t-il sans la regarder.

— Euh, d'accord, dit-elle, les sourcils froncés.

Il avait l'air… différent. Sombre et songeur.

Il se tourna enfin vers elle.

— Ta nièce est vraiment charmante.

Elle sourit.

— Oui. Tu veux entrer ?

Jeremiah acquiesça et la suivit jusqu'à la cuisine, où elle lui fit signe de s'asseoir à la petite table donnant sur l'océan.

— Installe-toi, je vais te servir à boire.

Il obéit et observa l'eau illuminée par le clair de lune.

— Du café ? proposa-t-elle. J'ai de la crème de whisky à ajouter dedans.

— Ce sera parfait.

Elle opina et prépara le breuvage. Tandis qu'elle attendait qu'il passe, elle attrapa quelques desserts restants de la fête de la veille. Une fois tout posé sur la table, elle s'assit en face de Jeremiah et lui tendit une tasse.

— Tu es une sacrée hôtesse, dit-il en observant les différents desserts. Qu'est-ce que c'est ? De la tarte au chocolat ?

— Oui. Tarte au chocolat, des carrés au caramel et du cheesecake au citron vert.

Il attrapa la pâtisserie au chocolat en grognant.

Carly sirota son café amélioré et sourit discrètement de le voir savourer ce dessert délicieux.

— Tu n'en prends pas ? lui demanda-t-il après avoir pratiquement fini le sien.

— Plus tard, peut-être. Pour l'instant, l'*irish coffee* me suffit.

— Je parie que tu ne manges pas beaucoup de desserts, avec ton boulot d'actrice.

Elle haussa les épaules. Il n'avait pas tort. Il lui était difficile, à son âge, de maintenir une silhouette qui n'indisposerait pas les réalisateurs déjà plus enclins à engager les actrices plus jeunes. Et même si elle avait récemment cessé de chercher à plaire à tout le monde dans sa profession, elle avait encore du mal à renoncer à ses vieilles angoisses. Il semblait qu'elle ferait toujours attention à ce qu'elle mangerait, par habitude, tout comme elle ferait encore tous les matins un tour sur son tapis de marche. Si elle ne respectait pas ce rituel, elle se sentait bizarre toute la journée.

— Si tu veux mon avis, je crois qu'il est temps que tu te fasses enfin plaisir, décréta Jeremiah.

Elle pouffa.

— Et qu'est-ce qui te fait croire que ce n'est pas déjà le cas ?

Il haussa les épaules.

— Une intuition.

Alors qu'elle aurait voulu balayer son commentaire, le fait était qu'avant son emménagement à Prémonition elle n'avait que de rares instants de bonheur. Par exemple, quand elle tournait un film qu'elle adorait ou quand elle passait du temps avec Harlow ou quelques amis, mais les choses avaient changé quand elle s'était installée dans cette petite ville côtière. Là, elle avait enfin commencé à apprécier son environnement, son atelier, le sentiment d'équilibre que lui apportait la plage en dessous, et bien sûr les membres du coven. Pour la première fois de sa longue vie, elle avait l'impression d'avoir trouvé sa place.

— Tu peux peut-être m'aider pour ça, répondit-elle en fixant Jeremiah droit dans les yeux.

Il sourit.

— Peut-être que je pourrais le faire.

Ils restèrent assis dans un silence amical les minutes suivantes, pendant lequel Jeremiah finit sa pâtisserie et elle sirota son café. Quand ils eurent terminé, elle lui posa enfin la question qui lui brûlait les lèvres.

— Jeremiah ?

— Oui ?

— Pourquoi es-tu venu ce soir ?

— Je...

Il jeta un nouveau coup d'œil à la lune avant de reporter son attention sur elle.

— Je voulais juste être auprès de quelqu'un qui a aimé Zane.

CHAPITRE CINQ

ELLE TENDIT LA MAIN ET LA POSA SUR CELLE DE JEREMIAH.

— Je comprends.

Il fixa leurs mains.

— Tu es sûre ? Je te dérange peut-être.

Il regarda la pendule accrochée au mur et pouffa tout bas.

— Il est neuf heures et demie. Les gens d'Hollywood ont la réputation de faire la bringue jusqu'à tard le soir, mais j'ai dans l'idée que ce n'est pas ton cas.

Ce fut son tour à elle de glousser sans humour.

— Les seules fêtes que je fais, ce sont celles que j'organise pour l'équipe à la fin de mes films. Ces soirées de clôture sont une tradition, et si c'est moi qui m'en charge, je peux les contrôler. Mes fêtes finissent rarement dans les tabloïds, car il n'y a vraiment rien à raconter. Cela dit, je parie qu'ils s'en donnent à cœur joie avec John Doe.

— Tu n'en es pas sûre ? s'étonna-t-il, en haussant un sourcil.

— Non. Je n'ai pas regardé. Je suis certaine que mon agent m'en informera.

— Ça vaut sans doute mieux.

Il termina son propre *irish coffee* et reposa la tasse sur la table.

— Tu devais être occupée. Je devrais partir pour te laisser reprendre tes activités.

— Non, tu n'as rien interrompu, répliqua-t-elle très vite en se demandant pourquoi elle ne souhaitait pas qu'il s'en aille.

Peut-être parce que, pour la première fois depuis plus de trente ans, ils semblaient à l'aise l'un avec l'autre. Elle ne voulait pas que ça s'arrête.

— En fait, je venais juste de finir une potion de mémoire.

— Une potion de mémoire ? répéta-t-il, surpris. Tu as le pouvoir de réaliser ça ?

— Oui. Je me suis épanouie sur le tard, disons, répondit-elle, rayonnant de fierté. Si Caydence a toujours été douée de magie, mon pouvoir à moi était dormant, jusqu'à il y a quelques années. Ou du moins jusqu'à ce que je découvre que j'avais un don avec les plantes et que ce n'était pas seulement parce que j'ai la main verte qu'elles poussent autant près de moi.

— Ouah, dit-il, visiblement impressionné. Ce n'est pas inhabituel ?

— Peut-être ? Ça s'est déjà vu, en tout cas. Bref, tu veux voir mon herboristerie ?

— Avec plaisir.

Elle le guida dans la maison jusqu'à son sanctuaire, où elle lui fit signe d'entrer devant elle tandis qu'elle observait sa réaction. L'expression surprise de Jeremiah laissa la place au ravissement pendant qu'il détaillait toutes les plantes en pot florissantes.

— C'est toi qui as fait pousser tout ça ? s'étonna-t-il en inspectant son cynorhodon.

— Tous jusqu'au dernier.

Appuyée contre le chambranle, elle le regarda admirer ses boutures, puis les pots d'herbes sèches contre les murs.

— Personne n'est au courant, n'est-ce pas ? demanda-t-il en se tournant vers elle.

— Si, les membres du coven.

Elle ne s'en vantait pas, cela dit. Sa vie était déjà bien trop exposée dans les médias. Elle ne souhaitait pas que les journalistes évoquent ses pouvoirs.

— C'est pour moi toute seule. Je préférerais ne pas partager cette facette avec le public.

— C'est compréhensible.

Il secoua la tête, amusé.

— Je suis un idiot.

Voilà qui était intéressant.

— Pourquoi ?

Il s'assit sur le tabouret devant le plan de travail.

— Pendant toutes ces années, j'ai cru... Ça n'a pas d'importance. Disons que tu n'es pas la personne que je me suis imaginée tout ce temps.

Elle se raidit. Elle avait une petite idée de ce que c'était. Il lui avait déjà reproché la mort de Zane. S'il avait suivi sa vie telle que les tabloïds l'avaient décrite, il devait croire qu'elle avait eu des aventures avec plusieurs personnalités célèbres et était une actrice exigeante et difficile à qui on refusait des films à cause de son attitude. Il n'y avait pas la moindre vérité dans tout cela. Elle avait eu une seule aventure avec une célébrité, son partenaire dans un film, mais cela n'avait duré que jusqu'au jour où il était tombé amoureux de sa collaboratrice dans son nouveau film. Après cela, elle avait fait attention à ses fréquentations et s'était tenue loin des acteurs.

Quant à l'accusation d'être difficile, eh bien, elle l'acceptait. Parce que Carly Preston refusait d'être bousculée, harcelée ou utilisée par qui que ce soit. Après avoir remis à sa place un célèbre réalisateur qui s'attendait à ce qu'elle couche avec lui, elle avait accepté pendant plusieurs années des rôles plus modestes dans des films indépendants, afin de pouvoir continuer à travailler. Cela dit, c'était grâce à cela qu'elle avait acquis la réputation d'être une professionnelle accomplie et qu'elle avait remporté deux Oscars. À partir de cet instant, si un producteur la voulait, c'était elle qui choisissait qui travaillait sur un tournage, et non l'inverse. Elle avait eu de la chance dans sa carrière, mais elle avait aussi travaillé très dur pour obtenir ce qu'elle avait et gagner ce genre d'influence.

— Carly ? Je suis désolé. Je n'aurais rien dû dire.

Elle balaya son inquiétude de la main.

— Ne t'en fais pas. La presse induit souvent en erreur. J'ai l'habitude.

Il grimaça, mais elle passa à autre chose.

— Bref, revenons à la potion de mémoire. Tu as envie de la tester avec moi ?

— Tu veux me faire goûter ça ? répliqua-t-il, sceptique.

— Tu n'as pas peur, si ? le taquina-t-elle en versant le breuvage dans deux tasses.

— Peur ? Non, mais…

— Mais quoi ?

Elle s'attendait à ce qu'il refuse. Elle ne pouvait pas le lui reprocher. Si quelqu'un qu'elle connaissait à peine essayait de lui fourguer sa potion maison, elle déclinerait l'offre sans hésiter.

— C'est un défi ? répondit-il, amusé.

— Un peu.

Elle ramassa les photos, la boussole et le bracelet à breloques qu'elle avait laissés sur le bureau et les posa sur le plan de travail.

— Tu n'es pas obligé de te joindre à moi, mais depuis que je t'ai revu, je me suis rendu compte que j'avais du mal à me souvenir des détails de ce jour-là. Alors je voulais tenter cette potion pour m'aider à me remémorer tout ça, découvrir si j'ai manqué quelque chose. Peut-être trouver une raison de croire que Zane est en vie.

Pendant un long moment, Jeremiah ne dit pas un mot. Enfin, il opina.

— C'est une bonne idée. Faisons-le.

Très surprise, elle s'assit lentement sur un tabouret, assimilant le fait que Jeremiah Vance, l'homme qui l'avait accusée de la mort de son frère pendant tant d'années, lui faisait assez confiance pour goûter sa potion.

— Tu es sûr ?

— Certain.

Il indiqua de la tête les différents objets tandis qu'elle sentait guérir une petite part d'elle-même.

— On est censés faire quelque chose avec ça ?

Elle se leva pour lui tendre la boussole.

— C'est Zane qui me l'a offerte. Tiens-la et sers-t'en pour te connecter à lui.

Jeremiah la posa dans sa paume et referma les doigts autour.

— Tu savais que c'était notre grand-père qui la lui avait donnée ?

— Quoi ? Tu es sérieux ? s'écria-t-elle. Je croyais qu'il l'avait trouvée dans ce magasin d'antiquités qu'il aimait tant.

— Je suis très sérieux. Papi lui avait dit que cette boussole l'aiderait à retrouver son chemin vers son foyer.

Jeremiah fit la grimace et poussa un juron.

— Si Zane te l'a donnée, c'est qu'il pensait que tu étais son foyer.

— Je suis désolée, répondit-elle, avec l'impression de lui avoir dérobé quelque chose. Je l'ignorais.

— Bien sûr que tu n'en savais rien, répliqua-t-il doucement. Comment aurais-tu pu ?

Il se redressa.

— Tu n'as aucune raison de t'excuser. Si ça doit être la faute de quelqu'un, c'est la mienne.

Alors qu'elle commençait à lui demander des précisions, il la coupa.

— Faisons ça. J'aimerais vraiment revoir mon frère.

— D'accord, on s'y met.

Elle attrapa d'une main le bracelet de Caydence et, de l'autre, ajouta une goutte de potion sur chaque image.

— Tout ce que tu as à faire, c'est te concentrer sur Zane quand tu bois la potion. Puis attends qu'une vision apparaisse.

— Compris.

Il jeta un dernier coup d'œil à la boussole avant d'avaler le breuvage.

Carly caressa la breloque tournesol sur le bracelet et l'imita. Sa peau se mit immédiatement à la picoter alors que la magie remontait ses bras et à scintiller comme si le clair de lune l'enveloppait.

— Ouah, souffla Jeremiah.

Elle le regarda et découvrit qu'il avait les yeux écarquillés et l'air émerveillé.

— Tu es… magnifique.

Au cours de sa carrière, elle avait reçu ce compliment des centaines de fois. Toutefois, l'admiration de Jeremiah et le ton de sa voix lui donnaient le sentiment d'être enfin vue pour la première fois de sa vie. Elle s'apprêtait à le remercier, quand le monde se transforma. Tout à coup, Zane apparut à côté de Jeremiah.

Son meilleur ami lui sourit et articula en silence « Demande-lui ! ».

« Tu es fou », répondit-elle de la même manière, comme ce jour-là, sur le bateau.

Les yeux de Zane pétillèrent juste avant qu'il ne murmure quelque chose à Jeremiah, qui se tourna alors vers Carly avec un regard intrigué.

— Caydence ? appela-t-elle, et elle tomba sur sa sœur qui venait d'apparaître à ses côtés.

— Pourquoi tu hurles ? la taquina sa sœur.

Carly fronça les sourcils en avisant la silhouette fantomatique. Si Zane avait l'apparence d'une vraie personne, Caydence, elle, n'était qu'une forme qui brillait dans la lumière. Elle voulut demander à sa sœur pourquoi, mais se retint et répéta plutôt les paroles qu'elle avait elle-même prononcées plus de trente ans auparavant.

— Allons nager.

Voilà pourquoi Jeremiah avait cru que l'accident était de sa faute à elle. Le souvenir se poursuivit tout de même, les obligeant à revivre ce cauchemar, la perte de son frère à lui et de sa sœur à elle.

— J'en suis ! s'écria Caydence en retirant son tee-shirt, dévoilant son bikini rouge.

Puis elle plongea dans l'eau. Zane la suivit immédiatement, et tous deux disparurent sous l'eau qui avait remplacé le parquet de l'herboristerie.

— Ce n'est pas le meilleur endroit pour nager, dit Jeremiah, les sourcils froncés. On devrait plutôt se rapprocher de la crique pour…

Une vague fit tomber le bateau et envoya Carly par-dessus bord.

— Carly ! cria Jeremiah.

Ce fut le dernier son qu'elle entendit avant que le bruit de fibre de verre heurtant de la fibre de verre ne consume tout son monde. Elle fut attirée vers le fond quand son tee-shirt se coinça dans des débris. La panique s'empara d'elle, mais elle parvint par miracle à détacher son haut et à remonter à la surface. À cet instant-là, tout ralentit. Jeremiah s'éloignait d'elle à la nage en appelant son frère. Il se rapprochait avec frénésie, et alors qu'il s'apprêtait à rejoindre Zane, celui-ci fut soudain entraîné sous l'eau. Jeremiah plongea, mais quand il refit surface, il était seul.

— Il était là, balbutia-t-il en recrachant de l'eau. Je viens de le voir.

Il repartit sous l'eau.

Carly savait que c'était à ce moment-là qu'elle avait repéré sa sœur flottant sur le ventre. Son cœur s'était brisé en millions de morceaux quand elle avait compris que Caydence était déjà morte. Depuis lors, c'était le brouillard. Mais dans le souvenir ravivé, son regard se fixa sur l'endroit où Zane avait disparu sous la surface, et quelque chose se reflétant sur l'eau attira son attention. C'était un autre bateau, s'éloignant à toute allure. Et elle aurait juré avoir entendu Zane crier « Retournez-y ! Ils ont besoin d'aide ! ».

La vision s'évanouit, et elle se retrouva assise sur le sol de son atelier, à trembler comme une feuille alors que l'adrénaline s'estompait dans ses veines.

— Carly ?

La voix de Jeremiah était rauque et chargée d'émotions.

— Oui ?

Elle le regarda et vit son visage exsangue.

— Cet accident n'en était pas du tout un, déclara-t-il.

Elle écarquilla les yeux.

— Quoi ? Tu es sûr ?

Il opina.

— Ce bateau n'a même pas essayé de nous éviter. Dans la vision, je l'ai vu nous percuter, faire demi-tour et nous encercler, puis filer à toute allure à travers la baie.

— Avec Zane, ajouta-t-elle, la poitrine serrée et les yeux pleins de larmes. C'était un acte délibéré, et ils ont ensuite récupéré Zane dans l'eau et sont partis avec lui.

Jeremiah poussa une exclamation de surprise.

— Tu es sûre ?

— À quatre-vingt-dix pour cent. Je l'ai entendu leur demander de faire demi-tour pour nous.

— Mais pourquoi ? Je ne comprends pas quelle raison inciterait quelqu'un à couler notre bateau et ensuite enlever Zane. Était-il impliqué dans un truc louche sans que je le sache ?

Elle secoua la tête.

— Non. Je ne vois pas, moi non plus. Mais cette vision… Tout était conforme à ce dont je me souvenais. Alors je ne vois pas pourquoi les détails ajoutés seraient différents.

— Ce qui signifie que… Zane est en vie.

— Et que nous devons le trouver. D'une façon ou d'une autre, nous devons le ramener à la maison, conclut-elle.

Jeremiah s'avança vers elle, la releva et la serra fort contre lui.

Ils s'enlacèrent un long moment en silence. Elle savait que se souvenir de cette journée serait éprouvant, mais elle ne s'attendait pas à ce qu'ils la revivent vraiment. Cette expérience avait été brutale. Comment pouvait-elle se remettre d'avoir revécu la mort de sa sœur jumelle ?

Les larmes se mirent à couler sur ses joues et des sanglots lui déchirèrent la poitrine alors que son chagrin se libérait.

Jeremiah ne dit pas un mot, sans doute conscient que rien

ne pourrait améliorer cette situation. Il se contenta de l'étreindre et de lui caresser la tête pour la réconforter. Lorsque les larmes de Carly se tarirent enfin, il l'embrassa sur le sommet du crâne et la lâcha.

— Je n'ose imaginer ce que tu as pu ressentir sans Caydence à tes côtés toutes ces années.

— C'est comme s'il me manquait la moitié de moi-même, admit-elle.

Puis elle lui révéla quelque chose qu'elle n'avait jamais dit à personne.

— Je crois que c'est pour ça que j'aime autant mon métier. Il me donne l'opportunité d'être quelqu'un d'autre. Quelqu'un dont il ne manque pas la moitié du cœur.

Le regard douloureux de Jeremiah était trop difficile à soutenir. Elle se détourna.

— Elle ne reviendra jamais, il n'y a aucun espoir, je le sais. Mais ça ne m'empêche pas de souhaiter pouvoir changer les choses.

— Je sais.

Elle s'essuya les yeux et se redressa.

— Mais on n'est pas là pour Caydence. On est là pour Zane. Et maintenant que nous avons une nouvelle raison de le croire en vie, nous devons découvrir comment le trouver et le ramener à la maison.

Jeremiah lui tendit la boussole, mais plutôt que de la prendre, elle posa la main sur la sienne et dit :

— Nous le ramènerons auprès de nous deux.

CHAPITRE SIX

Carly était assise à sa table, en début d'après-midi, et buvait un café en repensant à sa soirée de la veille avec Jeremiah. La vision qu'ils avaient partagée avait créé un lien inédit entre eux, qu'elle n'avait éprouvé qu'avec sa propre sœur, le genre qui ne se nouait qu'après une expérience qu'eux seuls comprenaient. C'était à la fois réconfortant et un peu effrayant. Elle était si habituée à vivre seule, depuis trente ans, qu'elle ne savait pas comment gérer un tel sentiment.

Malgré tout, elle ne pouvait pas nier qu'elle voulait cette connexion. Qu'elle l'avait cherchée pendant des années.

— Tu as l'air très sérieuse, commenta Harlow en entrant dans la cuisine avec son pantalon de yoga et un pull.

De retour de ses cours, elle avait l'air bien plus détendue que depuis plusieurs semaines. Harlow s'arrêta devant elle.

— Qu'est-ce que tu as fait à tes cheveux ?

— Ils sont emmêlés ? demanda-t-elle en se passant la main dedans.

Elle s'était fait une queue de cheval en sortant du lit une

heure plus tôt, sans prendre la peine de les coiffer d'abord. Son horloge interne était déréglée après sa nuit blanche à l'hôpital.

— Non, c'est…

Harlow se mordit la lèvre.

— Enfin, c'est un choix, mais ce n'est pas celui que j'aurais fait. Pas tout de suite, en tout cas. J'aurais pensé que tu attendrais encore quelques années avant d'opter pour le look naturel.

— De quoi est-ce que tu parles ? s'étonna-t-elle en se levant pour se rendre dans la salle de bains du rez-de-chaussée.

— Je sais que les cheveux argentés, c'est tendance, mais je crois que tu vas devoir les teindre pour qu'ils soient tous de la même nuance de gris, ajouta sa nièce, qui l'avait suivie.

— Gris ?

Carly accéléra l'allure, paniquée. Son dernier rendez-vous chez le coiffeur remontait à deux semaines à peine. Ses racines ne pouvaient pas se voir déjà. En outre, même si elle avait plus de cinquante ans désormais, seules quelques zones autour de son visage avaient commencé à griser, et elles se confondaient en grande partie avec ses cheveux blonds. Elle s'arrêta brusquement devant le miroir et écarquilla les yeux d'horreur en s'observant. Elle cria. Ses cheveux couleur miel avaient en une seule nuit adopté toutes les nuances du gris et, pour couronner le tout, un long poil noir gris lui avait poussé sur le menton.

— Je ressemble à un gardien de crypte !

Elle tourna la tête de tous côtés et faillit pleurer face à son apparence. Avait-elle pris vingt ans en une seule nuit ? Et c'était quoi, ce poil sur le menton ?

— Appelle Rebekah. C'est une urgence beauté.

— Euh… donc tu ne voulais vraiment pas tenter le gris ? demanda Harlow, confuse.

— Bien sûr que non ! Tu croyais sincèrement que j'avais fait ça délibérément ?

— Je pensais que c'était une teinture qui avait mal tourné. Je ne comprends pas. La dernière fois que je t'ai vue, tes cheveux avaient une magnifique teinte blonde.

— Moi non plus.

Elle contourna sa nièce et se rendit en vitesse dans sa propre salle de bains, où elle conservait sa pince à épiler. Et lorsqu'elle se regarda dans son magnifique miroir, son horreur perdura. De fines rides qui n'existaient pas avant partaient de ses lèvres. Les rares qu'elle avait eues autour des yeux s'étaient multipliées. Elle avait l'impression de se regarder vieillir à chaque seconde qui s'écoulait.

— Harlow ? demanda-t-elle d'une voix tremblante.

Sa nièce la rejoignit sans tarder.

— Qu'est-ce qu'il y a ?

— J'ai besoin d'une potion antiâge tout de suite. Appelle Gigi. C'est une urgence.

Harlow observa son visage et exprima la même horreur qu'elle arborait elle-même. Sa nièce avait enfin dû réaliser ce qu'il se passait.

— Maintenant, lui intima Carly.

— Exact.

Harlow quitta en vitesse la pièce.

Carly se rendit dans son atelier et ouvrit son grand livre de référence, le cœur battant, et le corps douloureux. Épuisée, elle s'assit sur un tabouret et tenta de lire le glossaire. Cependant, les mots se brouillèrent.

— Merde !

Elle fouilla dans un tiroir, y cherchant une paire de lunettes de lecture dans l'espoir que cela rectifierait le problème. Après les avoir chaussées, elle plissa les yeux. Les lettres ne flottaient plus, mais elles restèrent brouillées jusqu'à ce qu'elle éloigne le livre. Tout à coup, tout fut plus clair et elle put feuilleter la section concernant les herbes antiâges.

Voilà justement ce dont elle avait besoin : basilic, cannelle, clou de girofle, gingembre et quelques autres. Elle se dirigea à toute vitesse vers ses différents pots d'herbes séchées et prépara le mélange rapidement, associé à de l'eau de noix de coco chaude. Bien que le breuvage ait un goût de poussière, elle l'avala, même si elle faillit le recracher aussi sec.

— Gigi arrive, lança Harlow en entrant dans la pièce. Carly ! Oh, par les déesses !

Carly se tourna vers sa nièce, mais elle bougea trop vite et manqua de s'affaler au sol. Elle regarda ses mains, agrippées au plan de travail, et poussa un cri de détresse.

— Je suis en train de flétrir !

Harlow fut à ses côtés en un instant.

— Viens, tatie. Tu vas t'allonger sur le canapé.

Elle ne résista pas. Que pouvait-elle faire d'autre ? Elle avait déjà essayé de combattre le problème avec une potion. Clairement, ça n'avait pas marché. Au rythme où elle vieillissait, si elle ne s'asseyait pas, elle se casserait le col du fémur. Les larmes lui montèrent aux yeux, mais elle les ravala. Gigi était en route. Ensemble, elles trouveraient le moyen de l'empêcher de disparaître.

Lorsqu'elle fut sur le canapé, Harlow la borda avec une couverture et lui dit de rester tranquille tandis qu'elle lui préparait du thé. Carly opina et ferma les paupières, essayant de repousser l'horreur de la situation au fond de son esprit.

— Carly ? dit Harlow en la secouant par l'épaule.

Elle sursauta et cligna des yeux. Sa nièce lui tendait une tasse de thé.

— Je me suis endormie ?

La jeune femme acquiesça en lui cédant la tasse, puis elle saisit un scone dans un plateau posé sur la table basse et le lui mit dans la main.

— Mange. Le sucre devrait t'aider.

L'épuisement alourdissait chacun de ses membres. Elle but le thé et mordit dans la pâtisserie. Bien que celle-ci ait un goût de carton, elle s'obligea à l'avaler, sachant que ce n'était pas la faute du scone ; elle en avait mangé un la veille, et il avait été délicieux.

— C'est bien, la cajola Harlow en lui caressant les cheveux. Mange un peu plus.

Même si ses membres lui semblaient lourds comme le plomb, Carly obéit, ne serait-ce que pour se concentrer sur autre chose que son vieillissement rapide. Après quelques gorgées de thé supplémentaires, elle referma les yeux et ne se souvint plus de rien jusqu'à ce qu'elle entende la voix de Gigi.

— Aide-moi. Il faut lui tenir la tête. Elle doit boire ça le plus vite possible.

Ce fut l'urgence dans le ton de Gigi qui la réveilla.

— Je suis morte ? demanda-t-elle aux femmes qui la surplombaient.

— Non. Que les déesses soient louées, répondit Gigi, soulagée. Est-ce que tu peux t'asseoir ? Tu dois avaler toute cette potion. Tu peux y arriver ?

— Bien sûr, répondit Carly d'une voix tremblante.

Mais quand elle tenta de se redresser, elle n'arriva pas à rester droite.

— Je te tiens, la rassura Gigi en la prenant par les épaules pour l'empêcher de retomber.

Tenant le thermos à deux mains, Carly le monta à ses lèvres et commença à boire.

— Beurk !

Elle cracha dès que la potion amère atterrit sur sa langue.

— Il y a quoi dedans ?

— De l'écorce d'arbre et un tas d'autres trucs. Je te le dirai quand tu auras tout bu.

Elle fit la grimace, mais recommença à avaler lentement l'horrible potion. À chaque gorgée, ses forces lui revenaient peu à peu, et, au bout d'une minute, elle put finir sans y penser.

— Que la déesse soit louée, commenta Gigi en s'asseyant à côté d'elle et soupirant de soulagement.

— Ça a marché !

Harlow enlaça l'autre femme.

— Merci beaucoup. Si tu étais venue ne serait-ce que dix minutes plus tard, je suis sûre qu'elle aurait disparu sous mes yeux.

Gigi serra la main de Harlow.

— Je ne pense pas que ça se serait passé comme ça, mais je comprends ce qui te fait dire ça.

Elle se tourna vers Carly.

— Tu as utilisé beaucoup de magie ces dernières vingt-quatre heures ?

— Eh bien…

Carly regarda ses mains, soulagée qu'elles ne soient plus plissées et tremblantes.

— J'ai préparé une potion pour stimuler la mémoire, puis jeté un sort afin que Jeremiah et moi puissions nous souvenir de son frère et de ma sœur.

Gigi gémit.

— Un sort de mémoire ? Pour deux personnes ?

— Oui, pourquoi ? C'est une mauvaise chose ? demanda-t-elle, perdue.

Elle avait trouvé ce sort dans un ouvrage standard, assorti d'aucun avertissement spécifique.

— Ça peut, si tu ne l'accompagnes pas d'un cercle de protection.

Gigi lui prit la main.

— Ce sort aurait pu te tuer, murmura-t-elle avec empressement. Tu veux bien me faire une faveur ? À partir de maintenant, ne fais ce genre de sorts qu'avec le reste du coven, d'accord ? C'est plus sûr à plusieurs, et nous pouvons te procurer un cercle de protection.

— Euh, d'accord. Mais je ne veux pas vous déranger, tes amies et toi.

— Carly, répliqua Gigi avec un soupir exagéré. *Tu es* notre amie.

— Mais je ne fais pas partie du coven officiellement, insista-t-elle. Je ne veux pas être un fardeau.

— Ce n'est pas le cas, lui assura Gigi sur un ton ferme en posant ses mains sur ses hanches. Nous t'aimons toutes et te considérons comme l'une d'entre nous. Maintenant, lève tes fesses de ce canapé et trouve-moi un truc avec de l'alcool. J'en ai bien besoin, après cette potion d'inversion.

— Compris.

Carly se leva, s'attendant à s'affaler sous l'effort auquel son corps était soumis, mais, à son grand soulagement, elle était aussi forte qu'avant et était même emplie d'énergie comme si elle s'était réveillée régénérée après une bonne sieste.

Les deux autres femmes la suivirent jusqu'à la cuisine et s'assirent devant le plan de travail.

— La différence est incroyable, s'extasia Harlow en regardant Gigi. Tes potions sont de vrais miracles.

Gigi lui fit un grand sourire.

— Même moi je suis impressionnée que ça ait si bien marché.

— Aïe !

Carly lâcha le verre vide qu'elle venait d'attraper du bout des doigts et se serra le poignet.

— Bord… Nom d'un chien que ça fait mal.

— Qu'est-ce que tu as fait ? s'inquiéta Harlow en se précipitant vers elle pour l'examiner comme si c'était *elle* qui s'était brisée en mille morceaux et non le verre.

— Mon poignet a cédé quand j'ai attrapé ce verre.

Elle se tourna vers Gigi.

— C'est l'effet de ta potion qui s'estompe ?

Son amie l'étudia un moment, puis secoua la tête.

— Non, tout le reste est parfaitement normal. Je crois que ça vient de la cinquantaine.

— De la cinquantaine ? répéta-t-elle, perplexe, alors que Harlow éclatait de rire et entreprenait de ramasser les bris de verre.

— C'est quand ton corps cède, sans autre raison que ton âge, tu vois ?

Gigi lui fit un clin d'œil.

— Comme quand tu te coinces le dos en éternuant ou en te tournant dans le lit. Je suis quasi sûre que ta douleur au poignet, c'est la même chose.

Carly se renfrogna.

— C'est nul. Et moi qui me disais que ta potion m'avait donné un surcroît d'énergie.

Gigi opina sagement.

— Exactement. Excès de confiance. Ça se retournera toujours contre toi.

Pouffant, elle prépara un sac de glaçons et le lui tendit.

— Voilà. Garde-le jusqu'à ce que ça s'engourdisse ou que l'alcool fasse effet.

— Si les effets de cette cinquantaine continuent, je vais finir alcoolique, grommela-t-elle en attrapant un nouveau verre.

Elle le donna à Gigi, qui le remplit, ainsi que deux autres, avec du bourbon trouvé dans son bar.

— À la tienne ! lança Gigi en trinquant avec elle. Bon retour à l'âge où les choses se mettent à dérailler sans raison.

Carly fit rouler ses épaules et fléchit les doigts, essayant de soulager la tension dans son poignet.

— C'est toujours mieux que ce qui m'arrivait, non ?

— Amen, ma sœur.

Gigi but d'un coup le liquide ambré et fut prête à la resservir dès qu'elle l'imita.

— Il est bien dix-sept heures quelque part, n'est-ce pas ? pouffa Carly, qui décréta qu'après les derniers jours qu'elle venait de vivre, elle méritait de trinquer avec Gigi et Harlow.

CHAPITRE SEPT

— Qu'est-ce que j'ai fait ? gémit Carly dès qu'elle essaya d'ouvrir les yeux le lendemain matin.

Pourquoi un pic vert tambourinait-il dans son crâne ? Le soleil qui se reflétait sur les vagues l'éblouit par la fenêtre.

— Argh. Que quelqu'un mette fin à mes souffrances.

Un gloussement bas lui parvint aux oreilles, et son matelas s'affaissa lorsque quelqu'un s'y assit.

— Gigi m'a dit de te faire boire ça à ton réveil. Elle a pensé que ça te serait utile, commenta Harlow, bien trop guillerette pour quelqu'un l'ayant aidée à vider son bar la veille.

— Non.

Carly roula dans le lit et se cacha la tête sous un oreiller.

— Laisse-moi mourir en paix.

— Tu te sentiras mieux, promis.

Elle souleva légèrement le coussin.

— Ou alors je vais me ratatiner et avoir besoin d'un déambulateur pour me déplacer.

Harlow ricana.

— Arrête de jouer les divas. Assieds-toi et bois ça avant que Joy arrive.

— Joy vient ici ?

Elle fronça les sourcils, puis grimaça, parce que remuer ses muscles faciaux lui avait fait mal.

— Oui, confirma Harlow en soupirant. Tu ne t'en souviens pas ? Gigi et toi avez parlé de retrouver le coven sur la falaise pour tenter un sort de localisation toutes ensemble. Mais quand vous avez appelé Joy, elle a dit qu'elle voulait passer d'abord pour essayer d'avoir une vision de Zane. Si elle y parvient, cela prouvera qu'il est toujours en vie.

À ces mots, Carly s'assit et avala la potion que Harlow lui tendait. Le délicat parfum floral du breuvage lui retourna l'estomac. Elle craignit un instant de rendre le contenu de son ventre, mais elle prit une grande inspiration et réussit à tout garder à l'intérieur.

— Je ne crois pas que ce truc m'a aidée.

— Tu as un peu meilleure mine, tu es moins verte, déjà. Laisse-lui le temps de faire effet.

Sa nièce lui tapota le bras et se dirigea vers la porte.

— Je sors avec Lex aujourd'hui. Essaie de limiter ton empoisonnement à l'alcool en mon absence, d'accord ? J'aime bien t'avoir à mes côtés.

— Tu aimes juste ma maison en bord de plage, rétorqua Carly en se tenant la tête à deux mains pour supplier le martèlement de cesser.

Harlow secoua la tête.

— Je suis ton héritière. Donc dans tous les cas, cette vue sera pour moi. Je préfère la contempler avec toi.

— C'est vrai. J'avais oublié. L'alcool m'a grillé le cerveau, répliqua-t-elle en se frottant la tempe. Mais ne t'en fais pas : boire est la dernière chose au programme aujourd'hui.

— Ça fait plaisir à entendre. Je prendrais une douche, à ta place, ajouta sa nièce en fronçant le nez. Je pense que, à ce stade, c'est l'odeur d'alcool que tu dégages qui te rend malade. En plus, tu ne veux pas avoir l'air d'avoir rampé sous une table pour dormir dans un bar miteux, quand Joy arrivera, n'est-ce pas ?

— Non, en effet. Tu sors avec Lex, alors ?

— Oui.

Harlow lui fit un signe de la main et disparut dans le couloir, tandis qu'elle se demandait quand sa nièce était devenue amie avec celle de Grace. Elles se connaissaient, bien sûr. Prémonition était une petite ville. Mais elle ne s'était pas rendu compte que ces deux-là avaient commencé à se fréquenter socialement. Elle en fut heureuse. Harlow avait besoin d'avoir d'autres personnes dans sa vie que sa seule tante. Lex était une gentille fille. Elle était ravie que toutes les deux deviennent amies.

Suivant le conseil de Harlow, elle se rendit dans sa salle de bains surdimensionnée pour se transformer en version humaine d'elle-même. Une qui ne sentait pas la distillerie, par exemple.

— Tu es là ! s'écria Joy en arrivant sur la terrasse de Carly. Comme tu ne répondais pas à la porte, je savais que je te trouverais ici.

Carly lui fit un signe de la main depuis le fauteuil où elle s'imprégnait des rayons du soleil. Après sa douche, elle avait réussi à reprendre apparence humaine. Elle s'était préparé un café et était sortie pour écouter le ressac. L'océan ne manquait jamais de la calmer. Elle en avait eu besoin ; tout son corps vibrait d'anxiété. Elle n'arrêtait pas de s'inquiéter de ce qu'ils pourraient faire si le sort de localisation ne fonctionnait pas.

— Je ne me lasserai jamais de cette vue, commenta Joy en s'asseyant à côté d'elle. Depuis que j'ai emménagé avec Troy, je dois me forcer à me détourner des fenêtres pour ne pas perdre une journée à simplement admirer le mouvement des vagues. Cela dit, c'est bien plus agréable que d'écouter Kira, l'actrice avec laquelle je travaille en ce moment, se plaindre de son acné ou du garçon qui ne l'a pas encore invitée à sortir.

Carly ricana.

— Elle est forcément mieux que Prissy Penderton, répliqua-t-elle, mentionnant l'actrice qui avait interprété la fille de Joy dans le premier film qu'elles avaient tourné ensemble. Cette fille était horrible.

Joy frémit.

— Tu as raison. Je ne jouerai plus jamais avec elle, pour rien au monde. Je préfère écouter tous les ragots de collège de Kira que de fréquenter à nouveau Prissy. Dans pas longtemps, je vais organiser une pyjama party et une session de Ouija.

— Ça fonctionne vraiment, ça ? s'étonna Carly en se redressant dans son siège. Je me suis toujours posé la question.

Joy rit.

— Comment veux-tu que je le sache ? J'ai passé vingt-cinq années de ma vie à élever mes enfants et essayer de faire marcher mon mariage en échec. Peut-être que nous devrions tenter ça. Cela dit, nous devrions plutôt en charger Hope ou Gigi. Gigi parle aux fantômes et Hope adore tester de nouveaux trucs.

Carly sourit.

— Nous leur poserons la question. Les sorts et les potions, c'est une chose, mais conjurer des fantômes au hasard avec une planche ? C'est d'un tout autre niveau.

— Et si cela ne faisait pas venir n'importe lesquels ? demanda Joy en haussant un sourcil.

— Tu penses à ma sœur… ou à Zane ?

Elle s'obligea à prononcer ce prénom. Maintenant qu'ils avaient des raisons d'espérer que son vieil ami était en vie, elle commençait à croire qu'ils le trouveraient. Elle savait que c'était stupide, mais elle ne pouvait s'en empêcher.

— Je ne pensais pas à Zane, répondit Joy, affligée. Je pensais à ta sœur. Elle doit te manquer.

— C'est vrai. Mais elle me rend déjà visite. Je n'ai pas besoin de planche de Ouija pour lui parler.

— Ah oui ?

Joy écarquilla les yeux.

— C'est intéressant. Je parie que tu pourrais faire bouger le curseur sans même le toucher.

— Pas d'après les scientifiques. Ils croient tous qu'il s'agit de mouvements musculaires inconscients. Ça m'étonnerait que ce soit le cas avec les sorcières, mais je n'ai jamais essayé. J'ai toujours eu le sentiment que ceux qui souhaitent nous parler viendront d'eux-mêmes.

— Oui, c'est logique. Je me disais seulement que…

Joy secoua la tête.

— Oublie.

— Tu te disais que si nous convoquions Zane et qu'il se pointait, alors nous aurions la réponse, c'est ça ?

Son amie opina lentement.

— Je sais que ce n'est pas l'issue que tu aimerais. Mieux vaut rester positif.

— Je n'ai pas peur de le voir apparaître, déclara Carly en fronçant les sourcils. Pas du tout. Même si je désire qu'il soit en vie, si ce n'est pas le cas, au moins nous saurions. Mais je ne crois pas qu'il se montrerait. J'ai interrogé ma sœur

Caydence à son sujet quand elle est venue me voir. Plusieurs fois. Elle m'a dit qu'elle ne l'a jamais revu depuis l'accident. Elle se disait qu'il était peut-être allé de l'avant. Mais maintenant…

— Maintenant, tu crois qu'il est toujours avec nous, répondit Joy en lui serrant la main.

Elle acquiesça.

— Dans mon cœur, je le pense sincèrement.

— Alors voyons si nous pouvons le trouver. Tu as une photo de lui ? J'aimerais essayer d'avoir une vision de lui.

— Oui.

Carly se leva vivement de sa chaise et dut s'immobiliser quelques instants pour reprendre l'équilibre. La potion que Harlow lui avait fait boire avait fonctionné. Elle n'avait plus le sentiment qu'elle s'apprêtait à vomir ses organes internes. Malgré tout, elle restait fatiguée et un peu faible.

— Ça va ? s'inquiéta Joy, qui la dévisageait.

— Oui, je ressens juste mon âge. J'aurais dû arrêter de boire dès que j'ai eu cinquante ans.

Joy poussa un petit cri outragé.

— Arrêter de boire ? Tu as perdu la tête ? Et renoncer à la soirée margaritas ? Ou mimosas ? Ou à tout le vin dans ma cave ?

Carly pouffa.

— Ne t'en fais pas, je n'étais pas sérieuse. Mais je pense sincèrement cesser de m'enivrer au point d'oublier certains instants. En plus, la gueule de bois, c'est l'horreur.

— J'imagine ce que tu éprouves, répondit Joy, amusée. Tu as eu une sacrée soirée, hein ?

— Gigi m'a obligée à trinquer. On va dire que c'est elle qui est responsable.

Joy éclata de rire.

— Ça te dirait qu'on entre et qu'on s'y mette ? demanda-t-elle en indiquant la maison.

Carly pénétra la première chez elle et se dirigea vers la salle à manger. Elle possédait déjà une photo de Zane. C'était plus précisément un cliché de lui et son frère, pris le jour où Zane et elle avaient terminé le lycée. Le jour où Zane avait décidé de s'installer à Los Angeles avec elle pour qu'ils cherchent ensemble des castings. Elle avait été très heureuse de savoir que son meilleur ami serait à ses côtés.

— C'est Zane ? demanda Joy en pointant le bon frère.

Carly confirma.

Joy observa la photo de près.

— Jeremiah était déjà séduisant à l'époque, n'est-ce pas ?

— Oui, dit-elle, en évitant le regard de son amie afin que celle-ci ne voie pas combien penser à lui l'affectait.

— Mais il est bien plus distingué maintenant, ajouta son amie sur un ton détaché. C'est fou quand même comme certains hommes ne cessent de se bonifier avec l'âge sans effort, alors que nous, les femmes, devons payer une fortune pour maintenir nos normes de beauté.

Carly explosa de rire. Elle ne s'attendait pas à ce que Joy compare les normes de beauté masculines et féminines. Cela dit, son amie n'avait pas tort. Jeremiah était encore plus séduisant aujourd'hui. Ce qui n'était pas peu dire, puisqu'il avait toujours été beau.

— C'est totalement injuste, approuva-t-elle.

Joy lui adressa un sourire narquois.

— Zane a les mêmes gènes. S'il est encore en vie, il doit avoir une armée de femmes à ses trousses.

— Peut-être. Mais elles perdraient leur temps. Il est gay, répondit-elle, un sourire triste aux lèvres. À moins qu'il ait oublié ça aussi.

— Je ne suis pas sûre que ce soit quelque chose qu'on puisse oublier, dit Joy en lui prenant la main et la serrant. J'ai également beaucoup de mal à croire qu'il resterait loin de toi s'il avait le choix.

Carly exprima sa gratitude d'un signe de la tête.

Joy observa la photo pendant une éternité. Carly était persuadée que la vision ne fonctionnait pas, que Joy se contentait d'accorder du temps à pas grand-chose. Cependant, au moment où elle s'apprêtait à la remercier d'avoir essayé, elle vit son amie relever brusquement la tête. Son regard se voila et sa bouche s'ouvrit en grand.

Carly l'observa, stupéfaite. Elle avait déjà été témoin des visions de Joy auparavant, mais celle-ci n'avait jamais donné l'impression d'être en transe jusqu'à présent, comme si elle était possédée par une force inconnue. Lors des précédentes occasions, Joy semblait juste perdue dans ses souvenirs. Là, c'était… différent. Plus intense. Et intimidant, pour être honnête.

Un tel silence tomba sur la maison qu'elle entendait l'aiguille qui trottait dans la pendule. Tic. Tac. Tic. Tac.

Elle se concentra sur Joy, assise devant la table, la poitrine se soulevant chaque fois qu'elle respirait. Elle pria pour que son amie sorte de sa transe. Qu'elle lui confirme avoir vu Zane et savoir par où commencer à le chercher.

Joy prit une grande inspiration et se focalisa sur elle.

Le cœur de Carly se mit à battre la chamade, et elle serra la main de Joy.

— Tu l'as vu ?

Son amie nia lentement de la tête, et la peur apparut dans son regard.

— Pas Zane. Jeremiah.

Tout son sang se figea en glace.

— Qu'est-ce qu'il y a ? Qu'as-tu vu ?

— Quelqu'un le traque. J'ai vu…

Elle secoua la tête et fit la grimace.

— Je ne sais pas bien ce que j'ai vu.

— Dis-moi, s'il te plaît, la pria Carly en s'efforçant de parler calmement.

Visiblement, la vision de Joy l'avait ébranlée.

— Nous trouverons quoi faire.

Elles n'avaient pas le choix, parce que si Jeremiah était en danger, elle ferait tout ce qui était en son pouvoir pour le protéger.

— Joy ?

— Oh, mince. Je suis désolée. Je ne voulais pas te faire peur. C'est juste que la vision est à la fois si précise et si perturbante.

— Je ne comprends pas.

Joy se leva et fit les cent pas dans la salle à manger.

— Jeremiah quittait l'*Auberge de la falaise*, la tête baissée. Un homme vêtu d'un jean et d'une chemise bleue s'est mis à le suivre. Il ressemblait à un réparateur et conduisait une camionnette quelconque.

— Cette personne suivait Jeremiah dans une camionnette blanche ? demanda-t-elle, la main sur son cœur douloureux.

Une alarme retentit dans son esprit. Jeremiah était en danger.

Joy opina et agrippa fort le dossier d'une chaise.

— La camionnette blanche suivait Jeremiah et s'est déportée sur une voie en sens inverse, comme pour le dépasser. Elle s'est soudain déportée sur la droite, obligeant Jeremiah à faire un écart et à tourner sur une route de campagne. La camionnette a essayé de le suivre, mais une autre voiture lui a coupé la route, provoquant un accident. Elle est partie avant que quelqu'un puisse constater les dégâts causés.

— Nous devons faire quelque chose, dit Carly en saisissant ses clés posées sur une petite table. Nous devons prévenir Jeremiah.

Elle se dirigea à grands pas vers le garage dans l'intention de trouver Jeremiah au plus vite pour l'informer qu'il était en danger à cause de ses efforts pour retrouver son frère.

— Carly ? lança Joy en courant dans la cuisine pour la rattraper.

— Il faut qu'on parte, Joy. Viens.

— Mais tu ne veux pas essayer de l'appeler d'abord ? Pour t'assurer qu'il va bien et le prévenir avant que ça se reproduise ?

— Bonne idée.

Elle s'immobilisa et prit le temps de se calmer. Elle n'avait pas les idées claires. Où pouvait-elle bien aller pour avertir Jeremiah ? À l'auberge ? Elle ignorait s'il s'y trouvait toujours. Elle sortit son portable et composa son numéro. Répondeur.

— Jeremiah, c'est Carly. Il faut que tu me rappelles dès que tu as ce message. Joy a eu une vision. Quelqu'un te suit. Sois prudent, s'il te plaît.

Joy lui prit la main et la serra.

— Désolée de ne pas avoir vu Zane.

Carly secoua la tête.

— Pas besoin de t'excuser. Je suis contente que tu aies vu que quelqu'un suivait Jeremiah, avant qu'il ne lui arrive quelque chose d'horrible à lui aussi.

Elle indiqua la porte.

— Pourrions-nous passer à l'auberge avant de nous rendre à la réunion du coven ? Peut-être que nous le trouverons là-bas.

— Bien sûr.

Joy la suivit dans le garage et s'installa sur le siège passager.

— Il va bien, tu le sais ?

Elle opina, mais tout ce qu'elle éprouvait au fond d'elle, c'était de l'appréhension.

CHAPITRE HUIT

Jeremiah n'était ni à l'auberge ni à l'hôpital où John Doe était toujours inconscient. Le garde du corps qui faisait partie de l'équipe de sécurité de Carly l'informa qu'il ne l'avait pas vu ce matin-là. N'ayant pas d'autre idée où le trouver, elle se dirigea finalement vers la falaise pour rejoindre le reste du coven.

— Je suis sûre qu'il a eu ton message, lui dit Joy.

Carly lui jeta un coup d'œil.

— On n'en sait rien. Pas tant qu'il ne me rappellera pas, en tout cas.

— Exact.

Joy se mordilla la lèvre.

— J'aimerais pouvoir faire plus.

— Je sais. Mais grâce à toi, nous avons découvert que quelqu'un traque Jeremiah. C'est peut-être la même personne qui a attaqué John Doe

Même si elle détestait cette idée, c'était la seule explication plausible. Elle regarda dans le rétroviseur intérieur et soupira de soulagement en voyant Jake qui la suivait dans son SUV. Il lui avait fallu du temps pour s'habituer au fait d'avoir besoin d'agents de sécurité pour la protéger, mais après l'enlèvement de sa nièce, elle n'avait pas eu le choix. Cela ne la dérangeait pas, à vrai dire. Son équipe était très douée, elle lui laissait de l'espace tout en veillant à sa protection. Aujourd'hui, elle était reconnaissante de leur présence. Si quelqu'un suivait Jeremiah, combien de temps faudrait-il à cette personne pour la traquer elle aussi ?

— S'ils voulaient tuer John Doe, c'est logique qu'ils souhaitent s'assurer que personne ne puisse lui parler à son réveil, commenta Joy. Ce n'est pas une bonne nouvelle pour nous, cela dit, n'est-ce pas ?

Carly tourna vivement son attention vers son amie, emplie d'horreur.

— Tu as raison. Ça signifie que toi et les filles devez rester en dehors de ça. Je ne peux pas vous demander de vous mettre en danger.

Joy souffla.

— Bien sûr. Comme si tu pouvais nous tenir à l'écart. Tu ne nous connais pas ? Tu te souviens de ce qu'il s'est passé quand Iris a eu besoin de notre aide ? Nous avons réussi à faire tomber un gang de criminels qui envisageaient de détruire Prémonition.

C'était vrai. À cause du nouveau maire et de ses acolytes, toute la ville avait été sous le coup d'une malédiction qui affectait tout le monde. Cependant, si Carly laissait le coven s'impliquer dans les recherches de Zane, cela pourrait toutes les mettre en danger ; or, elles n'avaient pas d'équipe de sécurité pour les protéger.

— Ce n'est pas sûr.

— Le fait qu'un inconnu se balade dans Prémonition et tire sur les gens ne l'est pas non plus, Carly, répliqua Joy sur un ton ferme. Tu ne peux pas nous arrêter. Tu peux essayer, mais ça ne marchera pas.

— Mais…, reprit-elle, déterminée à inculquer un peu de bon sens à son amie.

Joy leva la main pour la couper.

— C'est une bataille perdue d'avance. Mais tu n'es pas obligée de me croire. Nous allons demander aux filles ce qu'elles en pensent.

Elle soupira. Elle n'avait pas l'habitude que les choses ne se fassent pas à sa façon. Plus important encore, elle n'avait pas l'habitude que des gens prennent des risques pour elle. Même si elle avait très envie de hurler à Joy de ne pas s'impliquer afin de ne pas être en danger, elle était aussi profondément touchée.

— Merci.

Les lèvres de Joy se relevèrent.

— De quoi ? De t'avoir crié dessus ?

— D'être une si bonne amie.

Elle eut beau sourire, ses yeux se voilèrent sous le coup de l'émotion, et elle dut se détourner avant de fondre en larmes comme une imbécile.

— Tu es une très bonne amie, toi aussi. Tu le sais, n'est-ce pas ? répliqua Joy avec hésitation, comme si elle craignait que Carly ne la croie pas.

À vrai dire, elle avait conscience d'être une hôtesse et une collègue de travail charmante. Toutefois, pendant très longtemps, elle n'avait eu que peu d'amis. Elle n'était pas certaine de savoir comment être une bonne amie, désormais.

— Carly, je suis sérieuse. Tu le sais, n'est-ce pas ?

Elle secoua la tête.

— Non. Mais j'y travaille.

Bon sang. Elle avait l'air si pathétique.

Son portable sonna sur le système de sa voiture et elle vit apparaître le nom de Jeremiah. Elle décrocha immédiatement.

— Jeremiah ! Où es-tu ?

— *Chez le carrossier, parce que mon aile est enfoncée. Je viens d'avoir ton message. Tu crois que quelqu'un me suit ?*

— Oui, répondit Joy à sa place. Salut, Jeremiah, je m'appelle Joy. J'ai touché une photo de toi et eu une vision en direct. J'ai vu une camionnette tenter de te faire sortir de la route. C'est sans doute à cause d'elle que ton aile est enfoncée. Le conducteur était habillé comme un réparateur et t'a suivi depuis ton départ de l'auberge. Si une autre voiture n'avait pas failli lui rentrer dedans, il aurait pu faire bien pire, j'en ai peur. Tu dois être prudent et faire une déposition auprès de la police.

— *Euh, d'accord. Il y a vraiment quelqu'un qui me suit ?*

— Oui, confirma Carly. Désolée, nous sommes en voiture, c'est pour ça que tu es sur haut-parleur. Nous pensons que l'homme qui te traquait a un lien avec le coup de feu tiré devant chez moi. Il n'apprécie sans doute pas que nous restions dans les parages à attendre que sa victime se réveille.

Jeremiah jura, puis se racla la gorge.

— *C'est assez logique. Je ne vois pas d'autre raison qui inciterait quelqu'un à me faire sortir de la route.*

Un silence s'installa, qu'elle ne supporta pas bien longtemps.

— Il est possible aussi qu'il ait été ébloui par ta beauté et ait perdu le contrôle de son véhicule.

Joy ricana.

Jeremiah poussa un tel soupir qu'elle l'imagina lever les yeux au ciel en même temps.

— Oh, allez. On a le droit de faire de l'humour noir, dit-elle.

Il pouffa.

— *Tu as toujours eu un côté sombre.*

— Tu sais, dit-elle en se forçant à adopter un ton confiant, je crois que tu devrais loger chez moi tant que tu es en ville.

— *Quoi ? Non, Carly. Je ne pense pas...*

— Jeremiah, le coupa-t-elle. Tu as failli avoir un accident. Si la personne qui a tenté de tuer John Doe essaie de te faire du mal ou au moins de t'effrayer au point que tu restes en dehors de tout ça, ne vaudrait-il pas mieux que tu vives dans un endroit sécurisé ? Parce que tu sais aussi bien que moi que nous ne lâcherons pas l'affaire tant que nous n'aurons pas la certitude que Zane est en vie.

— *Je pourrais engager une équipe de sécurité,* répliqua-t-il, semblant cependant se parler davantage à lui-même qu'à elle.

— Tu pourrais. Mais alors, il y aurait deux voitures qui nous suivraient partout. Ce ne serait pas du tout voyant, répondit-elle sur un ton plein de sarcasme.

Il soupira de défaite.

— *Très bien. Tu marques un point. Quand j'aurai fini avec ma voiture, j'irai chez toi. Ça te va ?*

— Oui. Et profites-en pour rendre ta chambre à l'auberge. Il y a plein de place chez moi, tu peux rester aussi longtemps que tu le veux.

Elle tourna dans la ruelle menant à la falaise. Trois voitures étaient déjà garées le long de la route. Elle s'arrêta derrière la dernière et coupa le moteur.

— Jeremiah ? insista-t-elle quand elle réalisa qu'il ne lui avait pas répondu.

— *Je suis là. Loin de moi l'idée de t'énerver, mais tu sais ce que disait Benjamin Franklin.* « *Un invité, c'est comme le poisson : au bout de trois jours, il sent mauvais.* »

— Ça fait plus de trente ans que nous ne nous sommes pas

vus. Nous pouvons en profiter pour apprendre à nous connaître à nouveau, non ?

— *Oui, d'accord. Tu as raison.*

Il semblait toujours hésitant. Elle ne pouvait pas le lui reprocher. Elle ne serait pas à l'aise elle non plus à l'idée de dormir chez lui. Cela dit, cette pensée la réchauffa de l'intérieur, au point qu'elle se demanda si elle se sentirait vraiment si mal. Sans doute que non. C'était Jeremiah, après tout, le premier homme dont elle avait été à moitié amoureuse. Elle aurait certainement adoré vivre avec lui pour toujours. Elle secoua la tête pour déloger ces pensées. Ce n'était pas le moment de rêvasser sur son coup de cœur de jeunesse à sens unique.

— C'est décidé, alors, décréta-t-elle afin qu'il n'argumente plus. Je dois retrouver le coven, nous allons tenter un sort de localisation. Je t'appelle dès qu'on en sait plus.

Jeremiah souffla.

— *Merci. Et remercie les membres du coven pour moi.*

— Promis.

Elle raccrocha, et quand elle se tourna vers Joy, elle découvrit que cette dernière arborait un petit sourire.

— Quoi ?

— Tu en pinces complètement pour lui, répondit son amie, amusée.

— Non, pas du tout.

Elle leva les yeux au ciel et sortit de voiture.

Joy la suivit en mettant son sac sur son épaule, accélérant l'allure pour la rattraper.

— Je crois que tu as vraiment des sentiments pour ce type. Je ne te le reproche pas. Il est sacrément sexy.

— Ah oui ? demanda-t-elle, incapable de s'en empêcher.

— Euh, oui. Aucun débat à avoir. Tu as bien dû remarquer

ces épais cheveux noirs et ce regard intense, non ? Un seul coup d'œil suffit à émoustiller une fille.

Joy s'éventa.

Carly haussa un sourcil.

— On dirait que c'est toi qui as des sentiments pour ce gars.

Joy rit.

— Non. Troy me convient parfaitement, mais je ne suis pas aveugle. Cet homme est splendide. Mais ça va au-delà de ça pour toi, n'est-ce pas ?

— Je ne...

Elle soupira.

— C'est un vieil ami. Nous avions perdu le contact pendant très longtemps. J'aimerais bien savoir où nous en sommes. Est-ce que je craquais pour lui quand nous étions plus jeunes ? Oui. Mais à présent ?

Elle haussa les épaules et leva les mains.

— Je le connais à peine et nous nous sommes tous les deux lancés à la recherche de Zane. Il n'y a pas de place pour les coups de cœur ou la romance. Tout ce que j'espère, c'est que Jeremiah reste en sécurité et que nous trouvions Zane.

Joy lui serra la main.

— Je sais. Désolée de t'avoir taquinée. J'essayais d'alléger l'atmosphère.

Carly lui adressa un sourire reconnaissant tout en se frappant mentalement. Visiblement, Joy avait touché un point sensible, vu sa réaction exagérée. Elle s'obligea à se détendre.

— Tu as raison, il est superbe. Et l'avoir chez moi ne sera pas vraiment une corvée pour les yeux.

— J'aime cet esprit.

Joy lui fit un clin d'œil et lui prit le bras tandis qu'elles rejoignaient le reste du coven, qui avait déjà formé un cercle magique avec du sel et des bougies.

— Merci à toutes d'être venues, dit Carly en observant ses amies.

Grace, Hope, Iris et Gigi se levèrent pour l'enlacer. Elles lui murmurèrent des paroles de soutien et lui promirent de tout faire pour l'aider à retrouver son ami d'enfance. Elle cligna des paupières pour faire disparaître ses larmes de gratitude et étreignit chacune des femmes.

— Vous n'imaginez pas combien ça compte pour moi.

— Oh, si, on l'imagine, répliqua Gigi en lui prenant la main. Nous avons toutes été dans des situations similaires, où nous avons eu besoin de l'assistance de nos sœurs de coven. Nous sommes contentes de pouvoir rendre la pareille.

Toutes les autres approuvèrent. Carly leur sourit, reconnaissante, et se promit de cesser d'être surprise par l'amitié de ces femmes.

— D'accord. Maintenant que nous sommes toutes là, par quoi commençons-nous ?

— Mettons-nous en cercle, dit Grace en se positionnant derrière l'une des bougies.

Les autres femmes l'imitèrent, laissant à Carly la place en face de Grace.

Dès qu'elle y fut, Carly sentit sa peau picoter de magie. Elle observa ses bras et inspira vivement en les voyant scintiller.

— C'est puissant, n'est-ce pas ? demanda Joy. C'est l'énergie collective, qui coule déjà en nous.

— Nous nous n'avons encore rien fait, s'émerveilla-t-elle.

Même si elle avait déjà aidé le coven à effectuer un sort de localisation auparavant, ce qu'elle avait ressenti alors n'était rien comparé à ce qu'elle éprouvait ce jour-là. C'était comme si quelque chose s'était ouvert en elle et qu'elle était enfin capable de se soumettre entièrement au coven.

— C'est ce qui se produit quand tu traînes avec un groupe de sorcières badass, expliqua Hope avec un clin d'œil.

Elle repoussa ses cheveux de ses yeux et leva les mains vers le ciel, s'imprégnant visiblement du pouvoir qui crépitait autour d'elles.

Gigi imita sa posture et chancela.

Une à une, toutes les femmes s'exécutèrent et penchèrent la tête en arrière. Carly suivit leur exemple et eut le sentiment d'être non seulement remplie de l'énergie du soleil, mais aussi de celle des femmes rassemblées autour d'elle.

— Carly, dit Iris. À toi de jouer. C'est toi qui as un lien avec Zane. Tu as apporté quelque chose qui lui a appartenu ?

— Oui.

Elle récupéra dans sa poche la boussole. Elle avait essayé de la rendre à Jeremiah, mais il avait refusé avec insistance, disant que si Zane lui en avait fait cadeau, c'était que sa place était avec elle.

— Tu te souviens quoi faire ? lui demanda Gigi.

Cette femme magnifique portait une robe blanche qui voletait sous l'effet de la brise, lui conférant une apparence de déesse. Il y avait toujours eu quelque chose d'éthéré chez Gigi.

Carly se racla la gorge.

— Oui. Je crois.

— Bien. Nous sommes prêtes quand tu l'es.

Serrant fort la boussole, elle se vida l'esprit et se concentra sur Zane. Elle l'imagina assis sur le rondin de bois sous la cabane dans l'arbre, dans la maison où il avait grandi. C'était généralement là qu'ils se retrouvaient pour échapper à la vigilance de ses parents à lui et de sa grand-mère à elle. Ils y avaient passé beaucoup de temps à discuter de leur avenir. C'était aussi à cet endroit-là qu'ils avaient planifié leur vie après le lycée et qu'elle l'avait supplié de l'accompagner à Los

Angeles. C'était toujours à cet endroit qu'elle l'imaginait quand elle se plongeait dans ses souvenirs.

Gigi lui mit une poignée d'herbes dans la main.

— Lance ça dans le feu quand tu commenceras ton incantation.

Elle opina pour indiquer qu'elle avait compris, mais sans ouvrir les yeux. Elle était déjà focalisée sur le souvenir de Zane et ne voulait pas qu'il s'échappe.

Les autres sorcières se lancèrent dans une basse mélopée invitant le feu à s'allumer. Peu après, elle entendit le souffle du feu magique et sentit la chaleur des flammes émanant du centre du cercle.

— Maintenant, Carly, dit Gigi tout bas.

— Déesse de la terre, nous cherchons l'un des êtres qui me sont chers. Puisses-tu nous le montrer et nous indiquer qu'il n'est pas perdu.

Elle avait modifié l'incantation depuis la dernière fois, quand Iris devait retrouver Kade. Elle avait souhaité la personnaliser, parce qu'elle était convaincue que derrière chaque incantation, l'intention était plus importante que les paroles prononcées. Personne sur cette falaise ne se souciait de Zane autant qu'elle.

Elle répéta l'incantation d'une voix plus forte et plus stable. Et lorsqu'elle sentit une bouffée de pouvoir l'envahir, elle jeta dans le feu les herbes que Gigi lui avait données, et il rugit. Elle ouvrit les paupières et se retrouva soudain devant des flammes d'un mètre quatre-vingt, qui se tordirent, s'enroulèrent autour d'elles-mêmes, devinrent blanches, puis bleues à mesure que le brasier s'intensifiait.

Si l'une des sorcières lâcha une exclamation, Carly, elle, était incapable de détacher le regard. Les flammes se séparèrent et tout à coup apparut une silhouette efflanquée.

Elle plissa les paupières, essayant de distinguer des traits, mais ceux de la personne sous ses yeux n'étaient pas définis. Elle aurait voulu hurler de frustration. Impossible de déterminer si l'homme reflété dans le feu était Zane ou... Puis la silhouette commença à marcher, et elle sut.

— Zane, souffla-t-elle en avisant cette démarche gauche qu'elle reconnaîtrait n'importe où.

Il avait eu une rapide poussée de croissance de près de quinze centimètres en un an, qui l'avait laissé avec une douleur à la hanche gauche. Grâce à de la rééducation, elle avait disparu, mais la démarche gauche qu'il avait adoptée pour compenser ne s'était pas totalement normalisée.

— Où est-il, Carly ? Où est Zane ?

La voix dans son dos ressemblait à celle de Jeremiah. Mais c'était impossible, il n'était pas sur la falaise. N'est-ce pas ?

La scène changea, et elle vit Zane assis dans une pièce en train de lire une sorte de vieux livre de comptes. Il se frotta les paupières et leva la tête. Ses yeux s'écarquillèrent quand il la regarda en face. Il y avait de la reconnaissance dans son regard.

— Zane, dit-elle plus fort, pour s'assurer qu'il l'entende.

Zane fronça les sourcils, l'air perdu un instant, puis il secoua la tête et cligna des paupières, comme pour éclaircir sa vision. Enfin, il baissa le nez et recommença à étudier le livre de comptes.

— Non ! Zane, regarde-moi. C'est moi, Carly ! cria-t-elle.

Son vieil ami releva le menton et scruta la pièce du regard. Au bout de quelques instants, il se passa la main dans les cheveux et les agrippa, frustré.

— Je suis là. Nous te cherchons. Si tu peux me dire où tu es, nous viendrons te chercher. Je te le promets. Jeremiah et moi. Nous t'attendons.

Il articula le mot « Jeremiah ».

— Je sais que tu peux m'entendre, reprit-elle avec excitation. S'il te plaît, Zane. Aide-nous. Dis-nous où nous pouvons te trouver, nous serons là le plus vite possible.

— Jeremiah, répéta Zane, cherchant avec frénésie autour de lui... son frère, certainement.

— Il te cherche, poursuivit-elle. Il ne renoncera pas tant qu'il ne t'aura pas ramené à la maison.

— La maison ? répéta-t-il, visiblement confus, la regardant droit dans les yeux une nouvelle fois. Je ne sais pas où c'est.

Son cœur se brisa en deux. Ses soupçons étaient confirmés. Il était victime soit d'un sort, soit d'amnésie. Elle savait qu'il y avait une explication au fait qu'ils n'aient jamais eu de nouvelles.

— Nous t'aiderons à t'en souvenir, Zane. Je te le promets. Guide-nous jusqu'à toi et nous nous assurerons que tu retrouveras ta famille.

Elle leva la boussole, espérant qu'il pourrait la voir.

Il cligna deux fois des paupières, puis, d'une voix stupéfaite, il dit :

— Carly ? C'est vraiment toi ?

Les larmes aux yeux, elle acquiesça.

— C'est vraiment moi. Tu me manques.

— Tu me manques, toi aussi, répondit-il d'une voix étouffée par un sanglot.

Elle lui tendit la main, essayant de créer un lien avec lui.

Il fit de même, mais leurs doigts ne se touchèrent jamais. Malgré tout, ils restèrent dans cette position tous les deux, comme s'ils avaient noué une connexion physique.

— Où es-tu, Zane ? demanda-t-elle à nouveau, désespérée.

Maintenant qu'elle était certaine qu'il était en vie, elle remuerait ciel et terre pour le ramener à Jeremiah et elle.

— Je...

Il sursauta et regarda autour de lui, comme si quelque chose l'avait surpris. Lorsqu'il croisa à nouveau son regard, il chuchota :

— Enchantement.

Les flammes se regroupèrent, coupant la fenêtre qu'elle avait dans le monde de Zane, puis s'éteignirent entièrement. Elle se retrouva à contempler les débris calcinés des morceaux de bois au centre du cercle.

— Carly ? l'appela Jeremiah dans son dos.

Elle se tourna vivement et découvrit le frère de Zane figé par le choc, le visage exsangue.

— C'est vrai ? Est-ce que Zane…

Elle se jeta dans ses bras et s'agrippa à lui de toutes ses forces.

— Il est vivant, Jer, sanglota-t-elle. Il était vivant tout ce temps.

Jeremiah l'enveloppa dans une étreinte d'ours. Ils restèrent un long moment ainsi accrochés l'un à l'autre, comme ils l'avaient fait le jour de la terrible tragédie, tant d'années auparavant.

CHAPITRE NEUF

— « Enchantement » ? demanda Hope. Qu'est-ce que ça signifie ? Il est victime d'un sort qui l'empêche de parler ?

— On dirait…

Le vent se leva, emportant avec lui la fin de la phrase de Carly.

Elle aurait aimé ne jamais lâcher Jeremiah. Avant qu'il ne l'étreigne, elle n'avait pas réalisé combien elle avait été ébranlée par son interaction avec Zane. Ses défenses commençaient à craquer, si bien qu'elle craignait d'éclater s'il ne la maintenait pas.

— Rentrons chez toi, lui murmura-t-il à l'oreille.

— Et le coven ?

Elle le regarda, profondément bouleversée. Elle avait voulu croire que Zane était en vie, désespérément. Et elle avait été prête à tout pour découvrir la vérité. Et bien qu'elle soit heureuse de voir ses soupçons confirmés, elle était en même temps horrifiée d'apprendre qu'il avait été en vie pendant plus de trente ans sans qu'ils le sachent. Pire encore, il semblait retenu contre sa volonté. Trente années de vie gâchées. Cela lui donnait à la fois envie de rager et de pester.

— On pourrait se retrouver plus tard ce soir pour en parler tous ensemble, qu'est-ce que tu en dis ? suggéra Grace en lui posant une main légère sur l'épaule. Histoire que vous puissiez avoir le temps de digérer tout ça ?

Carly se dissocia de Jeremiah, mais lui prit tout de même la main, incapable qu'elle était de le lâcher.

— C'est une bonne idée, approuva Hope en venant se placer à côté de Grace.

Elle étudia Carly, puis Jeremiah quelques instants, avant d'ajouter :

— Parce que vos esprits tournent à plein régime, croyez-moi.

Elle fit la grimace.

— Désolée, c'est ma malédiction. Quand les émotions sont fortes, je ne peux pas me contrôler et je peux lire dans les pensées.

— Pas de souci, la rassura Carly, qui se demanda si son amie avait réussi à mettre de l'ordre dans toutes les pensées qui lui traversaient l'esprit.

Parce qu'lle, pour le coup, n'y parvenait pas du tout.

Une notification se fit entendre sur un portable, et Iris jura tout bas.

— Argh. Mon dernier client m'écrit *encore* et demande à me voir au déjeuner pour une histoire de calculs, je crois. C'est le plus assisté des hommes d'affaires que j'ai rencontrés, sérieux. S'il m'oblige à revoir encore une seule fois mes tableaux, l'un de nous ne survivra pas à cette rencontre, je vous l'assure.

Elle vint enlacer Carly d'un bras.

— Tu veux que je vienne quand j'aurai fini ? Nous pourrions réfléchir chez toi. Ou nous pouvons tous nous retrouver chez moi, comme ça, tu pourras filer si ça devient trop difficile à supporter, suggéra-t-elle en souriant.

— Chez moi, répondit Carly, qui avait désespérément envie de retrouver son cocon. Viens dès que tu as fini avec... Tu l'aides pour quoi, au fait ?

— Il veut ouvrir un Bed & Breakfast avec vue sur l'océan. Mais il y a des soucis de zonage, de permis que nous essayons de résoudre. Il a décidé de m'engager, puisque je connais sur le bout des doigts les règles de Prémonition.

— *Deux* Bed & Breakfast, répliqua Grace, qui semblait jubiler. Il vient de m'envoyer une liste de propriétés qu'il souhaite visiter.

Elle brandit son portable pour leur montrer une grande maison victorienne située dans un environnement boisé loin de l'océan.

— Il appelle ça « se diversifier ».

Iris se frotta les tempes en gémissant.

— Il est sérieux ? D'une part, deux B&B dans la même ville, ce n'est pas ce que j'appelle se diversifier. Et s'il commence à envisager deux lieux différents, la ville va se montrer méfiante. Il va avoir du mal à avoir ses permis.

Carly se détourna de leur conversation pour reporter son attention sur Jeremiah.

— Je croyais que tu devais me retrouver chez moi.

Il écarta une des mèches que le vent avait soufflée devant son visage.

— C'était l'idée, mais la réparation a duré moins longtemps que prévu et je savais que tu serais là.

Il haussa les épaules.

— J'étais impatient de savoir si le sort de localisation avait fonctionné.

— Il a fonctionné, et en même temps, je ne sais toujours pas où est Zane, répondit-elle, frustrée au possible. Donc dans ce sens, c'est un échec.

— Tu l'as retrouvé et nous savons maintenant qu'il est en vie. On ne peut pas considérer ça comme un échec. C'est une sacrée avancée, au contraire.

Il lui serra la main et l'entraîna gentiment loin du reste du coven.

— Allons-y. Tu as clairement besoin de te reposer, et je parie que manger te ferait du bien. Que dirais-tu que je te ramène chez toi et te prépare un truc pendant que toi, tu…

— Resteras assise à te regarder faire ?

Le frisson d'anticipation qui la parcourut la prit par surprise. Ses émotions avaient beau être sens dessus dessous, cela ne l'empêchait pas d'être excitée par l'idée qu'il cuisine pour elle. C'était si domestique, si personnel. Et quelque chose qu'elle n'aurait jamais cru voir arriver, quelques jours plus tôt.

— Tout à fait.

Il se retourna pour remercier le coven et les inviter chez Carly plus tard. Puis il la prit par les épaules et la serra contre lui jusqu'à leurs voitures.

— Des manicotti farcis au fromage de chèvre et des artichauts ? Tu es sérieux ? s'étonna-t-elle depuis la table où elle était assise.

Elle tapota le bout de son crayon contre un carnet posé devant elle tout en regardant Jeremiah s'activer.

— Tu n'as pas pu trouver tous ces ingrédients dans ma cuisine.

— M'as-tu vu partir ou glisser en douce des sacs de courses dans cette maison ? répliqua-t-il avec un sourire insolent.

— Je suis sûre que c'est quand même ce que tu as fait, d'une façon ou d'une autre, insista-t-elle, certaine de n'avoir jamais acheté d'artichauts ou de manicotti.

Le fromage de chèvre, en revanche, c'était la base.

— Toute personne capable de préparer ce genre de plat et de donner à ma maison des odeurs de restaurant italien authentique est forcément magicienne.

— Je suis juste un type qui en a eu marre de la nourriture à emporter et a décidé qu'il était temps d'apprendre à cuisiner. Si tu savais le nombre d'épisodes d'Emeril Lagasse que j'ai regardés rien que pour pouvoir faire quelque chose de comestible.

— Comestible ? J'ai l'eau à la bouche. C'est prêt dans combien de temps ?

Jeremiah regarda l'horloge du four.

— Vingt-cinq minutes.

Il servit deux verres de vin et la rejoignit à table. Après lui avoir tendu le sien, il jeta un coup d'œil au carnet.

— Des idées ?

Elle essayait de réfléchir à ce que Zane avait voulu dire quand il avait articulé le mot « enchantement ». Jusqu'à présent, elle n'avait noté que le plus évident, à savoir qu'il était lié par une sorte d'enchantement l'empêchant de quitter l'endroit où il était détenu.

— Rien d'utile.

Il hocha la tête.

— C'est tout ce qui m'est venu aussi. À moins que la ville où il est ne s'appelle Enchantement.

— Tu connais des endroits portant ce nom ? demanda-t-elle en avalant une gorgée de vin.

— Non.

Il sortit son portable et effectua une recherche rapide. Il lui lista certains résultats :

— Le Nouveau-Mexique est connu comme une terre d'enchantement. Il y a les lacs d'enchantement supérieurs dans la chaîne des Cascades, dans l'État de Washington. Et il est fait mention d'un documentaire appelé « *City of Enchantment* » concernant de grosses huiles et de produits chimiques déversés dans le golfe du Mexique. J'imagine que rien de tout ça n'est pertinent.

Elle gémit.

— Le Nouveau-Mexique ? L'État de Washington ? Le golfe du Mexique ? En quoi est-ce que ça nous aide ? Ce n'est pas comme si nous pouvions fouiller tout un État ou toute une chaîne de montagnes. Pas facilement, en tout cas.

— Si ce sont des pistes, je n'hésiterai pas, répondit-il tout bas.

Carly s'entoura de ses bras, saisie de froid même s'il faisait chaud chez elle suite à la cuisine qu'avait faite Jeremiah. Imaginer ce dernier courir derrière chaque maigre piste la rendait malade. Si elle croyait un seul instant que l'une de leurs idées valait la peine de creuser, elle se joindrait à lui. Elle engagerait même un détective privé ou toute personne susceptible de l'aider à pister Zane. Malheureusement, tout ce qu'ils avaient, c'était une recherche Google sans doute sans importance. Malgré tout, si Jeremiah comptait sauter dans un avion, elle serait à ses côtés ce jour-là.

— Je viendrai avec toi.

Il la dévisagea, puis acquiesça.

— Je n'en doute pas.

— Je l'aimais… je l'aime, moi aussi. Depuis toujours et à jamais, affirma-t-elle avec force.

— Je sais.

Les yeux de Jeremiah se voilèrent, mais il cligna des

paupières, et ses larmes disparurent, remplacées par la détermination.

— C'est pour ça que je suis là, avec toi. Tu es la seule autre personne au monde à laquelle il manque autant qu'à moi.

Elle essuya ses propres larmes et hocha la tête. Au même moment, elle entendit la porte d'entrée s'ouvrir et la voix de sa nièce. Celle-ci parlait, mais trop bas pour que Carly puisse distinguer ses paroles.

— Harlow ? Je suis dans la cuisine.

— Tu as trouvé un resto italien qui livre ? Ça sent incroyablement bon, ici, commenta l'intéressée en entrant dans la pièce.

— Personne à Prémonition ne livre italien, répliqua en riant une jeune femme familière aux courts cheveux blonds.

— Lex ? dit Carly en se levant pour saluer la nièce de Grace.

Lex parut prise de court par ses salutations amicales. Très vite, elle retrouva sa voix.

— Bonjour, madame Preston. C'est... hum... un plaisir de vous revoir. Et pour le cas où je ne vous l'aurais pas encore dit, j'adore tous vos films. Je les ai vus des centaines de fois.

— Merci. C'est très gentil de ta part. Mais tu dois m'appeler Carly. Je suis contente de te revoir. Et ravie que Harlow et toi soyez devenues amies. J'espère te revoir souvent ici.

Les joues de Lex virèrent au rose.

— Avec plaisir. J'espère aussi, merci.

Elle se tourna vers Harlow.

— Pourquoi tu ne m'as pas dit qu'elle serait là ? Un petit avertissement aurait été le bienvenu.

Carly pouffa, ravie de la légèreté de la scène. C'était rare qu'elle croise quelqu'un à Prémonition s'intéressant autant à sa carrière. La plupart des habitants s'étaient habitués à elle, à présent. Toutefois, la réaction de Lex ne la dérangeait pas le moins du monde. Elle adorait interagir avec des fans quand ils étaient excités à l'idée de la rencontrer. C'était lorsqu'ils devenaient agressifs et incontrôlables qu'elle se retirait dans son sanctuaire.

Harlow leva les yeux au ciel.

— C'est juste ma tante Carly, dont le boulot consiste à se placer devant une caméra. C'est une personne normale, comme toi et moi. Pas de quoi s'emballer.

— Eh bien, merci pour le soutien retentissant, répliqua Carly en levant les yeux au ciel. Moi aussi, je te trouve spéciale, ma chérie.

Harlow lui fit un grand sourire.

— Je sais. Bon, vous comptez partager ce qui cuit au four ou je vais devoir me contenter de baver ?

— Il y en a assez pour tout le monde, répondit Jeremiah en se levant pour éteindre le four, qui venait de sonner.

— Merci, dit Harlow, qui lui sourit puis ajouta : Jeremiah, je te présente Lex. Lex, Jeremiah.

Ils échangèrent des salutations amicales avant que Jeremiah ne retourne à la préparation du dîner.

Carly se leva pour mettre la table pour eux quatre. Mais avant même qu'elle ne sorte les assiettes du meuble, une sonnerie spéciale résonna sur son téléphone. Il s'agissait d'un solo de guitare de Carlos Santana que Zane avait passé tout un été à apprendre au lycée.

Elle comprit que Jeremiah l'avait reconnu aussi, puisqu'il inspira vivement et manqua de lâcher les manicotti.

— C'est une infirmière de l'hôpital, expliqua-t-elle. Je ne voulais pas rater l'appel.

Elle décrocha, et attrapa ses clés de voiture quelques secondes plus tard.

— Jeremiah, viens. John Doe s'est réveillé.

CHAPITRE DIX

LA SALLE D'ATTENTE DES SOINS INTENSIFS ÉTAIT BONDÉE, presque tous les sièges étaient pris. Carly attendait au bureau des infirmières de pouvoir parler à quelqu'un, et regardait autour d'elle pour essayer de ne pas perdre son calme. La tristesse et l'inquiétude imprégnaient ses sens, la submergeaient, et elle devait ravaler ses larmes. Tout son être était lourd d'émotions qui ne lui appartenaient pas.

Empathe. Le mot résonna dans son esprit. Elle avait toujours été sensible aux sentiments des gens dont elle était proche. Pendant longtemps, elle s'était dit que c'était une des raisons de son succès dans son métier ; elle parvenait sans trop de peine à puiser dans les émotions dont elle avait besoin. Toutefois, ces dernières années, elle avait eu parfois le sentiment de se noyer dans la douleur des autres.

C'était le cas en cet instant.

— Carly ? l'appela Jeremiah, inquiet. Tu vas bien ?

Elle inspira et hocha la tête. Elle était peut-être juste épuisée par le sort de localisation.

— Désolée, je…

Elle secoua la tête.

— Oublie. Ça n'a pas d'importance. Je crois que je suis juste impatiente de parler à John Doe.

— Moi aussi. Mais l'infirmière a appelé. Je suis sûr qu'on nous fera rentrer très vite, dit-il en posant le bras sur ses épaules.

Le geste la surprit, mais il commençait aussi à lui paraître familier. Ce réconfort que Jeremiah lui donnait était étrange, parce qu'il lui semblait si naturel. Après plus de trente ans sans le voir, elle aurait cru mettre plus de temps pour se sentir à nouveau à l'aise en sa présence. Cependant, il s'avérait que rien n'avait changé pour elle concernant Jeremiah. Même après tout ce qui s'était passé entre eux, il restait la personne qui lui permettrait toujours de se sentir stable.

— J'espère que tu as raison.

Lorsque l'infirmière revint enfin à son bureau, elle fronça les sourcils en la voyant.

— Qu'est-ce qu'il y a ? demanda Carly, qui sentait une douleur sourde dans son ventre. Est-ce que John Doe va bien ? Il n'est pas retombé dans le coma, si ?

L'infirmière secoua la tête.

— Non, rien de ce genre. Seulement, après vous avoir appelée, j'ai découvert que vous aviez interdiction de le voir.

Son froncement de sourcil se mua en grimace.

— Son frère est arrivé et l'a identifié.

— Son frère ? répétèrent Carly et Jeremiah en même temps.

Carly lui prit la main.

— Qui est son frère ?

L'infirmière secoua la tête.

— Je ne suis pas libre de divulguer d'autres informations, je suis vraiment désolée. Mais sachez que Liam…

Elle se plaqua une main sur la bouche.

— Que John Doe, je veux dire, est entre de bonnes mains. Vous n'avez plus à vous inquiéter.

— Liam ? demanda Carly.

L'infirmière fit un dernier mouvement de tête et repartit en vitesse.

— Merde, marmonna Carly en se tournant vers Jeremiah. Un frère ?

Jeremiah observa la pièce et repéra Phil, l'agent de sécurité auquel elle avait confié la surveillance de John Doe.

— Viens, allons lui demander ce qu'il se passe.

— Bonne idée.

Elle se demanda pourquoi elle n'y avait pas songé elle-même. Jake, son propre garde du corps, se tenait en compagnie de l'homme blond de haute taille aux épaules larges, près des fenêtres. La tête penchée, ils étaient plongés dans leur conversation. Elle suivit Jeremiah jusqu'à eux.

Les deux gardes du corps leur accordèrent leur attention, et avant même qu'elle ne puisse commencer à poser des questions, Phil lança :

— Un homme prétendant être le frère de John Doe est venu.

— Oui, nous savons. L'infirmière nous a dit qu'il était là et qu'il nous avait interdit de voir le patient. Lui avez-vous parlé ?

Phil opina.

— L'air de rien. J'ai prétendu être là pour quelqu'un d'autre et j'ai essayé d'orienter la conversation pour savoir à qui il rendait visite. Malheureusement, il n'a pas vraiment mordu à l'hameçon. Il a juste répondu qu'il était là pour son frère, puis est parti pour répondre à son portable. Il était tendu au bout du fil et a lancé sèchement « Je m'en occupe » à la personne qui l'appelait. Après ça, il a parlé avec l'infirmière tandis que j'essayais d'écouter. Là, il a changé de comportement du tout au tout, et je n'ai pas cru un mot de ce qu'il lui a dit. Il la flattait bien trop, presque comme les agents les plus obséquieux d'Hollywood.

— Donc vous ne pensez pas qu'il s'agisse du frère de John ?

— Il a dit que l'homme s'appelait Liam, mais non. Je ne crois pas un seul instant que le visiteur soit celui qu'il prétendait. Dès qu'il est parti d'ici, j'ai demandé à quelqu'un de le suivre. Il conduisait une camionnette blanche quelconque et s'est rendu compte qu'il était pisté, parce qu'il a réussi assez vite à nous semer.

Phil souffla, énervé.

— Seule une personne habituée à fuir peut nous filer comme ça entre les doigts.

Carly serra les dents, frustrée. Elle était certaine que le fait que le « frère » de Liam conduise une camionnette blanche, alors qu'il s'agissait justement du véhicule ayant fait faire une embardée devant Jeremiah, n'était pas un hasard. Son équipe de sécurité avait fait tout ce qu'elle attendait d'eux et même plus encore, et pourtant, l'homme qui était sans doute la clé pour résoudre le mystère du coup de feu s'était envolé.

— Merci à vous d'avoir essayé, dit-elle à Phil en posant la main sur son bras. Si jamais il revient, pourriez-vous faire venir des renforts ? Si nous pouvions savoir où loge cet homme, cela nous aiderait à trouver tout ce que nous cherchons.

— Nous nous en chargeons, affirma Jake, qui se mit alors à discuter logistique avec Phil.

Jeremiah la prit par le bras pour l'éloigner des deux hommes et souffla :

— Tu ne pourrais pas user de ton charme pour essayer de voir John… enfin, Liam ?

— C'était mon intention, mais l'infirmière est partie trop vite.

Elle jeta un coup d'œil au bureau des infirmières en se demandant si elle devrait retenter sa chance. Mais au même instant, la femme avec qui ils avaient discuté juste avant apparut, lui jeta un coup d'œil et fit prestement demi-tour, disparaissant derrière les portes du service.

— On dirait qu'elle continue à nous éviter, commenta Jeremiah en se passant la main dans les cheveux par frustration.

Elle fixa le bureau des infirmières, puis les doubles battants derrière en demandant mentalement à la femme de revenir. Si elle devait se livrer à la performance de sa vie pour voir Liam, elle le ferait.

Lorsqu'il fut clair que l'infirmière d'origine ne comptait pas se montrer, elle carra les épaules et se dirigea vers une blonde plus petite au sourire compatissant. Elle lut le nom sur le badge et s'appuya contre le comptoir, décochant à l'infirmière le sourire décontracté qu'elle avait perfectionné pour les séances photo.

— Bonjour, Cassie. Je vais juste passer dire bonjour à Liam et m'assurer qu'il ait tout ce dont il a besoin.

Sans attendre de réponse, elle s'approcha des portes comme si elle en avait tous les droits.

— Oh, madame Preston ! Je suis désolée, répondit la blonde, qui semblait nerveuse et à court de mots. Liam ne reçoit aucune visite actuellement.

— Quoi ?

Elle fit volte-face et adressa son meilleur regard surpris à la jeune femme.

— Mais son frère m'a demandé tout à l'heure de passer prendre des nouvelles de lui avant de m'en aller.

— Madame Preston, l'admonesta une femme dans son dos.

Se tournant, elle découvrit la première infirmière devant les doubles portes, en train de la fusiller du regard.

— Je vous ai dit que John Doe n'avait le droit de voir personne d'autre que son frère. Je vais devoir vous demander de partir.

Admettant sa défaite, Carly opina et tourna les talons, frustrée au possible de n'avoir pas d'autre plan. Une chose était cependant sûre : elle ne partirait pas d'ici tant qu'elle n'aurait pas trouvé le moyen de parler avec Liam.

— J'en déduis que ça ne s'est pas bien passé ? lança Jeremiah quand elle le rejoignit.

— C'est le moins qu'on puisse dire.

Elle le prit par le bras et l'éloigna de la salle d'attente. Mieux valait éviter que l'infirmière Ratched[1] épie leurs moindres mouvements. Non pas qu'elle le lui reproche ; cette femme ne faisait que son travail, après tout. Malgré tout, Carly ne comptait pas laisser un règlement l'empêcher de voir l'homme qui pouvait les mener à Zane.

— Nous devons réfléchir à une solution pour éviter les infirmières.

Jeremiah soupira.

— Je ne vois pas comment faire, à moins que tu ne maîtrises les sorts d'invisibilité.

Elle pencha la tête, comme si elle caressait l'idée.

— Tu sais faire ça ? s'étonna-t-il.

Riant, elle secoua la tête.

— Non. Mais ce serait pratique, en l'occurrence.

Il lui fit un clin d'œil.

— Ou bien d'avoir une cape d'invisibilité.

— Si seulement.

Elle s'approcha de la fenêtre et observa la ville. Les nuages surmontaient Prémonition, annonçant un orage pour la soirée. Le temps était au diapason de son humeur. Un orage grondait en elle, et s'ils ne trouvaient pas un plan très bientôt, elle allait finir par enfoncer les portes du service sans se soucier de l'avis de quiconque.

— Carly ? s'écria une femme d'une voix excitée.

Elle grimaça intérieurement. Elle n'était pas d'humeur à traiter avec ses fans.

— Carly Preston.

La voix de la femme fut plus confiante et pleine d'affection.

— Ça remonte à quand ? Six ans ? Sept, depuis la fin de *Tout ce qui te concerne* ?

L'angoisse qui montait en elle disparut quand elle se rendit compte qu'il ne s'agissait pas d'une fan, mais de la meilleure marieuse de toute la côte Ouest, qui avait été consultante sur un film dans lequel Carly avait joué. Elles étaient très vite devenues amies, même si elle devait lui rappeler régulièrement qu'elle n'était pas intéressée par ses services d'entremetteuse.

— Marion Matched, dit-elle en secouant la tête. Quel bon vent t'amène à Prémonition ? Il n'y a sûrement pas assez de clients ici pour que tu y étendes tes activités de marieuse. Ou bien m'as-tu traquée jusqu'ici pour mettre à exécution ta menace de me caser avec l'homme parfait ?

Marion rit à gorge déployée, ce qui fit rebondir ses boucles autour de son visage.

— Tu te flattes un peu trop, non ? la taquina Marion.

— J'essaie juste de déterminer si je dois me mettre sur la défensive encore une fois ou si tu as enfin compris que je pouvais trouver toute seule mes rencards, répliqua-t-elle en haussant les épaules, amusée.

L'autre femme détailla Jeremiah un moment, et son visage afficha un ravissement pur.

— On dirait que tu avais raison, commenta-t-elle en serrant gentiment le bras de Jeremiah. Et qui êtes-vous, beau gosse ?

Jeremiah se présenta et lui tendit la main.

Marion la serra et leur sourit comme une folle.

— C'est un plaisir. Et encore plus d'apprendre que Carly a enfin trouvé un homme convenable.

Carly se racla la gorge.

— Marion, ce n'est pas…

— Est-ce que Carly est sortie avec beaucoup d'hommes qui ne lui convenaient pas ? la coupa Jeremiah pour s'adresser à Marion.

Celle-ci pouffa.

— Oh que oui. Des hommes trop sérieux, d'autres trop égocentriques, mais les pires, ce sont ceux manquant d'assurance. Je vous le dis, elle ne savait pas choisir.

— Excusez-moi, rétorqua-t-elle, les mains sur les hanches. Pour ma défense, j'étais à Hollywood. Là-bas, tout le monde est soit névrosé, soit un connard égoïste. Et tous manquent d'assurance. Aucun n'a supporté que sa carrière soit éclipsée par la mienne. C'est pour ça que j'ai arrêté de sortir avec les acteurs.

— Oui, je sais.

Marion agita la main avec impatience.

— Mais n'y pensons plus. On dirait que tu as enfin trouvé celui qu'il te fallait, commenta-t-elle en adressant un hochement de tête approbateur à Jeremiah. Vous ferez très bien l'affaire, d'ailleurs.

— Nous ne sommes pas… Je veux dire, nous sommes juste amis, balbutia Jeremiah. De vieux amis. Nous nous connaissons depuis l'adolescence.

— Hum hum, répliqua Marion, dont le sourire s'élargit. Encore mieux. C'est bien qu'elle se retrouve confrontée à quelqu'un qui ne voit pas en elle *Carly Preston*. Elle a besoin d'un homme qui la voie en dehors de ce monde. Un égal. Quelqu'un qui la respecte non pas à cause de ses films ou de son compte en banque, mais pour la personne qu'elle est devenue.

Jeremiah lui jeta un coup d'œil, mais détourna très vite le regard, comme si c'était trop dur de la contempler.

— Hum... oui... hum, j'imagine que je la considérerai toujours comme la meilleure amie de Zane et non comme une star de cinéma insaisissable enchaînant les fêtes distinguées et capable de partir à Rome au dernier moment.

— Je ne pars jamais nulle part au dernier moment, répondit-elle en levant les yeux au ciel. Tout le monde sait que je planifie chaque voyage soigneusement.

— Vous le saviez ? demanda Marion à Jeremiah.

— Oui. Même quand nous étions enfants, elle planifiait tout. Elle ne gère pas très bien la spontanéité.

— Hé, je ne suis pas d'accord. Qui n'aimerait pas un peu de spontanéité ? Je sais être souple... sauf pour ce qui est de m'envoler dans un autre pays. Il n'y a rien de mal à vouloir être préparée, insista-t-elle.

— Tout à fait, approuva-t-il avec un sourire taquin. Tu te souviens du jour où nous avons décidé de faire un voyage imprévu le long de la côte ? Tu nous as interdit de partir tant que tu n'avais pas réservé les hôtels pour les quatre nuits dans différentes villes, mais aussi les restaurants. Après tout, c'était tout à fait normal pour une fille de son âge de posséder tout un livre listant des restaurants.

Elle pouffa.

— Ce n'était pas un livre, c'était un magazine. Mais d'accord, très bien. Peut-être que la spontanéité n'est pas mon truc. Mais quand il s'agit d'explorer de nouveaux endroits, je n'ai pas mon pareil pour trouver les meilleurs coins.

— Je te l'accorde.

Marion se racla la gorge.

— Eh bien, c'était amusant à regarder.

— De quoi ? demandèrent Carly et Jeremiah à l'unisson.

— Cette petite parade nuptiale. Si vous ne finissez pas ensemble tous les deux, ce sera une tragédie. Je n'ai jamais rencontré deux personnes davantage faites l'une pour l'autre.

— Marion, la prévint-elle, ce n'est pas ce que tu crois.

— Pas encore, rétorqua son amie en leur souriant à tous les deux. Mais bientôt.

Elle jeta un coup d'œil à sa montre et fit la grimace.

— D'ailleurs, il faut que j'y aille. Ma tante m'attend. La pauvre, elle s'est fait opérer du cœur il y a deux jours. Même si elle va bien, elle déteste être ici. Elle n'aime pas les hôpitaux. Alors je passe autant de temps que possible avec elle pour lui changer les idées.

Elle s'interrompit pour regarder Carly.

— Tu es là pour qui ? Pas Harlow, si ?

— Oh, non. Harlow va très bien. Nous sommes là pour... euh...

Carly lança un regard impuissant à Marion. Même si elle avait confiance en celle-ci, elle ignorait si Jeremiah voulait révéler qu'ils pensaient Zane en vie.

— Un homme s'est fait tirer dessus devant la maison de Carly, expliqua-t-il. Nous attendions qu'il se réveille pour pouvoir découvrir ce qu'il s'est passé ce soir-là. Malheureusement, un individu prétendant être son frère est venu et nous a empêchés de le voir. Mais j'ai déjà croisé la victime avant, et je suis presque sûr qu'elle n'a pas de frère, alors nous pensons que cet homme est toujours en danger.

Nous essayons de trouver le moyen de lui parler avant que le tireur ne finisse son travail.

Quand Marion lui adressa un regard sidéré, Carly opina.

— Oui, c'est bien ce qu'il s'est passé. Je suis bouleversée, comme tu t'en doutes. Pauvre homme. Après l'avoir vu se vider de son sang au milieu de la rue juste devant chez moi, je me sens en quelque sorte.. connectée à lui.

— Bien sûr que oui, lui dit Marion, compatissante. Tu as toujours été une empathe. Je ne suis pas surprise que tu aies noué un lien avec lui après ce drame.

— Quoi ? s'écria-t-elle, comme si elle avait mal compris.

Marion fronça les sourcils.

— Tu ignorais que les empathes nouaient des liens quand les émotions étaient les plus fortes ? Vous serez sans doute connectés à jamais, à présent.

Elle secoua la tête.

— Non, je… Enfin, oui, je le savais. Ce que je ne savais pas, c'était que tu avais remarqué mes capacités d'empathie.

— Je pense qu'elles sont plus fortes maintenant qu'autrefois, médita son amie. Mais je suis sûre que tu as toujours eu ce don.

Elle glissa son bras sous celui de Carly et ajouta :

— Allez, viens. Tu vas venir rendre visite à ma tante. Et si par hasard tu décides d'aller aux toilettes ou autre, pas de problème. J'attendrai que tu reviennes pour m'en aller, comme ça, on nous verra entrer et sortir ensemble. Si jamais tu te perds et finis dans la chambre d'un autre patient, les infirmières n'ont pas besoin de le savoir, n'est-ce pas ?

— Marion, s'exclama Carly en s'agrippant à son bras. Tu es brillante. Merci. Tu n'imagines pas combien j'apprécie ton aide.

— Oh, j'en ai une petite idée.

Marion adressa un sourire entendu à Jeremiah.

— Rendez-moi service, voulez-vous ? Ne la laissez pas vous filer entre les doigts. Elle mérite tout l'amour qui couve en vous.

Avant qu'il ne puisse répondre, Marion entraîna Carly vers les portes des soins intensifs.

CHAPITRE ONZE

— HÉ ! VOUS N'ÊTES PAS CENSÉE ÊTRE LÀ ! S'ÉCRIA L'INFIRMIÈRE Ratched en s'approchant en vitesse de Carly.

— Francine ? demanda Marion avec une confusion affectée. Il y a un problème ? Je croyais que les heures de visite se terminaient à dix-neuf heures.

— Oui, il y a un problème, répliqua Francine, les mains sur les hanches, en adressant un regard assassin à Carly. J'ai déjà dit à Mme Preston que M. John Doe ne pouvait recevoir aucune visite. Elle n'a aucun droit d'être là.

— John Doe ? répéta Marion en regardant tour à tour Carly, puis Francine. Carly est venue rendre visite à ma tante. Je suis tombée sur elle dans la salle d'attente, et comme ma tante est une très grande fan, j'ai supplié Carly de m'accompagner. Et quand elle a protesté parce qu'elle avait des choses à faire cet après-midi, je l'ai soudoyée en lui promettant mon fameux gâteau au café. Après cela, elle n'a plus lutté. Carly adore mon gâteau au café depuis toujours. N'est-ce pas, Car ?

Elle s'approcha de Marion, décidant que son amie méritait bien plus qu'elle de recevoir la récompense de la meilleure actrice qui trônait sur sa cheminée. Parce que le jeu de Marion était brillant.

— C'est exact. Je suis là pour remonter le moral de la tante de Marion.

Le visage de Francine vira au rouge brique et elle serra les poings. Mais elle finit par souffler et se forcer à se calmer.

— Très bien, mais si vous rendez visite à quelqu'un d'autre, je serai contrainte d'appeler la sécurité.

Carly la salua et se retint d'adresser un sourire triomphant à l'infirmière avant qu'elle ne se détourne pour aller voir un patient.

— Elle n'a vraiment pas l'air de t'apprécier, commenta Marion, amusée.

— C'était le cas, si, jusqu'à il y a une demi-heure, répondit-elle en soupirant. Je me demande si elle va faire le pied de grue devant la chambre de Liam juste pour s'assurer que je ne franchisse pas la ligne.

— D'accord, donc John Doe, c'est Liam, si j'ai bien suivi ?

— Oui.

Carly lui fit signe d'avancer.

— L'infirmière Ratched… enfin, Francine, je veux dire… a utilisé son prénom par accident. Alors, même si elle l'appelle toujours John Doe en ma présence, je connais son véritable nom.

Marion la dévisagea un moment.

— Tu sembles douée pour t'attirer des ennuis, hein ?

— Moi ? répliqua-t-elle, sincèrement surprise. Non. Je suis plutôt ennuyeuse, en fait. C'est juste…

— Je t'en prie. Tu as résolu le mystère de la disparition de Harlow et aidé à la sauver. Ta vie n'est pas ennuyeuse du tout.

— C'était…

Elle haussa les épaules.

— C'est ma nièce. Je ferais tout pour elle.

— C'est évident.

Marion l'entraîna dans un autre couloir.

— Peu importe. Jouons bien le jeu, afin que tu puisses aller voir Liam ensuite et obtenir ce que tu cherches.

Elle s'arrêta devant une porte et ajouta :

— Je ne plaisantais pas quand je disais que ma tante est une grande fan. En fait, je devrais la prévenir avant que tu n'entres.

— D'accord, répondit Carly, amusée. Comment s'appelle-t-elle ?

— Lucy. Donne-moi un instant.

Marion entra dans la pièce. Quelques secondes plus tard, un petit cri aigu retentit dans la chambre. Carly le prit comme le signe que c'était à son tour. Elle ouvrit la porte et glissa la tête dans l'embrasure.

— Lucy ? Est-ce que je peux entrer pour vous dire bonjour ?

La vieille dame avait plaqué le dos de sa main sur son front, comme si elle allait défaillir. Cela dit, avec ses joues rouges et ses yeux où dansait une étincelle de plaisir, c'était peu probable.

— Oui, ma chère. Entrez, je vous en prie. Je n'en reviens pas que Marion vous ait obligée à attendre à l'extérieur. Venez vous asseoir près de moi et racontez-moi tout sur Ray Rochester. Cet homme est extrêmement bien fichu et il paraît que c'est l'acteur d'Hollywood qui embrasse le mieux. En plus de réussir d'autres choses, mais je refuse de présumer que vous êtes au courant.

Carly ne put retenir son rire, tant Lucy était hilarante. Elle raconta avec plaisir des ragots sur son partenaire de film d'il y a vingt ans, qui était en réalité très mauvais pour embrasser et le pire des rencards qui soit. Elle garda cependant ces détails pour elle et laissa rêver la vieille dame.

Marion, quant à elle, restait en arrière, un grand sourire aux lèvres.

— Quoi ? demanda Carly en se tournant vers elle.

— Rien. J'apprécie juste cette étincelle dans les yeux de tante Lucy.

— J'ai toujours une étincelle dans les yeux, répliqua l'intéressée.

— Je sais. Elle brille juste un peu plus aujourd'hui.

Marion s'approcha du lit et prit les mains de sa tante.

— Je suis contente que tu te sentes mieux.

— Eh bien, je pourrais difficilement être grincheuse alors que Carly Preston est ici, n'est-ce pas ?

Lucy se tapota les cheveux, comme si elle craignait d'avoir des épis.

— C'était bien mon objectif, dit Marion en adressant un sourire reconnaissant à Carly.

Puis, sur un ton taquin, elle ajouta :

— Tu peux me laisser quelques minutes avec Lucy ? Je dois la gronder, parce qu'elle torture ses infirmières.

— Ne la gronde pas trop fort. Je pense que l'infirmière Ratched le mérite.

Carly leva les pouces à l'intention de Lucy, puis quitta la pièce. Dès qu'elle fut dans le couloir, son cœur se mit à battre plus vite et sa nervosité prit le dessus. Elle ne doutait pas que Francine tiendrait parole et appellerait la sécurité si elle la trouvait dans la chambre de Liam. Et si la presse en avait vent, ce serait le grand déballage. Elle était cependant prête à prendre le risque, elle n'avait pas le choix.

S'avançant dans le couloir, elle repéra les toilettes sur la droite, mais continua à marcher. Devant chaque chambre se trouvaient des dossiers avec les noms des patients. Pour celui de Liam, quel nom figurerait dessus ? Elle ravala son grognement de dépit et continua ses recherches.

Des voix se firent entendre dans son dos, lui donnant l'envie de se cacher dans la première chambre venue. Mais sa couverture, si quelqu'un lui demandait ce qu'elle faisait là, était qu'elle cherchait les toilettes. Personne ne l'interrogea. Le médecin parlait à un collègue.

— La blessure par balle de Doe guérit bien, mais il faut encore le surveiller quelques jours. Sa perte de mémoire est inquiétante, cependant, étant donné qu'il n'a pas de blessure apparente à la tête. On dirait presque que c'est psychologique.

Elle se figea. Ils parlaient de Liam. John Doe. De quelle chambre venaient-ils ? Elle l'ignorait, ils étaient soudain apparus derrière elle. Elle se tourna vers eux.

— Excusez-moi ?

Le médecin cligna des paupières comme s'il remarquait juste sa présence.

— Oui ?

— Pourriez-vous me dire dans quelle chambre se trouve Liam ?

Elle retint son souffle, espérant ne pas être en train de commettre une énorme erreur.

— Liam ? demanda le docteur en regardant son collègue. Tu sais de qui elle parle ?

L'autre homme secoua la tête.

— Le patient avec la blessure par balle. Vous le connaissez sous le nom de John Doe.

— Doe. Oui. Il est dans la 2D. Quel veinard. Si la balle l'avait touché à peine plus sur la droite, il aurait pu se vider de son sang.

Elle grimaça.

— Dans ce cas, remercions la déesse pour les mauvais tireurs, n'est-ce pas ?

— Exact.

Le bipeur du médecin se déclencha.

— Il est temps d'y aller. On nous attend en chirurgie.

Sans lui accorder d'autres regards, ils filèrent.

Soulagée, elle se précipita vers la chambre 2D. Elle jeta un coup d'œil à l'intérieur et, découvrant Liam seul, entra et referma la porte.

L'homme lui adressa un regard fatigué et fronça les sourcils.

— Êtes-vous une autre infirmière ?

Elle rit, nerveuse.

— Non. Vous ne vous souvenez pas de moi ?

Il plissa les yeux et la dévisagea comme s'il cherchait à la remettre.

— Vous m'avez l'air familière, mais non. Vous n'êtes pas ma mère ou un truc du genre, si ?

Elle éclata de rire.

— Non, pas du tout. Vous souvenez-vous de ce qui vous a amené à l'hôpital ?

— Non, mais ils m'ont dit que c'était parce qu'on m'avait tiré dessus devant la maison d'une actrice.

Il fronça à nouveau les sourcils.

— Qu'est-ce que je faisais devant la maison d'une actrice ?

Carly se rapprocha du lit. Liam avait la peau pâle et semblait encore plus maigre qu'avant. Mais il avait le regard alerte, quoique sceptique.

— C'est moi, cette actrice. Carly Preston. Est-ce que ce nom vous dit quelque chose ?

— Non.

Il l'observa, puis secoua la tête.

— Je ne sais pas du tout qui vous êtes. On se connaît ?

— Non. Du moins, pas avant cette nuit-là.

— C'est pour ça que vous êtes là ? Une sorte d'obligation morale pour vous assurer que je ne vais pas mourir ?

Scepticisme et détresse émanaient de lui par vagues. Pourquoi en serait-il autrement ? Elle avait le sentiment que la vie qu'il avait menée l'avait poussé à ne faire confiance à personne.

— Pas par obligation morale. Mais par motivation personnelle.

Elle sortit de sa poche la photo qu'il avait donnée à Jeremiah, celle d'eux quatre prise dans un photomaton.

— Reconnaissez-vous ceci ?

L'homme écarquilla les yeux.

— Lazer ? souffla-t-il.

Le cœur de Carly manqua d'exploser dans sa poitrine. Même s'il avait oublié tout le reste, il se souvenait de Zane.

— Son véritable nom, c'est Zane. Le saviez-vous ?

— Zane ? répéta-t-il, comme pour en apprécier la sonorité. Non, Lazer.

— Vous souvenez-vous d'avoir demandé à Jeremiah de l'aide pour le retrouver ?

Liam plissa les yeux.

— Qui est Jeremiah ?

Elle indiqua l'homme en question sur la photo.

— Le frère de Zane.

Pendant quelques instants, il ne dit rien, arborant un air simplement très concentré. Puis il souffla.

— Je ne sais pas. Tout est confus. Comme si je me réveillais d'un rêve déjanté et incohérent.

— Je comprends.

Elle regarda la porte, se demandant de combien de temps

elle disposait. Pas beaucoup, sans doute. Alors elle insista, car elle avait besoin de lui soutirer autant d'informations que possible.

— Avez-vous un frère ?

— Pas que je sache. Pourquoi ?

Il voulut se redresser en position assise, et le mouvement le fit grimacer. Malgré tout, il ne laissa pas la douleur gagner. Le temps qu'il soit totalement installé contre les oreillers, il haletait et avait le visage rouge.

— Un homme est venu à l'hôpital et a prétendu être votre frère. Il a dit que vous vous appeliez Liam.

— Non, je ne suis pas Hun…

Ses yeux s'écarquillèrent et il retint son souffle.

— C'est comme ça que Lazer m'appelait.

Les larmes brillèrent dans ses yeux sombres lorsque l'émotion le submergea.

— Oh, trésor.

D'instinct, Carly lui prit les mains.

— Je sais. J'aime Zane, moi aussi. Enfin, Lazer. Il a été mon meilleur ami pendant très longtemps. Si je suis là, c'est parce que Jeremiah et moi essayons désespérément de vous aider à le retrouver.

Liam tourna vivement la tête vers elle.

— Vous êtes sérieuse ?

— Très sérieuse. Nous le croyions mort dans un accident il y a de nombreuses années, sinon nous l'aurions cherché beaucoup plus tôt.

Elle s'assit sur le bord du lit.

— Si vous vous souvenez du moindre détail le concernant, ça pourrait nous être très utile.

Il récupéra ses mains et se tourna vers le mur. Quand il reporta son attention sur elle, il secouait la tête.

— Je ne me souviens de rien. Je ne me souvenais même pas de lui avant que vous ne me montriez cette photo, répondit-il en caressant le visage de Zane.

— Ce n'est pas grave. Je suis sûre que nous pourrons y arriver quand même.

Elle hésita, parce qu'elle devait le prévenir, mais ne savait pas comment faire, puisqu'ils venaient juste de se rencontrer.

— Je pense que vous êtes toujours en danger. L'homme qui prétend être votre frère... Je pense qu'il travaille pour les gens qui vous ont tiré dessus.

Liam hocha la tête, et sa tête retomba sur l'oreiller. Puis il repoussa les couvertures et tourna ses jambes vers le côté du lit.

— Dans ce cas, on dirait qu'il est temps de partir.

— Quoi ? s'écria-t-elle en levant la main pour le couper dans son élan. Vous ne pouvez pas vous en aller maintenant. Vous venez de subir une opération. Vous avez besoin...

— J'ai besoin de me rendre là où cet homme prétendant être mon frère ne pourra pas m'atteindre. Pensez-vous que l'hôpital fera l'affaire ?

Elle secoua la tête. Bon sang, elle venait de se retrouver impliquée en un rien de temps.

— On est d'accord. Blessure par balle ou non, je dois quitter cet enfer.

Il faillit s'écrouler quand il se leva du lit.

— Attendez. Je vous tiens ! dit-elle en s'empressant de l'aider.

— Merci, haleta-t-il. Vous savez où sont mes vêtements ?

— Vos vêtements ? répéta-t-elle bêtement, avant de saisir. Je ne pense pas qu'ils soient en état. Ils étaient couverts de sang ce soir-là, et les urgentistes ont sans doute dû les couper pour vous soigner.

— Exact.

Il se passa la main dans ses cheveux en bataille.

— Bon, quitter l'hôpital dans cette tenue sera étrange, mais je n'ai pas le choix, on dirait.

Elle s'apprêtait à lui proposer d'aller faire quelques courses pour lui, quand la porte s'ouvrit brusquement, laissant apparaître l'infirmière Ratched.

— Carly Preston ! s'exclama Francine en l'indiquant du doigt tout en attrapant le combiné accroché au mur. Je vous avais dit que je contacterais la sécurité si vous entriez dans la chambre de Liam.

— Je veux qu'elle reste, insista l'intéressé. Vous ne savez pas que les stars de cinéma remontent le moral des blessés ?

Carly haussa un sourcil. Il avait de la repartie, pour un homme n'ayant que peu de souvenirs de sa propre vie. Il répondit d'un haussement d'épaules.

— C'est vrai, non ?

Puis il reporta son attention sur l'infirmière.

— De toute façon, ça n'a pas d'importance puisque je quitte l'hôpital.

— Vous ne pouvez pas partir ! s'écria l'infirmière, incrédule. Vous êtes encore sous perfusion, bon sang.

En guise de réponse, il arracha l'aiguille de son poignet.

— Plus maintenant. Je ne suis qu'un connard fauché qui quitte l'hôpital contre l'avis des médecins.

— Mais…

L'infirmière le fixait toujours, bouche bée.

— Où irez-vous ?

Il haussa les épaules.

— Je trouverai quelque chose, comme toujours.

Carly sentit que c'était un mensonge. Il n'avait nulle part où aller, mais rester à l'hôpital pouvait être potentiellement mortel.

— Il restera chez moi, décréta-t-elle avant de pouvoir changer d'avis.

Bon sang, elle le connaissait à peine. Peut-être était-il un criminel. Peut-être vendrait-il des informations la concernant à la presse. Ou bien peut-être mentait-il pour pouvoir lui soutirer de l'argent.

Le ramener chez elle sans même avoir demandé à Jake de vérifier ses antécédents était stupide. D'un autre côté, il serait plus en sécurité chez elle que n'importe où ailleurs. Et pour trouver Zane, ils avaient besoin de Liam en vie. En prime, elle ne souhaitait pas que ce dernier soit à nouveau blessé.

— Ah bon ? s'étonna-t-il.

— Oui. Nous en avons discuté avant que l'infirmière Rat... avant que Francine, je veux dire, n'arrive. Vous vous en souvenez ?

Il secoua la tête.

— C'est à cause de vos problèmes de mémoire.

Elle lui sourit gentiment.

— Maintenant, mettez ces chaussons et allons-y. Plus vite nous rentrerons chez moi, plus vite vous pourrez enfiler de vrais vêtements.

L'infirmière Ratched les observa d'un air soupçonneux.

— Que se passe-t-il ici ? Je ne crois pas que vous devriez partir tant que...

La porte claqua contre le mur, et tout le monde se figea quand l'homme ayant prétendu être le frère de Liam brandit un pistolet et le pointa droit sur le blessé.

CHAPITRE DOUZE

— Charles ! Qu'est-ce qui vous prend ? s'écria l'infirmière Ratched en se plaçant devant le lit de Liam, bloquant la ligne de mire de l'homme qui prétendait être le frère du patient.

— Écartez-vous de mon chemin, Francine, répliqua Charles, avec un air si glacial qu'elle en frémit.

— Jamais de la vie, siffla Francine.

Carly sentit un nouveau respect pour l'infirmière Ratched. Sa volonté de se sacrifier pour son patient était tout à fait héroïque.

Charles haussa les épaules.

— Très bien. Je ne peux laisser aucun témoin, de toute façon.

Francine écarquilla les yeux, horrifiée, et tendit la main vers le bouton d'appel à côté du lit de Liam.

— J'ai déjà tout raconté aux autorités, affirma ce dernier en se décalant pour regarder l'agresseur par-dessus l'épaule de l'infirmière. Tu n'iras pas loin avant qu'ils ne te coffrent pour tous les crimes que tu as commis.

C'était une déclaration si vague que Charles devait

percevoir le mensonge, non ? Ce dernier hésita cependant suffisamment longtemps pour lui offrir une opportunité. Elle regretta de ne pas avoir suivi les cours d'arts martiaux dont la pub était affichée depuis six mois dans sa salle de sport, mais au moins, elle possédait des notions basiques d'autodéfense, qui lui donnaient assez confiance en elle pour qu'elle n'hésite pas à frapper l'homme ignoble. Elle balaya ses jambes par surprise, le faisant tomber dans un grognement de rage.

Elle bondit sur lui et attrapa son poignet, essayant de le forcer à lâcher son arme. L'adrénaline pulsait en elle et son cœur battait à tout rompre.

— Salope, cracha l'homme en se secouant, la délogeant sans peine.

Par chance, comme elle ne lui lâcha jamais le poignet, lorsqu'il la projeta loin d'elle, elle put le lui cogner contre le sol.

Il grogna et tendit la main, lui agrippant les cheveux. Il tira si fort que les larmes picotèrent ses yeux. La douleur irradiait dans tout son crâne, mais elle refusait de renoncer.

— Lâche-moi, gronda l'homme.

— Lâchez votre arme, répliqua-t-elle, les yeux rivés dans ses iris bleu glacier dépourvus d'émotions ou de sentiments.

Elle n'y lut que de la détermination et sut qu'il ne s'arrêterait pas tant qu'ils ne seraient pas tous morts.

Il resserra les doigts autour de ses cheveux, au point qu'elle se demanda s'il allait les lui arracher à la racine.

— Tu vas regretter...

Il écarquilla les yeux, se figea, puis tout son corps s'affala soudain.

Carly se libéra de sa poigne et leva les yeux. L'infirmière Ratched avait une main sur son cœur ; de l'autre, elle tenait une aiguille.

Tremblante, elle la reposa sur un plateau et s'affala à genoux.

— La vache. C'était badass, commenta Liam depuis le côté du lit.

S'il avait réussi à se lever, il restait agrippé au matelas pour ne pas tomber.

— Merci, Francine, dit Carly en soufflant. Vous nous avez sauvé la vie.

— Non, je crois que c'est plutôt vous, répondit l'autre femme en se relevant et en lui tendant la main pour l'aider à faire de même. Si vous ne l'aviez pas attaqué, je n'aurais jamais eu le temps de préparer cette aiguille. Et il aurait tenu parole et nous aurait tués.

Elle inspira profondément et ajouta :

— Je suis désolée de vous avoir traitée ainsi. Je pensais vraiment agir dans l'intérêt du patient.

— Je comprends, lui assura Carly. Sincèrement. Réjouissons-nous simplement de nous en être tous sortis.

L'infirmière acquiesça. Avant qu'elle ne puisse ajouter un mot, la porte s'ouvrit brusquement et un médecin et un infirmier pénétrèrent dans la pièce.

Le médecin élancé s'immobilisa et fixa l'homme au sol, puis l'arme. Il se tourna vers l'infirmier qui l'accompagnait.

— Appelez la sécurité. Tout de suite.

L'homme opina et s'empressa de quitter la chambre.

Le médecin s'agenouilla près de Charles et vérifia son pouls au niveau de son cou.

— Prenez sa tension, ordonna-t-il à Francine.

L'infirmière Ratched s'exécuta en serrant les dents.

— Il avait un pistolet et menaçait de nous tuer tous, expliqua-t-elle au médecin.

— Que lui avez-vous donné ?

Francine cita le nom d'un médicament dont Carly n'avait jamais entendu parler, puis, une fois la tension mesurée, elle lut sèchement les chiffres inscrits sur le cadran et se leva.

— J'ai terminé ici.

— La police voudra votre déposition, répliqua le médecin.

— Très bien, j'attendrai dans la salle de pause, rétorqua-t-elle, avant de se tourner vers Carly et Liam. Prenez soin de vous.

Carly hocha la tête de haut en bas et encouragea Liam à se rallonger.

— Je ne resterai pas ici, insista-t-il.

— Je sais. Mais nous devons faire une déposition et vous n'allez pas tenir longtemps debout.

Il obéit en grommelant. Elle s'assit à côté de lui et, ensemble, ils regardèrent des aides-soignants allonger Charles sur un lit et les agents de sécurité de l'hôpital le menotter aux barreaux. Charles gémit, comme s'il reprenait conscience. Carly se leva pour le rejoindre, et dès qu'il ouvrit les paupières, elle le fusilla du regard.

— Je vais m'assurer qu'ils vous enferment quelque part et balancent la clé.

Il se lécha les lèvres et répliqua d'une voix à peine audible :

— Si tu fais ça, tu ne reverras plus jamais Zane.

— Zane ? répéta-t-elle, tremblant du besoin de secouer Charles. Où est-il ?

Mais Charles ferma les yeux et se rendormit.

— Réveillez-vous ! cria-t-elle. Vous devez me dire où est Zane !

— Madame, je vous demande de vous éloigner du patient, intervint le médecin.

— Ce n'est pas lui, le patient, insista-t-elle. C'est Liam. Cette petite merde est un criminel.

— Dans ce cas précis, le criminel est aussi le patient, répliqua le médecin d'une voix extrêmement calme.

Sur le plan rationnel, elle savait qu'il ne faisait que son travail, mais cela ne l'empêchait pas d'avoir envie de lui hurler dessus. Charles était déterminé à les tuer tous. Il ne méritait pas l'aide du médecin. Sans Francine, elle ne serait sans doute jamais sortie vivante de l'hôpital. Cette prise de conscience était plus qu'écrasante. Elle se mit à trembler comme une feuille alors que l'anxiété lui nouait le ventre.

— Carly, l'appela doucement Liam. Venez là.

Il tapota son lit pour l'encourager à s'asseoir près de lui.

Elle accepta de bon gré, et lorsqu'il lui prit la main, elle serra la sienne, reconnaissante pour ce contact humain.

— Dès que nous aurons fait nos dépositions, je vous ferai sortir de l'hôpital, lui murmura-t-elle. Après cet incident, il est évident que vous n'êtes pas en sécurité ici.

— D'accord, approuva-t-il, visiblement épuisé.

Le médecin, qui examinait Charles, leva la tête à ces mots.

— Monsieur Jones n'est pas prêt à sortir.

— Monsieur Jones ?

Elle haussa les sourcils et se tourna vers Liam.

— C'est votre nom ?

Il ferma les yeux et secoua légèrement la tête.

— Aucune idée.

— C'est ce qui est noté sur le dossier, répliqua le médecin avec impatience. Peu importe. Je vous suggère fortement de rester ici au moins vingt-quatre heures de plus. Vous devez rester en observation et terminer cette perfusion d'antibiotiques.

Carly regarda Liam.

— Je n'aime pas ça. Mais si vous voulez rester, je peux placer des gardes devant votre porte. Ou, si vous venez chez moi, je peux engager une infirmière pour prendre soin de vous.

— Vous êtes qui, ma marraine la fée ? demanda-t-il en secouant la tête. Ça doit être sympa d'être riche comme Crésus.

— Je ne suis pas riche comme... Peu importe, à vrai dire. Quel intérêt d'avoir de l'argent si on ne peut pas faire le bien avec ?

— D'accord, OK. Je viens avec vous, accepta-t-il en refermant les yeux. Ce sera toujours mieux qu'ici.

Peu après, il s'endormit, et elle resta à ses côtés pour attendre la police qui vint prendre leurs dépositions.

— Je vais vous trouver des vêtements, puis nous pourrons nous en aller, dit-elle à Liam dès que la police fut repartie. Tenez bon, d'accord ?

Il opina et se tourna vers la fenêtre.

Elle lui serra la main et sortit en vitesse de la chambre. Elle repéra en premier Jake, son garde du corps, et le rejoignit sans tarder. Ils discutèrent quelques instants, puis il s'en alla pour trouver des vêtements à son nouvel invité. Elle se dirigea pour sa part vers Jeremiah, assis aux côtés de Marion sur des chaises en plastique en face de l'endroit où elle se trouvait.

Une main sur le bras de Jeremiah, Marion disait :

— Un de ces jours, tu seras prêt à aller de l'avant. Sois réceptif, tu sauras quand le bon moment viendra.

— Prêt à aller de l'avant dans quel domaine ? demanda-t-elle, le cœur battant la chamade.

Marion était une marieuse très douée. Planifiait-elle de caser Jeremiah avec quelqu'un ? La jalousie s'éveilla en elle et elle dut se retenir d'ordonner à Marion de rester loin de lui, que ce n'était pas le bon moment pour ces détails, parce qu'ils devaient trouver Zane.

Mais une petite voix en elle lui susurra que ce n'était pas une question de timing. Le problème venait du fait que malgré toutes les années écoulées, elle se voyait toujours finir sa vie avec Jeremiah. Imaginer n'importe qui d'autre à ses côtés lui était impensable.

— Tu sais… dans la vie, l'amour, la poursuite du bonheur.

Marion lui fit un clin d'œil, se leva et tendit sa carte à Jeremiah.

— Appelle-moi si tu as besoin de… n'importe quoi.

Puis elle enlaça Carly et la serra fort dans ses bras.

— Nous avons appris qu'il y avait eu du grabuge, mais personne ne voulait nous dire où tu étais. Je suis contente que tu ailles bien.

Carly lui rendit son étreinte et sentit sa petite crise intérieure concernant Jeremiah fondre comme neige au soleil. Après ce qu'elle avait traversé, elle était soulagée d'être saine et sauve.

— Merci.

Marion s'éloigna et, la tenant à bout de bras, ajouta :

— Je reste en ville quelque temps pour m'occuper de ma tante. Quand ce sera plus calme, nous déjeunerons ensemble, d'accord ?

— Promis, accepta Carly.

Dès que l'autre femme se fut éloignée, Jeremiah la serra très fort contre lui.

— Bon sang, Carly. Ne me refais plus jamais ça. J'ai failli devenir fou à attendre de tes nouvelles.

Elle s'accrocha à lui, la joue contre son torse. Elle sentait son cœur qui battait fort contre son oreille. Jeremiah avait visiblement entendu parler du tireur.

— Je suis désolée. J'aurais dû te dire que nous allions bien tous les deux. Mais nous devions attendre la police pour faire notre déposition, et nous étions assez secoués.

Il resserra son étreinte.

— Pas la peine de t'excuser, murmura-t-il. C'était juste très dur de ne pas savoir si tu allais bien. Je n'y survivrais pas, si je te perdais toi aussi.

La voix de Jeremiah se brisa sur le mot « toi », la poussant à l'enlacer plus fort encore.

— Je ne vais nulle part, dit-elle d'une voix nouée par l'émotion.

Elle s'écarta et le regarda dans les yeux, y voyant la même angoisse que celle qui émanait de lui par vagues. Elle déglutit.

— Je te le promets.

— Personne ne peut faire ce genre de promesse, Carly, tu le sais aussi bien que moi, répliqua-t-il en calant l'une de ses mèches derrière son oreille. Promets-moi simplement d'être prudente.

Elle aurait voulu répliquer « Pourquoi maintenant ? ». Pourquoi, après toutes les années écoulées, s'en souciait-il tant *maintenant* ? Elle connaissait cependant la réponse. Le traumatisme survenu il y a plus de trente ans affluait à nouveau en eux. Il ne parvenait plus à tout mettre de côté et faire comme si ça n'existait pas. Cette volonté avait disparu lorsqu'il avait compris qu'il avait besoin de son aide à elle pour trouver son frère. Elle ignorait donc si toutes les émotions qu'il ressentait la concernaient sincèrement ou si elles n'étaient que la manifestation de son besoin de soutien pendant qu'il cherchait Zane.

— Carly, insista-t-il. Promets-le-moi.

— Je te le promets, dit-elle tout bas, se laissant étreindre une nouvelle fois.

CHAPITRE TREIZE

— TU ES SÛRE QUE C'EST UNE BONNE IDÉE ? LUI DEMANDA Jeremiah alors qu'ils regardaient Jake et Phil aider Liam à entrer dans la maison.

— Non, répondit-elle honnêtement.

Aucun d'eux ne connaissait Liam. Elle était parfaitement consciente qu'il pouvait être un imposteur cherchant à l'arnaquer. Cependant, son instinct lui soufflait qu'elle devait lui faire confiance. Qu'il croyait vraiment Zane en vie et qu'il désirait le retrouver. Elle ne pouvait ignorer cette impression, et elle était prête à tout pour s'assurer que Liam soit en sécurité.

— Mais je ne crois pas qu'on ait d'autres options. En outre, Phil et Jake seront présents.

— Oui, dehors, marmonna Jeremiah, qui n'insista pas davantage pour autant.

Carly suivit les hommes à l'intérieur de la maison et veilla à ce que Liam soit bien installé dans une des chambres d'amis du rez-de-chaussée. Puis elle se rendit au salon où elle retrouva Harlow et Lex blotties sous une couverture. Elles regardaient une comédie romantique, où un couple d'hommes était parvenu à un accord et acceptait de quitter New York pour emménager dans une petite ville du Tennessee.

— Coucou, les filles, leur lança-t-elle, ravie de voir les deux jeunes femmes si proches.

Harlow avait bien besoin d'amis.

— Quoi de neuf ?

— Rien.

Harlow s'éloigna de Lex, lui laissant la couverture, et passa ses bras autour de ses jambes en une posture défensive.

— On regarde juste un film.

Carly la fixa, soudain méfiante. Pourquoi sa nièce s'était-elle écartée de Lex si vite, comme si elle faisait quelque chose de mal ?

— Arrête de me regarder comme ça, lança Harlow. Il n'y a rien de mal à regarder une bluette gay.

— Bien sûr que non, répondit-elle en cillant de surprise. Tu sais que j'adore les comédies romantiques. Pourquoi y aurait-il quelque chose de mal ?

— Il n'y en a pas, rétorqua Harlow en se levant pour rejoindre la cuisine. Lex ? Tu veux quelque chose ? Je vais me chercher un cupcake.

— Encore ? s'étonna l'autre jeune fille. On a déjà mangé tout ce qui était comestible ici.

— Mais non. Quel intérêt de faire une soirée pyjama sans s'empiffrer de sucre ?

Lex rit, mais rejeta son offre d'un signe de la main.

— Mon eau me suffit.

— Tant pis pour toi.

Harlow rejoignit la cuisine en vitesse, tandis que Carly se demandait ce qu'il venait de se passer. Elle se tourna vers Jeremiah, qui se tenait derrière elle.

— Je reviens tout de suite. J'aimerais parler avec Harlow une minute.

— Pas de problème, répondit-il en regardant le couloir. Je vais aller voir Liam. Peut-être que je peux stimuler sa mémoire.

Elle fut envahie du désir insensé de se dresser sur la pointe des pieds pour l'embrasser sur la joue, mais elle se retint. Les moments partagés à l'hôpital étaient terminés. Pas besoin de rendre la situation gênante. Elle lui adressa un sourire las.

— Bonne chance.

Il fronça les sourcils.

— Ça va ? Après ce qu'il s'est passé à l'hôpital, n'importe qui serait secoué. Tu as besoin de quelque chose ? Je peux faire quoi que ce soit ?

Cette fois-ci, incapable de résister, elle l'embrassa sur la joue.

— Merci. J'apprécie ton inquiétude, mais je vais bien pour l'instant. Je ne vais sans doute pas tarder à m'écrouler, mais d'abord, je voudrais parler à Harlow. Je dois lui dire ce qu'il s'est passé avant qu'elle ne l'apprenne de quelqu'un d'autre.

Il opina puis l'embrassa sur la tête.

— D'accord. Je suis là si tu as besoin de moi.

Argh. Il était beaucoup trop gentil. Bien qu'elle soit certaine d'être en bonne voie pour se faire briser le cœur à nouveau, elle ne pouvait s'empêcher de s'enticher à nouveau de lui.

— Merci, dit-elle, la gorge nouée.

Puis elle le regarda rejoindre la chambre d'amis.

— Vous l'appréciez, commenta Lex depuis le canapé. Beaucoup.

Carly se tourna vers la nièce de Grace.

— C'est si évident que ça ?

Évidemment que oui. Elle se trimballait sans doute avec des cœurs dans les yeux, après leur étreinte à l'hôpital.

— Disons que ça l'est à peine moins que si vous ajoutiez une enseigne clignotante au-dessus de votre tête, répondit Lex en souriant. Ça me rappelle comment j'étais avant de me mettre avec Bronwyn. Grace m'a prise en photo, un jour, et croyez-moi, Carly, je fais une tête carrément gênante sur cette photo. Bronwyn se fout encore de moi à ce sujet.

— Donc tu veux dire que j'ai l'air d'une imbécile ? demanda-t-elle, amusée.

— Oui, mais vous parvenez quand même à avoir l'air radieuse, alors c'est une expression qui va mieux à votre visage qu'au mien, se marra la jeune femme, qui jeta ensuite un coup d'œil vers la cuisine. Vous croyez que Harlow s'est perdue ?

— Aucune idée. Je vais aller voir. De toute façon, je voulais lui parler.

Elle fit un signe de main à Lex et se rendit à la cuisine, où elle découvrit Harlow assise au comptoir, le visage dans les mains.

— Hé, qu'est-ce qui ne va pas ? demanda-t-elle en lui posant une main légère sur l'épaule.

Harlow leva vivement la tête et s'essuya les joues.

— Rien.

— On ne dirait pas.

Carly s'assit à côté d'elle et prit l'une de ses mains entre les siennes.

— Tu sais que tu peux tout me dire, n'est-ce pas ? Même si c'est à propos de Lex et toi. Je ne te jugerai jamais.

— Lex et moi ? De quoi tu parles ? s'exclama Harlow en s'écartant, l'air offensée.

Carly grimaça. Avait-elle mal interprété ? Elle les avait surprises en train de se câliner, et dès que sa nièce l'avait vue, elle s'était empressée de mettre de la distance entre Lex et elle. Et maintenant, elle se tenait la tête à deux mains comme si elle avait des soucis. Carly avait présumé que c'était dû au fait que Lex vivait avec sa copine Bronwyn, ce qui pouvait bouleverser Harlow si elle commençait à avoir des sentiments pour la nièce de Grace.

— Désolée. J'ai peut-être tiré des conclusions hâtives.

— On dirait bien.

Harlow se leva et croisa les bras.

— Et je n'ai jamais dit que j'aimais les femmes comme ça... si ?

— Non.

Carly observa sa nièce, perdue. Elles avaient toujours été proches, toutes les deux, et n'avaient jamais eu de problèmes de communication. Carly racontait tout à Harlow, sa meilleure amie. La jeune femme, sur la défensive et renfermée, ne se comportait pas normalement.

— Je ne voulais pas t'offenser, Harlow. Je voulais juste que tu saches que je suis là, si tu as besoin de parler de quoi que ce soit. Je serai toujours là.

Harlow ferma les yeux et hocha la tête.

— Je sais. Il ne se passe rien entre Lex et moi. Nous sommes juste amies.

— Mais il se passe *quelque chose* quand même. N'est-ce pas ?

— Oui.

Sa nièce soupira.

— Je ne suis pas prête à en parler pour l'instant.

Carly lui serra la main.

— D'accord. Tu n'es pas obligée de le faire, tu le sais. Je serai là pour toi quand tu auras besoin de moi.

Harlow la prit dans ses bras.

— Je t'aime. Désolée d'être de mauvaise humeur. Ce n'est pas ta faute.

— Pas besoin de t'excuser.

Carly enlaça sa nièce un long moment, puis prit une grande inspiration et se lança.

— Tu n'es peut-être pas prête à parler, mais il faut que je te dise quelque chose.

Elles s'assirent sur les tabourets de bar, et elle raconta à Harlow l'incident de l'hôpital. À la fin de son histoire, sa nièce la fixait bouche bée.

— Tu as vraiment envoyé au tapis un homme armé à l'hôpital ? Puis tu as ramené un inconnu chez nous ?

Les yeux écarquillés, elle ajouta, stupéfaite :

— Qui es-tu ? Wonder Woman ?

Carly explosa de rire.

— Je ne suis pas sûre qu'une combinaison rouge et bleu m'aille bien. Il faudrait que je perde au moins dix kilos avant de pouvoir engoncer ce vieux corps dans un truc aussi moulant.

— Tu te fiches de moi. Tu es superbe, rétorqua sa nièce en levant les yeux au ciel. Si tu ne me crois pas, demande à monsieur Sexy qui te regarde comme un loup affamé.

— Ce n'est pas vrai.

— Si, c'est vrai. Il le fait quand tu as le dos tourné. Tu n'es pas obligée de me croire, ajouta Harlow avec un sourire narquois. On verra où il va dormir ce soir.

Carly leva les yeux au ciel.

— Dans une chambre d'amis, là où est sa place.

— Mais oui, tatie. Bien sûr.

Harlow attrapa un cupcake, puis lui fit un signe de la main et quitta la pièce pour retrouver Lex.

Après avoir préparé une infusion spéciale pour Liam, elle alla retrouver son tout nouvel invité. Il était adossé au lit et regardait le clair de lune se refléter sur l'océan. Il serrait les mâchoires et avait les épaules raides.

— Que se passe-t-il ? demanda-t-elle, hésitante, en posant la tasse sur la table de nuit. C'est une infusion pour vous aider à guérir.

Jeremiah, les bras croisés, fusillait Liam du regard.

— Il sait quelque chose, mais il ne nous le dit pas.

Elle les regarda tous les deux tour à tour.

— Explique-moi.

— Il sait des choses sur Zane, comme sa tache de naissance sur le cou ou la cicatrice sur son pied. Et il connaît le son de son rire, détailla Jeremiah d'une voix nouée par l'émotion. Mais il refuse de me dire comment il le connaît ou où il l'a vu pour la dernière fois. Il fait de la rétention d'informations.

La frustration qui émanait de Liam fit picoter sa peau. Elle l'observa de plus près et vit le tourment qui agitait son regard.

— Est-ce vrai ? demanda-t-elle en essayant d'enlever toute accusation de son ton.

— Non, répondit-il en grognant presque. J'ai déjà dit à votre copain que je ne sais pas où il est, où nous étions, ou pourquoi. Tout ce que je sais, c'est que je dois le retrouver et que je n'ai personne d'autre vers qui me tourner. Du moins, je ne crois pas.

Elle posa la main sur le bras de Jeremiah et se pencha vers lui.

— Je ne crois pas qu'il mente. Il ne dégage aucune duperie.

— Comment le sais-tu ? répliqua-t-il.

Ses muscles tressaillaient, trahissant la même tension que chez Liam.

— Tu ne t'es pas dit qu'il pouvait juste être un très bon acteur ?

Elle pouffa.

— Jeremiah. Souviens-toi à qui tu parles, dit-elle, amusée. Tu crois que je ne pourrais pas reconnaître quelqu'un jouant la comédie ?

Il cilla et serra les mâchoires. Finalement, il se détendit et souffla.

— C'est vrai. Tu as raison. Mais ce n'est pas logique. Il n'arrive même pas à me dire d'où il vient ou s'il a encore de la famille quelque part.

Carly alla s'asseoir à côté de Liam. Ils n'avaient échangé que quelques mots quand ils attendaient que la police vienne recueillir leur témoignage, trop sous le choc pour s'exprimer. En outre, elle préférait attendre qu'ils soient seuls pour qu'il lui raconte son histoire.

— Pourriez-vous commencer depuis le début ? Qu'est-ce qui vous a poussé à chercher Jeremiah ?

Liam déglutit et poussa un profond soupir.

— Je n'arrête pas de me poser la question, et je ne suis pas sûr de la réponse. Ma mémoire est comme embrouillée.

— C'est un effet secondaire du coup de feu, peut-être ?

Il haussa une épaule.

— Comment voulez-vous que je le sache ? La seule chose dont je me souviens clairement, c'est Lazer me donnant une photo et me disant de trouver ces gens, qu'ils m'aideraient. Vous en faites partie.

Carly et Jeremiah échangèrent un long regard. Cette déclaration était si vague qu'elle ne leur donnait aucune indication pour retrouver Zane. S'il était vrai qu'il était toujours en vie. Cela dit, Liam avait le cliché du photomaton avec lui, presque intact, bien qu'un peu ondulé par le passage dans l'eau.

— Pourriez-vous décrire votre environnement le jour où il

vous a donné cette photo ? Vous remémorez-vous autre chose à part ce qu'il vous a dit ?

Ses yeux trahirent un instant une véritable angoisse. Il ouvrit la bouche pour répondre, avant de finalement la refermer en secouant la tête.

— Je ne sais pas.

Elle n'en croyait pas un mot. La charge émotionnelle dans la chambre était telle que les larmes lui montaient aux yeux.

— Vous devez être honnête avec nous si nous voulons collaborer pour retrouver Zane. Nous ne pouvons l'aider si vous retenez des informations vitales.

— Je ne garde rien pour moi, rétorqua-t-il froidement en reprenant sa contemplation du paysage.

— Savez-vous que Carly est une empathe ? intervint Jeremiah depuis l'endroit où il se tenait.

— Quoi ? s'exclamèrent Carly et Liam en chœur.

Même si c'était vrai, elle n'en avait jamais parlé avec Jeremiah. Avait-il entendu sa conversation avec Marion ?

Il lui lança un regard exaspéré.

— Tu as toujours été reliée aux émotions des autres. Encore plus maintenant qu'avant. Tu crois que je ne l'ai pas remarqué ?

Il reporta son attention sur Liam.

— Elle possède le don mystérieux de toujours savoir ce que ressentent les autres. Je parie qu'elle est capable de déterminer quand quelqu'un se montre honnête, aussi.

Liam la regarda.

— C'est vrai ? Vous êtes une sorte de détecteur de mensonges magique ?

Sa manière de présenter les choses l'amusa.

— Je ne dirais pas ça comme ça, mais oui, je sais deviner quand les gens ne sont pas tout à fait honnêtes. C'est leur culpabilité et leur agitation qui les trahissent.

— Merde, marmonna-t-il en passant la main dans ses cheveux blonds ébouriffés.

Il avait des rides d'inquiétude au coin des yeux, et pour la première fois, elle s'interrogea sur son âge. La quarantaine, peut-être ? C'était difficile à déterminer avec les écorchures sur son visage. Enfin, il la regarda droit dans les yeux et avoua :

— C'est juste que je ne sais pas ce qui est vrai et ce qui ne l'est pas. Je ne fais pas confiance à mes souvenirs.

C'était la vérité. Elle sentait son émotion sincère. Elle lui adressa un sourire compatissant.

— Je vous crois.

Les yeux de Liam se voilèrent, et il les cacha derrière sa main.

— Merci.

Elle aurait aimé le prendre dans ses bras et le réconforter. L'immense soulagement qu'il ressentait était accablant, même pour elle. Se retenant de l'étreindre, elle attrapa plutôt l'infusion pour la lui donner.

— Buvez ça, puis nous vous laisserons vous reposer. Nous pouvons parler demain matin.

Il acquiesça et avala la boisson.

Carly sentait la désapprobation qui émanait de Jeremiah. Elle comprenait sa frustration, lui qui avait désespérément envie de retrouver son frère. Mais ils ne pouvaient rien faire ce soir-là. Mieux valait qu'ils mettent un plan au point le lendemain matin, quand tout le monde se serait reposé.

Elle récupéra la tasse des mains de Liam, lui indiqua où trouver quelques affaires de toilette, puis entraîna Jeremiah hors de la pièce.

— Demain ? demanda-t-il dès qu'ils furent sortis.

— Oui, demain.

Elle bâilla et se rendit à son atelier, Jeremiah sur les talons.

Puis elle posa doucement la tasse sur le plan de travail et sortit son portable.

Gigi décrocha rapidement.

— *Salut, Carly. Tu l'as ?*

— Oui. Tu peux venir dans combien de temps ?

— *J'arrive.*

Elle raccrocha et sourit à Jeremiah.

— Si tout va bien, nous aurons la véritable identité de Liam d'ici une heure.

CHAPITRE QUATORZE

Jeremiah observa le sachet d'herbes au fond de la tasse.

— Tu es sérieuse ? Gigi possède un sort qui permettra d'identifier Liam ?

— Oui. C'est ce qu'elle a marqué dans son message.

Carly s'adossa au fauteuil de son atelier et ferma les yeux pour essayer de repousser son épuisement. La journée lui avait paru durer une semaine, et elle n'était même pas encore terminée.

— Elle est venue déposer les herbes pendant que nous étions à l'hôpital et m'a envoyé les consignes par texto. Après tout ce qui s'est passé aujourd'hui, j'avais oublié, mais quand j'ai voulu préparer la tisane, j'ai trouvé le sachet sur le comptoir et décidé que plus vite nous essayions, mieux ce serait.

Il haussa les sourcils et posa les coudes sur le plan de travail.

— C'est sournois.

— C'est génial, répliqua-t-elle, toujours épatée par sa nouvelle amie.

Dans son message, Gigi lui disait que c'était un nouveau

sort sur lequel elle travaillait, mais qu'elle était pratiquement sûre qu'il fonctionnerait. Et ce serait plus rapide que d'engager un détective privé. D'autant que si les empreintes de Liam n'étaient plus dans aucun fichier, des enquêteurs pourraient ne jamais trouver sa véritable identité.

— Oui, aussi, approuva-t-il. Tu sais, après avoir lu que le coven t'avait aidée à retrouver Harlow quand elle avait disparu, j'ai su que c'était ici que je devais venir demander de l'aide pour Zane. Mais j'ignorais à quel point j'avais raison.

Elle garda le silence le temps d'assimiler la soudaine douleur qui lui transperçait la poitrine. N'était-il venu qu'à cause du coven ? Évidemment. L'une des premières choses qu'il lui avait demandées, c'était l'implication de ses amies sorcières. Alors pourquoi avait-elle nourri l'idée absurde qu'il était venu lui demander *son* aide ? Qu'il savait combien elle aimait Zane et ne s'arrêterait devant rien pour le ramener à la maison ? Sur le plan rationnel, elle savait que cette partie-là était sans doute vraie, mais découvrir la vérité nue selon laquelle son objectif avait été le coven faisait mal.

— Oui, elles sont plutôt géniales, approuva-t-elle d'une voix rauque.

— Vous l'êtes toutes, répliqua-t-il.

Il avait soudain l'air inquiet, comme s'il avait deviné à quoi elle pensait. Il se rapprocha et tendit la main vers elle, mais la sonnette retentit avant qu'il ne puisse la toucher.

— C'est Gigi, dit-elle en bondissant de sa chaise pour quitter la pièce en vitesse.

La maison était plongée dans l'obscurité et le silence. Harlow et Lex avaient dû se rendre dans la chambre de Harlow. Et aucun bruit n'émanait de la chambre de Liam.

Arrivée dans l'entrée, elle alluma la lumière et ouvrit la porte. Gigi se tenait sur le seuil, vêtue d'un legging gris et d'un sweat rose. Ses cheveux blonds étaient rassemblés en un chignon flou et elle ne portait pas le moindre maquillage.

— Tu étais déjà au lit quand je t'ai appelée ? demanda Carly en faisant la grimace. Je suis vraiment désolée. J'aurais pu attendre demain matin.

— Hors de question, répliqua son amie en s'invitant dans la maison, son tote bag à l'épaule.

Elle s'avança avec détermination vers l'atelier de Carly.

— Je n'étais pas au lit… pas encore, disons, lança-t-elle par-dessus son épaule. Mais dépêche-toi, parce que Sebastian m'a invitée à le rejoindre dans le jacuzzi d'ici une demi-heure.

Carly sentit ses joues s'échauffer en visualisant le bain à bulles ; seulement, dans son fantasme, c'étaient Jeremiah et elle les occupants, et non Gigi et Sebastian.

— Arrête de penser à ça, s'admonesta-t-elle en se précipitant derrière son amie.

Gigi était déjà près du plan de travail quand elle entra dans la pièce. Jeremiah, en face d'elles, regardait la blonde sortir un pilon et un mortier, une bougie blanche et un nouveau sachet d'herbes.

— Qu'est-ce que je dois faire ? demanda Carly à Gigi.

— Prends ça et prépare une autre infusion, comme avec le mélange d'identification.

Gigi feuilleta un petit carnet et s'arrêta sur un sort écrit à la main. Elle leva la tête, la surprit à la regarder et haussa les sourcils.

— Nous ne pouvons pas finir tant que cette tisane ne sera pas prête.

— C'est vrai.

Carly prit la bouilloire électrique et la remplit d'eau. Comme c'était un modèle performant, la tisane fut prête avant que Gigi ne lève le nez une nouvelle fois.

— Tiens, dit Carly en posant la tasse devant son amie, avant de s'écarter pour voir l'accomplissement du sort.

Gigi attrapa la tasse, en versa le contenu dans celle utilisée par Liam, puis but le tout. Sans qu'elle n'ait prononcé la moindre incantation, sa peau se mit à luire et ses yeux se voilèrent comme si elle entrait en transe.

— Gigi ? souffla Carly, hésitante.

Mais l'autre sorcière ne répondit pas, même quand les lumières s'éteignirent, les plongeant dans l'obscurité.

Elle sentit Jeremiah se rapprocher et, quand il posa la main sur ses reins, elle fut soulagée de ce contact. Bien qu'elle fasse confiance à Gigi, très douée dans son domaine, elle était toujours inquiète de ce qu'il se passait dans le studio. Elle n'avait jamais assisté à un sort mettant quelqu'un en transe. Et si quelque chose tournait mal ? Elle ne saurait pas quoi faire. Elle dressa mentalement l'inventaire des herbes à sa disposition, se demandant si certaines pourraient agir pour neutraliser la transe.

La bougie que Gigi avait posée devant elle s'alluma, révélant le visage de la blonde. Son air hagard avait disparu, remplacé par une extrême concentration. À ceci près que Gigi ne fixait rien ni personne en particulier, juste le vide devant elle.

Carly plissa les yeux pour essayer de distinguer ce qui pouvait tant fasciner son amie. Une silhouette argentée apparut alors sous le faible éclairage de la bougie.

La silhouette brilla un peu plus et prit la forme d'une jeune femme aux cheveux longs et raides. Elle portait une jupe longue et une blouse paysanne, et avait un collier de pâquerettes sur la tête.

— *Où est-il ?* demanda-t-elle d'une voix pleine d'urgence et d'espoir.

— Où est Liam ? la questionna Gigi.

— *Il s'appelle William*, intervint la silhouette en plissant les yeux. *Il n'y a que son bon à rien de père qui l'appelait Liam.*

— D'accord : William, répliqua Gigi en agitant la main avec impatience. Carly, tu peux nous conduire à lui ?

— Bien sûr, mais il dort sûrement.

— Ce n'est pas grave, *elle* a juste besoin de le voir.

Carly précéda la petite troupe jusqu'à la chambre d'amis et toqua doucement. N'obtenant aucune réponse, elle regarda dans la pièce et découvrit son invité endormi, comme elle le soupçonnait.

La silhouette argentée la contourna et s'approcha de Liam. Elle lui sourit à travers les larmes qui dévalaient ses joues.

— *Tu me manques, mon bébé. Ça faisait longtemps, n'est-ce pas ?*

Liam papillota des paupières et lança d'une voix rauque :

— Maman ?

— *Je suis là. Enfin. Je suis là.*

Liam resta fixé sur elle un instant, puis son expression devint féroce.

— Tu m'as promis de ne pas me quitter. Est-ce que tu sais ce qui m'est arrivé après ton départ ?

Elle grimaça.

— *Je suis désolée, mon bébé. J'étais trop faible. Les drogues, elles...*

Elle secoua la tête avec tristesse.

— *J'étais sous leur emprise, je ne parvenais pas à me défaire de cette addiction.*

Liam se détourna, et Carly remarqua qu'il avait les larmes aux yeux, lui aussi.

— Tu n'as pas idée de ce qui m'est arrivé après ton départ. Papa était...

Il ne termina pas sa phrase.

— Qu'est-ce que tu fais là ?

— *On m'a conjurée*, expliqua la femme en regardant Gigi. *Vous voulez quelque chose de moi.*

— Nous aimerions connaître l'identité de votre fils. Il a eu un accident et ne s'en souvient pas.

— *William ?* s'inquiéta sa mère en se tournant vers lui. *Que t'est-il arrivé ?*

Il posa la main sur son épaule blessée.

— Quelqu'un m'a tiré dessus. Je ne sais pas pourquoi.

— *Tu ne te rappelles pas qui tu es, mais tu te souviens de moi... et de ton connard de père ?*

— Oui.

Il fronça les sourcils, essayant de se concentrer.

— Tout est brouillé, mais je vous connais papa et toi. Ou du moins, je nous visualise dans une petite maison blanche à deux chambres, au milieu du désert.

— *Au numéro 29, dans la banlieue de Palm Springs. C'est là que nous habitions quand tu étais enfant.*

— Où nous habitions quand tu as fait ton overdose, répliqua-t-il en lançant un regard accusateur à sa mère.

— *Oui*, dit-elle doucement. *C'est l'endroit où je t'ai vu pour la dernière fois.*

Elle observa son fils.

— *Tu es devenu un bel homme.*

Il se renfrogna.

— Pour ce que ça m'a servi. Il y a quelques jours, on m'a tiré dessus, et en ce moment, on est obligé de me faire la charité parce que je ne sais pas qui je suis ni comment j'ai atterri dans cette petite ville.

Sa mère carra les épaules et, sur un ton suffisant, déclara :

— *Tu t'appelles William Scott McSloan, quatrième du nom. Tes arrière-grands-parents ont fondé la* Crèmerie Ancienne McSloan. *Tu es pratiquement un roi dans le sud-ouest de ce pays.*

Carly haussa les sourcils. La *Crèmerie Ancienne McSloan ?* La mère de Liam se comportait comme si c'était un nom connu alors que Carly n'en avait jamais entendu parler.

— Un roi ? se moqua Liam. J'ai beau avoir peu de souvenirs, je me rappelle très bien que nous vivions dans un trou à rats. Je ne dirais pas que ça fait de nous des membres d'une quelconque famille royale.

— *Quelqu'un a profité des parents de ton père et ils ont tout perdu*, répliqua-t-elle avec un reniflement indigné. *Mais ils étaient quand même très respectés. Les gens faisaient toujours une haie d'honneur pour ton arrière-grand-père.*

Liam fixa sa mère comme s'il lui était poussé une deuxième tête.

— Tu crois que tout ça a la moindre importance alors que j'ai grandi sans mère et avec un père énervé qui me donnait des coups de pied plutôt que de me dire bonjour ?

Elle inspira, stupéfaite, et s'accrocha à la main de son fils.

— *Je suis tellement désolée, William. Je croyais qu'avoir un fils apaiserait son amertume. Quand il a perdu son argent, il n'a cessé de s'enfoncer dans la dépression. Je regrette de n'avoir pas pu me montrer plus forte pour toi.*

— Et moi donc.

Il regarda sa mère droit dans les yeux.

— J'en ai assez entendu. Il est temps que tu partes.

Carly était d'accord avec lui. Sa mère ne l'aidait pas. Mais au moins, elle leur avait fourni des informations sur l'identité de Liam qui pourraient peut-être leur permettre de découvrir ce qui lui était arrivé.

La silhouette argentée commença à s'estomper. Elle supplia son fils une dernière fois, mais il secoua la tête, et elle disparut, ne laissant rien de plus que le faible clair de lune illuminant la pièce.

— Ça va, Liam ? s'inquiéta Carly en s'approchant du lit.

— Oui, ça va. Je suis fatigué, c'est tout. Je voudrais me rendormir.

Il serra les paupières fort, comme s'il essayait de bloquer toute émotion rémanente.

— Venez, dit Gigi tout bas. Laissons-le se reposer.

Carly et Jeremiah la suivirent à l'extérieur de la chambre, et Carly ferma derrière eux.

— Ça s'est bien passé, commenta joyeusement Gigi.

— Bien ? répliqua-t-elle. Nous avons découvert que ses grands-parents s'étaient fait arnaquer, que sa mère est morte d'une overdose et que son père le frappait. Ça ressemble plutôt à un cauchemar, pour lui.

Gigi redevint sérieuse immédiatement.

— Oui, tu as raison, bien sûr. Ce n'était pas ce que je voulais dire. Simplement que le sort a fonctionné et que tu as maintenant l'information dont tu as besoin, n'est-ce pas ?

Elle opina.

— Oui. Peux-tu demander à Sebastian de creuser un peu ? De regarder s'il y a quoi que ce soit d'intéressant dans son passé ?

— Je m'en charge, répliqua Gigi, qui tapa sur son portable. Je notais juste les informations que nous a données l'esprit, afin de ne pas oublier. Je t'appellerai dès que Sebastian aura du nouveau.

Elle l'enlaça rapidement, puis fila chez elle en vitesse, puisqu'elle avait des projets avec son fiancé.

— C'était assez… intense, commenta Carly en retournant dans son atelier.

— Assez ? répéta Jeremiah. C'était au-delà du « assez ». Ce n'est pas tous les jours que l'on voit apparaître un fantôme.

Tous les jours, non, mais ce n'était pas sa première fois à elle.

— Ce n'est pas tous les jours que quelqu'un conjure un esprit, c'est vrai.

Elle se demanda un instant si la potion de Gigi pourrait l'aider à faire venir sa sœur. Cette seule idée lui pinça le cœur. Elle ferait tout son possible pour passer plus de temps avec sa jumelle.

Jeremiah l'entoura d'un bras et l'attira contre lui.

— Elle doit beaucoup te manquer, commenta-t-il, ayant visiblement suivi le fil de ses pensées.

— Tous les jours, à chaque minute.

Elle s'appuya contre lui. Les larmes lui montèrent aux yeux comme chaque fois qu'elle pensait au peu de temps qu'elle avait passé avec Caydence. Plutôt que de les ravaler pour essayer d'avoir l'air forte, elle y laissa libre cours, et elles coulèrent sur ses joues.

— Viens, murmura Jeremiah. Tu devrais te coucher. C'était une sacrée longue journée.

Elle ne pouvait dire le contraire. Elle le laissa l'entraîner jusqu'à l'étage. Sur le palier, elle lui indiqua du menton la bonne chambre, au bout du couloir.

— C'est celle-ci.

Il l'escorta jusque-là et lui ouvrit la porte. Elle entra, mais il resta sur le seuil et dit :

— Va te coucher. On se voit demain matin.

— Attends, l'interrompit-elle. Tu peux rester quelques minutes ? Je te montrerai ta chambre ensuite.

— Tu as une autre chambre d'amis ? s'étonna-t-il avec un sourire narquois. Je pensais finir sur le canapé.

Elle leva les yeux au ciel.

— Voyons. Pour qui me prends-tu ?

— Pour une élégante hôtesse, répondit-il en entrant dans la pièce.

Son cœur se gonfla d'affection face à ce simple compliment. Tel était le Jeremiah de ses souvenirs d'enfance, qui parvenait toujours à la faire se sentir spéciale.

— Assieds-toi, dit-elle en lui indiquant la causeuse placée devant une baie vitrée donnant sur l'océan. Je vais me changer et je reviens.

Il acquiesça et s'installa, une cheville posée sur le genou opposé.

Elle prit des vêtements de rechange et s'enferma dans sa salle de bains. Lorsqu'elle retourna dans la chambre, elle s'était démaquillée et lavé le visage, attaché les cheveux en chignon et avait revêtu son pyjama en flanelle préféré.

— Tu n'as pas changé depuis tes dix-huit ans, commenta Jeremiah.

Elle s'assit à côté de lui sur la causeuse et secoua la tête.

— Voyons. On n'atteint pas la cinquantaine sans quelques rides pour le prouver.

Il haussa une épaule.

— Tu en as peut-être quelques-unes, oui, mais tu es toujours aussi radieuse qu'à l'époque.

Se sentant rougir, elle lui donna un coup d'épaule joueur, mais il l'entoura d'un bras et l'attira contre lui. Elle se laissa faire, savourant la chaleur qu'il dégageait.

— Merci d'avoir été là pour moi aujourd'hui.

— Pas besoin de me remercier. Pour rien au monde je n'aurais voulu être ailleurs.

Elle leva les yeux vers lui, et leurs regards restèrent rivés l'un à l'autre un instant, avant que celui de Jeremiah ne dévie vers sa bouche. Elle retint son souffle.

Il se lécha les lèvres, puis s'arracha à sa contemplation, mais sans la lâcher. Il soupira et s'adossa à la causeuse.

— Je devrais sans doute rejoindre cette fameuse chambre d'amis.

Elle secoua la tête.

— Pas tout de suite. Je… Après tout ce qui s'est passé aujourd'hui, je n'ai pas très envie d'être seule. Ça t'ennuierait de rester ?

— Bien sûr que non, dit-il en resserrant son étreinte. Je resterai aussi longtemps que tu voudras de moi.

Une partie de la tension de la journée la quitta. Puis l'épuisement reprit le dessus, et elle bâilla.

Jeremiah se leva et lui tendit la main.

— Tu es claquée. Tu ferais mieux d'aller t'allonger avant de sombrer.

Elle ne pouvait qu'approuver. Ses membres la faisaient souffrir et elle avait les paupières lourdes. Elle prit la main de Jeremiah et se laissa guider jusqu'à son lit. Il lui écarta les couvertures, et elle s'installa dedans.

— Tu trouverais ça bizarre si je te demandais de rester ici ce soir ?

Il secoua lentement la tête.

— Ce ne serait pas la première fois que nous partagerions une chambre.

Non, en effet. Cela leur était arrivé la veille de l'accident. Bien qu'il ne se soit rien passé entre eux, elle s'était réveillée dans ses bras. Si Zane n'avait pas déboulé, elle était certaine que Jeremiah l'aurait embrassée. Le souvenir de cette journée lui creva le cœur, et ses yeux s'embuèrent à nouveau.

— Merde, je ne verse jamais autant de larmes, sauf au travail, quand je suis payée pour pleurer comme une madeleine.

Il s'assit à côté d'elle et essuya ses larmes avec ses pouces.

— C'est toujours très dur pour moi aussi de repenser à cette journée.

Elle lui adressa un sourire tremblant.

— Ils me manquent tellement, tous les deux... et toi aussi.

L'expression de Jeremiah devint tendre.

— Ça n'a pas été facile d'essayer de rester en colère contre toi toutes ces années. D'autant plus que ce n'était pas juste. Je crois que j'avais juste besoin de rejeter la faute sur quelqu'un, et tu étais la seule cible à ma disposition. Je suis tellement désolé, Carly. Tu ne méritais pas ça.

Elle acquiesça et détourna le regard, incapable de supporter la peine qu'il irradiait. Elle avait suffisamment de difficulté comme ça à gérer la sienne. Cependant, quand Jeremiah la rejoignit sur le lit et l'enlaça par-derrière, elle ne s'écarta pas. Elle en était incapable, parce que, au milieu de la douleur de Jeremiah, il y avait aussi de l'amour et de la compassion qui abreuvèrent son âme et la calmèrent d'une façon bien plus efficace que n'importe quelle parole.

Elle posa sa main sur celle de Jeremiah, qui reposait sur son ventre.

— Bonne nuit, Jeremiah.

Il l'embrassa sur la joue.

— Bonne nuit, mon amour, souffla-t-il.

CHAPITRE QUINZE

Carly se blottit contre le corps chaud derrière elle et poussa un soupir satisfait. Elle avait les yeux fermés et était à peine réveillée quand la voix rauque de Jeremiah s'immisça dans son oreille.

— Bonjour, beauté.

Il posa un doux baiser dans son cou, juste sous son oreille, et tout son corps frémit de ce contact.

Elle esquissa un petit sourire. Jeremiah l'avait enlacée toute la nuit. Pas étonnant qu'elle ait si bien dormi.

— Bonjour.

Elle roula sur elle-même et lui posa la main sur la joue.

— Merci.

— Pour quoi ? T'avoir appelée « beauté » ? Ce n'est pas une surprise pour toi, si ? la taquina-t-il en repoussant ses cheveux de son visage.

Son doigt s'attarda sur sa joue un instant.

— Pas ça, répliqua-t-elle en pouffant. Mais merci pour le compliment. Je voulais dire merci d'être resté ici hier soir. Je sais que c'était beaucoup demander. Merci de l'avoir fait.

— Ce n'était pas beaucoup demander. En fait, c'est moi qui devrais te remercier. Tu sais depuis combien de temps je ne m'étais pas réveillé avec une femme splendide dans les bras ?

Le ton taquin qu'il avait adopté quelques instants plus tôt avait disparu, remplacé par un sérieux qui la poussa à le regarder.

Elle secoua la tête.

— Bien trop longtemps, répondit-il en se penchant pour effleurer ses lèvres.

Stupéfaite, elle ne répondit pas tout de suite. Mais lorsqu'il mit fin au baiser, elle s'empressa de glisser les doigts dans ses cheveux pour l'attirer gentiment contre elle à nouveau. Cette fois-ci, ce fut elle qui l'embrassa. Quant à lui, il répondit à son baiser sans la moindre hésitation. Sa bouche se déplaça sur la sienne, chaude, douce et insistante. Carly suivit le mouvement, et lorsque la langue de Jeremiah sollicita l'entrée de ses lèvres, elle les écarta pour lui. Ils se goûtèrent, se léchèrent et s'explorèrent jusqu'à ce qu'ils furent à bout de souffle.

Elle s'apprêtait à s'accrocher à lui avec ses bras et ses jambes quand il s'écarta et la dévisagea. Jamais il ne lui avait paru aussi sexy qu'en cet instant avec ses cheveux ébouriffés, ses lèvres gonflées de baisers et ses yeux embués de désir. Au cours de la nuit, il avait retiré son tee-shirt et n'avait donc plus que son jean en cet instant. Elle ne put s'empêcher de détailler ses pectoraux bien galbés.

— Pourquoi t'es-tu arrêté ? demanda-t-elle d'une voix nouée.

Il lâcha un rire bas.

— Parce que si je ne l'avais pas fait, tu serais déjà nue et moi enfoncé en toi.

— Bon sang, souffla-t-elle, prête à arracher ses propres

vêtements pour faire de cette déclaration une réalité. Et en quoi c'est un problème ?

Jeremiah s'allongea sur le dos et gémit en regardant le plafond.

— Peut-être parce que William Scott McSloan, quatrième du nom, est en bas et que nous devrions nous concentrer sur Zane ?

Elle s'assit et se cacha le visage. Qu'est-ce qui clochait chez elle ? Elle se comportait comme une ado dominée par ses hormones alors que Zane avait disparu.

— Désolée. Nous devrions nous lever et nous y remettre.

Jeremiah l'attrapa par la main pour la stopper dans son élan.

— Attends.

Elle se tourna vers lui et faillit fondre en le voyant se lécher les lèvres.

— Un dernier baiser ?

Impossible de le lui refuser. Elle acquiesça, le souffle déjà court, attendant.

Il se redressa, prit son visage entre ses paumes et l'embrassa avec une telle passion que la tête lui tournait lorsqu'il la relâcha enfin.

— Nous terminerons plus tard, déclara-t-il en se levant pour remettre son tee-shirt.

Elle n'avait toujours pas retrouvé sa voix lorsqu'il sortit de la chambre quelques secondes après. Elle secoua la tête pour essayer de s'éclaircir les idées. Que venait-il de se passer ? Jeremiah venait-il vraiment de lui promettre que *ça* n'était pas terminé ? Elle porta la main à sa poitrine pour essayer de calmer son cœur galopant, puis se dirigea vers la douche.

Lorsqu'elle descendit l'escalier, des rires résonnaient dans la cuisine.

Des rires ?

Qu'est-ce qui les amusait tant ? Zane était toujours détenu quelque part, Liam avait failli mourir et Jeremiah... Disons qu'elle n'avait aucune idée de ce qu'il se passait avec lui. Quarante-cinq minutes plus tôt, elle avait été à deux doigts de tout oublier et de succomber au désir réprimé qu'elle éprouvait pour lui depuis longtemps. Ce n'était pas approprié, étant donné la situation.

En entrant dans la cuisine, elle repéra Harlow et Liam assis à table. Liam avait le bras en écharpe, pour protéger son épaule, mais à part ça, il avait bien meilleure mine que la veille. Ses égratignures et ses ecchymoses s'estompaient, même s'il restait encore un peu pâle.

— Bonjour, la salua sa nièce en remplissant une tasse de café. Lex m'a dit de te dire qu'elle avait été contente de te voir hier soir.

— Moi aussi, répondit Carly en regardant autour d'elle. Où est Jeremiah ?

— Juste ici, répondit l'intéressé depuis l'entrée de la pièce.

Ses cheveux noirs étaient humides et ses joues rosies par l'eau chaude de la douche. Harlow tendit à Carly la tasse pleine et souleva le pot de café à l'attention de Jeremiah.

— Du café ?

— Oui, s'il te plaît, répondit-il en lui souriant.

Carly lui fit signe de s'installer à table, et ce fut à ce moment-là qu'elle remarqua que celle-ci débordait de pancakes, œufs et bacon. Elle jeta un coup d'œil à sa nièce.

— C'est toi qui as fait tout ça ?

Harlow confirma.

— On n'a pas souvent des invités. Je me suis dit que ce serait une façon sympa de commencer la journée.

— C'est très gentil à toi, remercia-t-elle la jeune femme en l'enlaçant et lui serrant la main.

Elle était contente de voir que ce qui travaillait sa nièce la veille semblait avoir disparu.

— Merci.

— Je t'en prie.

Elle prépara une assiette pour Liam, puis s'assit à côté de lui.

— Si vous avez besoin d'autre chose, dites-le-moi.

Il acquiesça et attrapa un morceau de bacon.

— Vous avez bien dormi ? demanda Carly en s'installant à table.

— Plutôt, marmonna-t-il.

Ses tentatives suivantes pour le faire parler furent vaines, alors elle renonça aux banalités et passa au travail. Elle alla chercher son ordinateur portable dans son bureau et l'alluma. Son café dans la main, elle tapa le nom de William Scott McSloan, quatrième du nom, dans le navigateur. Sans tarder, plusieurs articles de journaux apparurent, indiquant qu'il était porté disparu depuis une dizaine d'années.

— Bingo, murmura-t-elle.

Tous les yeux se tournèrent vers elle, attendant la suite. Elle lut l'un des articles en diagonale et poussa une exclamation de surprise. Pointant une ligne particulière, elle expliqua :

— Liam a disparu au même lac que Zane. Il est dit ici qu'il y louait un chalet et que, quand il a disparu, toutes ses affaires ont été retrouvées là-bas, y compris son portefeuille et ses papiers d'identité. Même sa voiture était toujours là. Les recherches ont duré une semaine, mais comme elle ne trouvait rien, la police a clos l'affaire, présumant qu'il s'était noyé en voulant faire un bain de minuit, bien qu'aucun témoin ne puisse en attester et que rien ne puisse prouver qu'il était mort.

— J'ai disparu au même lac que Lazer ? s'étonna Liam, l'air concentré. Comment est-ce possible ?

— On dirait que la personne qui enlève les gens cherche à faire croire que ses victimes sont mortes, et ce lac est parfait pour les accidents, intervint Jeremiah, avant de se tourner vers elle. Cherche les noyades à Picture Lake et voyons ce qui ressort.

Elle tapa la recherche.

— Il semble qu'il y ait entre deux et six noyades par an.

Elle lut les informations sur l'écran, puis reporta son attention sur le petit groupe.

— Mais, le plus intéressant ici, ce sont les corps qui ne sont pas retrouvés. Tous les cinq ans depuis ces quarante dernières années, une personne se noie sans que son corps ne refasse jamais surface.

— Note les noms, lui dit Jeremiah. Nous demanderons à un détective de faire des vérifications d'antécédents.

— Oui, bonne idée.

Elle jeta un coup d'œil à Liam.

— Je vais demander à Sebastian d'en faire pour vous aussi, afin de voir s'il peut dénicher d'autres informations. Cela vous convient ?

— J'imagine, répliqua-t-il en jouant avec ses œufs. Je suis furieux de ne pas réussir à me souvenir de quoi que ce soit. Qu'est-ce que je faisais à ce lac ? Que s'est-il passé pour que je ne réapparaisse jamais ? Où ai-je été enlevé ?

— C'est ce que nous essayons de découvrir, le rassura Carly. J'espère que l'information nous mènera à la personne qui vous a enlevé et à l'endroit où Zane est détenu.

— Zane, répéta-t-il, comme s'il testait le nom sur sa langue. Je pense toujours à lui comme Lazer.

Carly et Jeremiah échangèrent un regard, et Jeremiah se racla la gorge.

— Je sais. Si vous voulez utiliser ce prénom, pas de souci. Nous savons de qui vous parlez.

— Oui, d'accord.

Soupirant, il repoussa son assiette.

— Je déteste ce sentiment. Je sais que l'info dont nous avons besoin est là, quelque part, ajouta-t-il en se tapotant la tempe. Mais je n'y ai pas accès.

— D'ailleurs, intervint Jeremiah, je me demandais comment vous aviez réussi à me trouver grâce à la photo que Zane vous a donnée. S'il ne vous a transmis aucun détail, comment avez-vous su où j'étais ?

Liam pointa Carly du doigt.

— Grâce à elle. Je l'ai vue sur une ancienne affiche de films. En faisant quelques recherches, j'ai trouvé les articles de l'époque où Lazer… je veux dire Zane… a disparu. Depuis là, c'était facile de vous retrouver. Je me suis dit que ce serait plus difficile d'accéder à une star de cinéma, par contre.

— Vous avez eu de la chance, répondit-elle. De voir une affiche de film, je veux dire.

— J'imagine.

Il ferma les yeux, et elle put presque *voir* l'épuisement de Liam.

— Vous êtes un peu partout, cela dit. Alors ça n'aurait pas mis longtemps quand même.

— Ah bon ? s'étonna-t-elle en regardant sa nièce, pour confirmation.

— J'en ai bien peur, dit cette dernière en lui souriant

gentiment. Ce n'est pas pour rien qu'on te tient à l'écart des réseaux sociaux.

Carly grogna.

— Quand arrêteront-ils d'écrire des articles insensés à mon sujet ?

— Sans doute jamais, répliqua Harlow. Mais au moins, les fans ne campent pas devant ta porte, en général.

— Que la déesse bénisse les petits plaisirs de la vie, marmonna-t-elle en se levant pour débarrasser la table.

— Je crois que nous devrions aller au lac, déclara Liam.

Elle se tourna vers lui et le vit penché sur la table avec impatience.

— J'ai l'impression que ça libérera quelque chose, que ça m'aidera à me souvenir, insista-t-il.

— Ce n'est sans doute pas une bonne idée avec votre épaule…, commença Jeremiah.

— Mon épaule ira très bien avec quelques potions antidouleurs, le coupa Liam en fixant Carly. Vous pouvez m'en préparer une, n'est-ce pas ? J'ai vu votre herboristerie, ce matin.

— Oui, bien sûr, mais je ne veux pas interférer avec vos médicaments. Si vos médecins pensent que vous devriez prendre des antidouleurs, mieux vaut suivre leurs conseils.

— Je refuse de prendre des opioïdes, répliqua-t-il avec force, avant de froncer les sourcils. Je ne sais pas pourquoi, mais tout en moi rejette cette idée.

— Mais une potion contre la douleur, ça irait ? s'étonna-t-elle.

— Euh, oui. J'imagine.

Il se frotta les yeux.

— Qu'est-ce qui m'arrive ? Est-ce que je suis un drogué repenti ? C'est pour ça que je suis autant contre les opioïdes ?

— C'est possible, dit Jeremiah. Ou bien vous y êtes allergique. Ou bien c'est à cause de l'overdose de votre mère. Dans n'importe quel cas, une potion contre la douleur, ce sera mieux. Elles ont moins d'effets secondaires et peuvent être préparées sur mesure. N'est-ce pas, Carly ?

— Tout à fait. Mais je vais devoir en faire suffisamment pour tenir l'aller-retour.

— Est-ce que je peux t'aider ? demanda Harlow.

Carly lui adressa un sourire reconnaissant.

— Tu l'as déjà fait. Ce petit déjeuner était délicieux. Merci.

— D'accord, mais je voulais dire pour trouver Zane. Avez-vous découvert ce que « Enchantement » signifiait ?

— Non. Nous avons trouvé quelques mentions, mais rien de logique. Nous comptions demander à Sebastian s'il pouvait dénicher quelque chose. N'importe quoi en lien avec le lac ou les environs, j'imagine.

— « Enchantement » ? répéta Liam en fronçant les sourcils, frustré. Ce mot me dit quelque chose, mais je ne sais pas pourquoi.

— Ah oui ? s'exclamèrent Carly et Jeremiah en chœur.

Liam opina lentement.

— Je n'arrive pas à mettre le doigt dessus. L'enchantement, c'est...

Il grogna de frustration.

— Je vois Lazer debout et je l'entends prononcer ce mot. Mais je ne sais pas pourquoi.

Il ferma les yeux et jura tout bas.

— Pourquoi est-ce que je ne me souviens de rien ?

— Ça doit être à cause d'un sort d'oubli, dit-elle.

— Est-ce que le coven peut l'aider ? intervint Harlow. Gigi ou Iris, peut-être ? En créant une sorte de potion pour briser le sort ou en faisant de l'hypnose pour essayer de déverrouiller sa mémoire ?

— Je suis prêt à tout essayer, dit Liam, qui semblait avoir retrouvé espoir. Si votre coven peut m'aider, je suis partant.

— Je peux leur demander, répondit-elle, sentant l'espoir renaître aussi en elle.

S'il y avait bien une chose qu'elle avait apprise, c'était que le coven était plein de filles badass qui pouvaient accomplir bien plus de choses qu'elle ne l'aurait cru possible. Elle attrapa son portable et envoya un message groupé, demandant qui serait disponible pour un petit brainstorming.

Gigi répondit sans tarder.

Gigi : « *Je dois retrouver Grace au* Panorama Café. *Ça te dit ?* »

Elle tapa sa réponse très vite.

Carly : « *J'y serai.* »

Elle regarda les autres.

— Je vais aller préparer des potions contre la douleur, puis je m'absenterai quelques heures pour retrouver le coven.

Liam hocha la tête.

— Ça me paraît être un bon plan. Je vais aller me recoucher. Réveillez-moi s'il y a quoi que ce soit d'important.

— Nous nous rendrons au lac dès le retour de Carly, annonça Jeremiah.

— Très bien, dit Liam.

La tête baissée, il rejoignit péniblement la chambre d'amis, sous le regard attentif de Carly, qui avait le cœur lourd. Cet homme semblait si brisé. Et il avait toutes les raisons de l'être. La personne à laquelle il tenait le plus au monde était détenue quelque part, dans un endroit où lui-même s'était déjà rendu, mais dont il ne se souvenait plus. Elle songea qu'il ne devait y avoir rien de plus déstabilisant que d'ignorer sa propre identité ou son passé. Un frisson désagréable lui remonta l'échine et renforça sa détermination à retrouver Zane afin que Liam découvre enfin la vie qu'il avait menée lui-même ces dix dernières années.

— Nous trouverons le moyen de lui rendre sa mémoire, déclara doucement Jeremiah dans son dos. Et nous retrouverons Zane. Nous ne renoncerons pas tant que nous n'aurons pas réussi.

Elle lui jeta un coup d'œil, vit la volonté dans son regard, ce qui renforça sa propre résolution.

— Tu as tout à fait raison. Nous ne perdrons pas Zane une seconde fois.

Jeremiah posa une main rassurante sur son épaule avant de reculer.

— Je vais voir ce que je peux dénicher sur Picture Lake et faire ce qu'il faut pour être prêt à partir à ton retour.

— Merci.

Elle l'embrassa sur la joue, puis se dirigea vers son atelier pour se mettre au travail.

CHAPITRE SEIZE

CARLY ENTRA AU *PANORAMA CAFÉ* ET CHERCHA SES AMIES DANS la salle. Au début, elle crut qu'elles étaient déjà parties, et la déception l'envahit. Ce sentiment récurrent d'abandon monta en elle, mais elle le repoussa, déterminée à ne pas se laisser atteindre par d'anciens traumatismes. À la place, elle commanda un café glacé et décida de déambuler dans la salle du restaurant, pour le cas où elle aurait juste raté ses amies.

Enfin, dans un coin, elle aperçut non seulement Gigi et Grace, mais aussi Iris. Toutes les trois étaient penchées sur la table et étudiaient des papiers.

— Il est tellement déraisonnable, se plaignait Iris en notant quelque chose. Il est passé d'homme charmant avec un rêve à tyran qui veut tout pour la veille, avec zéro patience pour les permis de construire et les décisions municipales en matière de zonage. Je vous le jure, sans ce contrat stupide qu'il m'a obligée à signer, je le virerais dans la seconde.

Carly se racla la gorge pour annoncer sa présence. Les trois femmes levèrent la tête et lui firent signe de s'asseoir.

— Salut. J'ai failli vous louper, vu que vous êtes assises dans le coin.

Grace se décala immédiatement pour lui faire de la place.

— Désolée. J'aurais dû te dire où nous nous étions mises.

— Que se passe-t-il ? demanda Carly en s'installant.

— Tu te souviens du domaine sur la falaise que j'ai vendu il y a quelques mois ? Celui au sud d'ici, qui donne sur l'océan ?

— Oui, bien sûr, répondit-elle en sirotant sa boisson glacée. Tu l'as vendu sous le nez de ton ex. Donc en plus d'avoir reçu une jolie commission, tu as pu agacer ton ex. C'est de lui que tu parles ?

— C'est bien ça, répondit Grace avec un sourire d'autosatisfaction, qui disparut quand elle ajouta : l'acheteur possède de nombreux restaurants de luxe dans toute la Californie. Il est assez connu dans ce domaine, a priori, mais maintenant, il file des aigreurs d'estomac à Iris. Il l'a engagée pour monter un Bed & Breakfast à Prémonition et l'appelle sans cesse. Il m'a même demandé de lui faire visiter d'autres propriétés, dans l'espoir d'en trouver une qui est déjà en zonage commercial.

— À la place de celle près de la mer ? répliqua-t-elle, se demandant si l'homme comptait vendre la demeure.

— *En plus* de celle qu'il possède déjà. Apparemment, il veut monter une petite chaîne.

Grace haussa les épaules.

— Ça ne me dérange pas de faire ça pour lui, mais il semble un peu fébrile.

— Un peu ? répéta Iris en haussant les sourcils. Ce type me rend fou.

Gigi lui tapota la main.

— Si quelqu'un peut se débrouiller avec lui et la paperasse, c'est bien toi. Je n'ai jamais rencontré quelqu'un d'aussi efficace que toi avec ce genre de choses.

— Je suis d'accord, approuva Grace. Personne ne s'y connaît mieux que toi.

Iris était l'ancienne maire de Prémonition et avait un sixième sens pour les affaires. Si quelqu'un lui présentait une idée, elle savait toujours si ce serait un succès. Elle venait de monter une société de conseils, pour aider Prémonition à prospérer. En parallèle, Kade, son conjoint, et elle avaient créé une association à but non lucratif pour aider les nouveaux chefs d'entreprise à démarrer leurs affaires.

— Merci, dit Iris en refermant le dossier. Bon, terminé avec ça, je trouverai bien une solution un jour.

Iris se concentra sur elle.

— D'après Grace, tu aurais besoin de l'aide du coven ? Que pouvons-nous faire ?

Les mains à plat sur la table, elle répondit.

— C'est pour Liam. L'homme qui s'est fait tirer dessus devant ma maison. Sa mémoire est embrouillée, un peu comme s'il avait reçu un sort. Alors je me demandais si nous pouvions y faire quelque chose. Si c'est un sort, nous pourrions l'inverser, non ?

Tout le monde se tourna vers Gigi, qui se mordillait la lèvre.

— Nous pourrions essayer un sort de mémoire.

Un frisson involontaire lui remonta l'échine.

— La dernière fois que j'ai tenté d'en faire un, j'ai vieilli si vite que j'ai bien cru finir dans la tombe.

— Ça ne se reproduira pas, si tu as le pouvoir du coven pour te soutenir, dit Grace. Mais de toute façon, je ne suis pas sûre qu'un sort de mémoire soit le meilleur moyen de gérer cette histoire. D'après ce que j'ai lu, ils servent plutôt

159

d'amplificateurs. Ils permettent de raviver les détails de souvenirs existants. Je doute qu'ils puissent combattre la magie de quelqu'un d'autre.

Gigi opina.

— Je suis d'accord. Il faut un sort puissant pour effacer les souvenirs de quelqu'un. Très puissant. Nous devons l'inverser. Et pour cela, nous devrons être toutes présentes.

Elle esquissa une moue pensive.

— Je me demande si Hope parviendrait à écouter ses pensées. Pour voir ce qu'il se passe vraiment dans la tête de Liam avant que nous ne tentions quelque chose.

— Hope est au magasin de Lucas aujourd'hui, ils préparent la journée portes ouvertes mensuelle, dit Grace. Je peux lui passer un coup de fil, pour voir si elle aurait le temps de nous aider.

— Quelqu'un sait où est Joy ? demanda Iris.

Elles secouèrent toutes la tête.

— Je viens de la voir à *Espace liminal*, répondit Skyler, le voisin de Gigi et propriétaire du magasin *Jusqu'aux confins du ciel*, avec un grand sourire aux lèvres.

Il posa la main sur l'épaule de son amie.

— Mesdames, vous êtes magnifiques, aujourd'hui.

— Merci, Sky, dit Gigi en lui souriant. Donc tu as vu Joy à l'institut de beauté ?

Il confirma.

— Elle se faisait coiffer.

Il leva ses mains pour leur montrer son vernis à ongles bleu chatoyant.

— Quant à moi, je me suis fait faire un long massage et une manucure. Cette couleur n'est-elle pas fabuleuse ?

Gigi soupira.

— Comment se fait-il que tes ongles soient plus beaux que les miens ?

— C'est parce que tu passes ton temps à concevoir de fabuleux soins pour la peau et potions. Ce n'est pas bon pour les mains.

Il se tourna vers Carly.

— D'ailleurs, au passage, je vais avoir besoin d'un nouveau stock de ta formidable crème anticellulite. Les réserves disparaissent vite, tu sais.

Elle grogna.

— Désolée. Ma vie est un peu chamboulée en ce moment. Je peux t'en préparer pour la semaine prochaine ?

Il fronça les sourcils.

— Je serai à sec à ce moment-là, mais si c'est le mieux que tu puisses faire... eh bien, c'est le mieux que tu puisses faire.

— Carly a quelques invités inattendus cette semaine, expliqua Gigi en tapotant le bras de son ami pour l'apaiser.

— Quand cette histoire sera terminée, nous pourrons peut-être réfléchir à nouveau à créer un lieu de production, dit Carly à cette dernière.

Elles en avaient discuté juste après que Skyler avait ouvert sa boutique, mais ensuite, une malédiction avait plané sur Prémonition et tout s'était arrêté tandis que le coven aidait Iris à sauver la ville. Et en ce moment, tout ce qui préoccupait Carly, c'était de retrouver Zane. Elle n'avait pas pensé à sa crème ou au lieu de production depuis le jour où Jeremiah était revenu dans sa vie.

— Cette idée me plaît bien, répondit Gigi. Ma maison commence à déborder de soins pour la peau. Mais nous pouvons en reparler plus tard. Pour le moment, nous devons aider Liam à retrouver sa mémoire. Quelqu'un peut appeler

Hope et Joy ? Nous pourrions peut-être nous donner rendez-vous chez Carly et voir ce que nous pouvons faire.

— Qui est Liam ? voulut savoir Skyler en regardant autour de lui, comme si l'homme en question pouvait apparaître de nulle part.

— L'homme qui s'est fait tirer dessus devant la maison de Carly il y a quelques jours, expliqua Grace. Nous pensons que sa mémoire a été effacée par la magie, alors nous cherchons le moyen de l'aider.

— Oh, ouah.

Skyler écarquilla les yeux.

— Des intrigues. Je peux vous aider ?

— Oui, répondit Carly. Il n'a aucun vêtement. Tu pourrais lui en trouver dans ta boutique ? Neufs ou d'occasion, peu importe. Je paierai.

— Bien sûr, mais il me faut ses mensurations.

— Tu pourrais venir à la maison ? proposa-t-elle, tout en grimaçant mentalement.

Elle était en train d'inviter tout le monde chez elle, alors qu'ils devaient partir pour Picture Lake dans la journée. Mais si le coven pouvait restaurer les souvenirs de Liam, ce serait toujours mieux que de fureter autour du lac. Elle devait essayer. Et inviter Skyler était pragmatique ; Liam n'avait plus de vêtements et portait donc le même survêtement depuis sa sortie d'hôpital.

— Il est encore en voie de guérison et nous pensons qu'il n'est pas sûr pour lui de se montrer en public. Nous présumons qu'il est toujours recherché.

— Je prendrai plusieurs articles à la boutique et nous les lui ferons essayer. Tu peux me faire une description globale ? Une taille et une corpulence approximatives seraient déjà un bon départ, dit Skyler en sortant son portable pour prendre des notes.

— Hum. Grand et efflanqué. Environ un mètre quatre-vingt. Plus ou moins quatre-vingts kilos, je dirais.

Skyler hocha la tête.

— C'est déjà bien. À moins que tu n'aies aussi une idée de sa pointure.

Pour le coup, elle connaissait celle-ci avec certitude, mais seulement parce que son garde du corps lui avait dit que la paire qu'il avait de secours allait parfaitement à Liam.

— Du 45.

— Ça marche, dit-il en remettant son téléphone dans sa poche. Je me charge de ça et je te retrouve chez toi.

— Merci, répondit-elle, extrêmement reconnaissante de la chance qu'elle avait eue de trouver de tels amis à Prémonition, prêts à tout pour l'aider.

Skyler lui serra la main.

— Tout ce que tu veux, poupée.

Il lui fit un clin d'œil et sortit du café.

— Hope et Joy se rendent chez toi, l'informa Grace en brandissant son portable pour lui montrer l'échange de messages. Nous devrions peut-être y aller, si nous voulons arriver avant elles.

— D'accord, approuva-t-elle, stupéfaite de la vitesse à laquelle tout le monde s'était lancé dans l'action.

Elle avait davantage l'habitude des gens d'Hollywood, qui voulaient bien lui faire plaisir, mais à condition d'obtenir quelque chose en échange. Ce qui était remarquable dans ce groupe, c'était que tous agissaient parce qu'ils se souciaient d'elle, et non parce qu'ils voulaient une faveur en retour. Elle se demandait si elle cesserait un jour d'être surprise par cette amitié farouche. Elle l'espérait, tout en priant pour ne jamais les prendre pour acquis.

Tandis qu'elles sortaient toutes du café, elle s'immobilisa et lança :

— Pour le cas où j'oublierais de le dire plus tard, merci. Juste, un grand merci.

— On n'a encore rien fait, répliqua Gigi en lui serrant la main et lui souriant. Attends de voir les résultats qu'on obtient, avant de nous remercier.

Carly secoua la tête.

— Non. Même si rien ne marche, je voulais que vous sachiez que je vous apprécie toutes. Bien plus que vous ne le pensez.

Grace vint la prendre dans ses bras.

— Nous t'aimons, Carly, et pas parce que tu peux organiser des fêtes super chic avec des gens célèbres.

— Oui, ça, c'est juste un petit plus, la taquina Gigi.

Iris leva les yeux au ciel.

— La célébrité, c'est surfait.

Carly se détacha de Grace et ricana.

— Il n'y a rien de plus vrai. Encore merci à vous toutes.

Toutes balayèrent sa gratitude d'un geste de la main, comme si ce n'était pas grand-chose, puis la suivirent jusqu'à sa maison au bord de l'océan.

CHAPITRE DIX-SEPT

— Je croyais que nous devions nous rendre à Picture Lake, lui murmura Jeremiah dans l'oreille, alors qu'il regardait toutes les femmes réunies dans le salon.

Hope et Joy étaient déjà là quand le reste du coven était arrivé.

— Oui, et nous pourrons encore si ça ne marche pas. Mais le coven était disponible, alors je me suis dit que nous pourrions tenter de rompre le sort qui empêche Liam de se souvenir de son passé. Si ça fonctionne, nous n'aurons pas besoin de nous rendre au lac, n'est-ce pas ? Et dans le cas contraire, Gigi cherchera d'autres moyens d'accéder à sa mémoire.

Jeremiah mit les mains dans ses poches en opinant.

— Bonne idée. Qu'est-ce que je peux faire ?

— Je ne sais pas encore.

Elle se tourna vers lui et posa les mains sur son torse.

— J'ai vraiment le sentiment que ça va marcher. J'ai l'impression que nous allons nous rapprocher de Zane.

Il lui caressa la joue avec son pouce et lui adressa un sourire en demi-teinte.

— Même si j'aimerais le croire, n'allons pas trop vite en besogne. Un pas à la fois.

Elle comprit qu'il essayait de tempérer son propre espoir. C'était aussi ce qu'elle devrait faire, à vrai dire ; pourtant, elle avait l'intuition qu'ils se rapprochaient. Que ce jour pourrait leur fournir des indices pour retrouver son meilleur ami. Elle posa la main sur la joue de Jeremiah.

— Tu as raison. Un pas à la fois.

Il lui prit la main et l'entraîna vers l'endroit où le reste du coven était réuni et discutait du sort à essayer.

— Je croyais que j'étais là pour écouter ses pensées, dit Hope.

Appuyée contre la rampe de l'escalier, elle était très chic dans son jean moulant, son pull trop grand et ses bottes aux genoux. Ses boucles sombres encadraient son visage à la perfection. Carly lui enviait un peu cette beauté naturelle. Hope semblait être le genre de femme à pouvoir se préparer en cinq minutes à peine et être quand même spectaculaire. Elle-même avait besoin de plus de temps que ça, depuis toujours. Ses traits classiques avaient leurs limites.

Jeremiah lui donna un coup de coude, parce qu'elle n'avait pas répondu.

— Oui, bien sûr. Allons voir s'il est réveillé.

Elle fit signe à Hope de la suivre et demanda aux autres de lui envoyer Skyler quand il arriverait.

Elle toqua à la porte de Liam, Hope sur les talons.

— Entrez, lança-t-il.

Pénétrant dans la pièce, elle le découvrit assis sur l'un des fauteuils permettant d'observer l'océan.

— Je voulais vous présenter mon amie, Hope. C'est l'une des membres de mon coven.

Hope s'approcha directement de lui et s'installa sur le fauteuil d'à côté pour lui tendre la main.

— Enchantée, Liam.

Après une hésitation, il secoua la tête et lui serra la main.

— Vous êtes là pour un sort de mémoire ?

— Pour tout vous dire, je suis venue tenter de lire dans vos pensées, répondit-elle avec un grand sourire.

Il cilla, puis souffla et s'adossa à son siège.

— Vous êtes sérieuse ? Vous savez faire ça ?

— Parfois, répliqua-t-elle en haussant les épaules. J'essaie de me retenir, parce que je n'ai vraiment pas envie de savoir à quoi pensent les gens. Surtout si ça me concerne.

Elle s'interrompit pour le fixer, puis elle pouffa.

— C'était drôle.

Il se joignit à son rire. C'était la première fois que Carly entendait Liam rire. Elle posa une main sur son cœur, espérant qu'il recommencerait bientôt. Elle détestait voir et sentir toute la douleur qu'il éprouvait.

— À quoi pensiez-vous ? lui demanda-t-elle.

— À rien. Je me demandais juste si elle existait réellement.

Bien que son hilarité se soit calmée, il souriait toujours.

— Il se disait que si j'avais du fard à paupières bleu et les cheveux teints en rouge, je ressemblerais à Endora, dans *Ma sorcière bien-aimée*. Et tu sais quoi ? Je comprends ce qui lui fait dire ça, expliqua Hope, hilare.

— Vous vous souvenez de cette série ?

Il haussa les épaules.

— C'est bizarre, non ? Je me rappelle plusieurs séries que j'ai vues enfant, sans me souvenir de les avoir regardées.

— C'est très intéressant, commenta Hope. Très intéressant.

— Pourquoi ? s'exclamèrent Carly et Liam en chœur.

— Je pense que cela confirme que votre mémoire a été supprimée à l'aide d'un sort et non totalement effacée. C'est une bonne nouvelle, puisque nous pouvons utiliser un sort d'inversion. En revanche, faire apparaître une mémoire de nulle part, nous n'aurions pas pu.

— Il y a des souvenirs verrouillés là-dedans, j'en suis sûr, répliqua-t-il en évitant le regard de Hope. Je les sens, mais je ne peux pas y accéder.

Elle l'étudia un long moment.

— Vous vous souvenez de lui, cependant, n'est-ce pas ?

— Lui ? demanda Carly, mais les deux autres l'ignorèrent.

Liam opina.

— Il ne quitte jamais mes pensées. Mais je n'arrive pas à le situer quelque part. L'environnement est flou. Il n'y a que lui, au milieu de mon esprit, me demandant de le retrouver.

Le cœur de Carly se brisa en deux. Elle se détourna afin qu'il ne puisse pas voir les larmes qui lui montaient une nouvelle fois aux yeux. Elle était rarement si sentimentale, mais ces derniers temps, elle ne parvenait pas à contrôler son émotion. Elle se racla la gorge, s'obligea à se tourner de nouveau vers les deux autres et déclara :

— C'est pour ça que le coven est là. Nous allons le trouver. Je vous promets que nous n'abandonnerons pas tant que nous ne l'aurons pas ramené.

Ce fut au tour de Liam de l'observer. Elle se soumit à l'examen la tête haute, lui laissant voir sa détermination, sa résolution.

— Vous savez, venant de n'importe qui d'autre, je ne le croirais pas. Je dirais « oui, c'est ça » et voilà, commenta-t-il avec un petit sourire aux lèvres. Mais venant de vous ? Je vous crois.

— Elle pourrait faire semblant, intervint Hope. J'ai entendu dire qu'elle était une actrice accomplie.

Liam pouffa pour la deuxième fois de la journée.

— Elle est douée, mais pas à ce point-là.

Carly rit, amusée qu'il ne prenne pas sa profession au sérieux, contrairement à tant d'autres personnes.

— Bien le bonjour, lança Skyler en apparaissant à l'entrée de la pièce. Faites place, le parrain fée est arrivé.

— Qui ça ? demanda Liam, perdu. Le parrain fée ?

— C'est bien ça, confirma Skyler, qui tenait de nombreux sacs de vêtements. Je suis l'homme qui va vous trouver de plus beaux vêtements que ce jogging gris.

— Qu'est-ce que vous lui reprochez ? répliqua Liam en regardant son pantalon.

— Rien, dit Skyler, amusé. À moins que vous ne vouliez être une publicité sexy ambulante.

— Une quoi ? s'écria Liam, tandis que Hope riait.

— Oh, doux Jésus.

Les yeux de Skyler pétillaient d'amusement.

— Vous êtes un adorable bébé gay, n'est-ce pas ?

— Euh…

Liam se détourna en rougissant.

— Je ne sais pas ce que vous voulez dire, mais je ne pense pas être un *bébé* gay.

— Si vous le dites, se moqua Skyler. Tout à fait adorable.

Il reprit son sérieux.

— Très bien, voyons ce qui vous va. Oust, ajouta-t-il à l'intention de Hope et Carly en leur faisant signe de quitter la pièce. Réunion spécial garçons, les filles. Vous avez suffisamment maté Liam.

Carly sortit avec Hope et referma derrière elles.

— Tu as entendu quelque chose d'utile ?

— Pas vraiment.

Son amie fronça les sourcils.

— Son esprit est rempli d'images de Zane. Il a peur pour lui et est frustré de ne pas se souvenir de leur vie ensemble, mis à part le fait qu'ils en aient eu une.

— Je comprends ce qu'il peut ressentir. Au moins, nous savons désormais avec certitude que ses souvenirs sont bien là, n'est-ce pas ?

— Oui. Mais je ne sais pas si nous pouvons contrer ce sort de force sans causer davantage de dégâts.

Carly se figea. Il était évident que Liam aimait Zane, et elle partait du principe que le sentiment était mutuel, si Zane avait aidé Liam à s'échapper. Elle n'avait aucune envie de faire du mal à ce dernier.

— Nous devons empêcher ça, affirma-t-elle avec fermeté. Liam ne doit en aucun cas souffrir plus qu'il n'a déjà souffert.

— Je suis d'accord avec toi, approuva Hope en la prenant par le bras. Il en a déjà pas mal bavé. Mais je ne sais pas trop ce que nous pouvons contrôler, si quelqu'un en a toujours après lui.

— Alors, à nous de trouver les méchants en premier. Viens, ajouta-t-elle, déterminée. Allons parler au reste du coven et voir si elles ont des idées pour briser ce sort.

Hope acquiesça et, ensemble, elles rejoignirent leurs amies, désormais sur la terrasse.

— Je pense qu'un sort d'inversion a le plus de chances de réussite, dit Gigi. Ainsi, il n'y aura aucune réaction avec celui déjà lancé à Liam.

— Mais nous ne savons pas quel sort il a subi, répliqua Iris. N'avons-nous pas besoin de savoir comment il a été lancé, pour pouvoir le retirer ?

— Pas nécessairement, intervint Joy en repoussant une de

ses mèches blondes de son visage. Nous pouvons tenter un sort d'inversion généraliste.

Grace secoua la tête.

— C'est plus fort que ça. Tu ne sens pas comme celui en place est poisseux ? Je pense que nous avons besoin de davantage qu'un sort généraliste.

— Je pourrais appeler mes esprits pour voir si elles ont un avis sur la question, proposa Gigi. Elles savent parfois certaines choses ou peuvent découvrir des trucs. Via une sorte de réseaux de fantômes, je pense.

— C'est une très bonne idée, décréta Carly. C'est en tout cas la manière la moins invasive de commencer.

— Carly et moi craignons que rompre le sort ne fasse souffrir Liam. Étant donné son état de santé actuel, mieux vaut que nous soyons le plus prudentes possible, dit Hope.

Grace acquiesça.

— C'est décidé, alors. Commençons par conjurer les fantômes de Gigi pour voir si elles ont des infos, et nous aviserons ensuite.

Sur cet accord, elles rentrèrent dans la maison juste à temps pour entendre un cri à glacer le sang et une série de coups de feu.

Elle se sentit plaquée au sol et se débattit contre son agresseur.

— C'est moi, Carly, lui dit Jeremiah dans l'oreille. Reste tranquille en attendant les consignes de ton équipe de sécurité.

Elle obéit et regarda autour d'elle avec frénésie pour s'assurer que ses amies n'étaient pas blessées. Toutes étaient allongées sur le sol, les mains sur la tête.

— Restez couchés. Que personne ne bouge tant que je ne vous l'aurai pas dit, leur cria Jake.

Des pas martelèrent le parquet, suivis par un nouveau coup de feu et le bruit sourd d'un corps heurtant le sol.

Son instinct de survie entra en action, et sa peau scintilla de magie.

— Jake est au sol, lui lança Hope.

Au même moment, Gigi et Grace se relevèrent, la magie crépitant au bout de leurs doigts. Carly repoussa Jeremiah, désespérée de rejoindre Jake, l'homme qui la protégeait depuis des années.

— Pousse-toi. Il faut que j'aille l'aider.

— Non, répliqua-t-il en lui prenant les mains. C'est dangereux.

Les autres membres du coven s'étaient relevées et arboraient une expression déterminée.

— Je. M'en. Fiche.

Elle se débattit et parvint à se libérer de Jeremiah. Après s'être mise debout tant bien que mal, elle regarda autour d'elle à la recherche de Jake. Il était allongé face contre terre, immobile. La gorge nouée, elle ravala son cri de détresse. Pourvu qu'il aille bien. Par pitié.

Elle s'apprêtait à le rejoindre, quand elle vit la personne qu'encerclait le coven et se figea, incapable d'en croire ses yeux.

— Zane ? souffla-t-elle, horrifiée. Qu'est-ce que tu fais ?

Il avait plaqué une arme contre le flanc de Liam et se servait de lui comme d'un bouclier.

— C'est Lazer, grogna-t-il. Zane est mort.

Sauf que c'était bien lui, il n'y avait aucun doute. Carly le reconnaîtrait n'importe où. Il avait les mêmes yeux et la même cicatrice sur le sourcil gauche. Cette marque de naissance sur le cou. Ce tatouage de dragon sur l'avant-bras, qu'un ami lui avait fait pour ses seize ans.

— Non, ce n'est pas vrai, répliqua-t-elle calmement. Tu as survécu, par miracle. Après toutes ces années, nous t'avons enfin retrouvé. Ou bien c'est toi qui nous as retrouvés.

Zane la transperça d'un regard froid, sans la moindre émotion.

— Je suis là pour Liam. Il doit rentrer chez lui.

Carly dirigea son attention sur l'intéressé. Bien qu'il ait les larmes aux yeux, il ne paraissait pas brisé ; son visage était plein de détermination.

— Je pars avec lui, déclara-t-il d'une voix ferme. Inutile de nous en empêcher.

— Aucun de vous n'ira nulle part, rétorqua-t-elle, surprise de sa propre force, alors qu'elle était terrifiée intérieurement et que la scène lui brisait le cœur.

Mais ce n'était pas le moment de s'effondrer. Elle pourrait pleurer son ami plus tard. Sa priorité pour l'instant était de sauver Liam. Elle refusait qu'il souffre à nouveau.

— Et si tu posais ton arme ? dit-elle à Zane. Personne ne veut faire de mal à qui que ce soit, ici. Liam est même prêt à venir avec toi de son plein gré.

— Je le sais, répondit Zane en fermant les yeux un instant pour embrasser Liam sur la tempe. C'est juste pour vous empêcher d'approcher.

— Zane, intervint Jeremiah sur un ton calme et égal. Je ne sais pas ce qu'il se passe ni où tu étais ces dernières années, mais je te connais. Ce que tu fais ne te ressemble pas. Je le sais. Si tu poses ton arme, nous pourrons trouver une solution ensemble, d'accord ? Tu pourras rentrer à la maison, et nous prendrons un nouveau départ. Nous pourrons oublier ces dernières années.

Carly admirait l'effort, mais elle voyait bien que rien de ce qu'ils diraient ne changerait quoi que ce soit.

Zane resserra sa poigne autour de Liam et adressa un regard mauvais à son frère.

— Tu as raison. Tu ne sais pas ce que j'ai vécu. Alors imaginer que je puisse rentrer à la maison est ridicule. Fais reculer les sorcières, sinon je vais blesser quelqu'un, grogna-t-il, en la regardant elle à ce moment-là pour faire comprendre de qui il parlait.

— Zane, tenta-t-elle à nouveau, en repoussant la douleur qui lui transperçait le cœur. Nous t'aimons. Ne fais pas ça.

— Tu ne comprends pas. Je n'ai pas le choix.

Sa voix se brisa sur ce dernier mot, et elle comprit qu'il était contraint d'agir ainsi. Songer que son ami d'enfance n'était pas capable d'un tel crime revenait peut-être à se voiler la face, et pourtant, elle restait convaincue qu'il se passait quelque chose. La froideur dans les yeux de Zane avait été remplacée par du désespoir.

— Si tu fais du mal à Carly, c'est la dernière chose que tu feras de ta vie, le menaça Jeremiah en s'avançant.

Zane donna une secousse à Liam et plaqua le pistolet plus fort contre ses côtes, le faisant grimacer, tandis que Carly saisissait Jeremiah par le bras pour l'empêcher d'avancer.

Le coven était figé, toutes attendaient un signal. Mais à cause de l'arme braquée sur Liam, elle ne savait pas quoi faire pour arrêter l'horreur qui se déroulait sous ses yeux.

— Les mains en l'air, ordonna Zane.

Personne n'obéit.

— Maintenant ! hurla-t-il.

Sa voix résonna dans toute la maison, et il posa son arme contre la tempe de Liam. Il avait les larmes aux yeux, et Carly le sentit à deux doigts de perdre le contrôle. Il dégageait un mélange d'horreur et de culpabilité d'une telle force qu'elle en chancela presque.

Elle leva ses mains.

— Faites ce qu'il dit, demanda-t-elle tout bas.

Tout le monde la fixa, refusant de renoncer sans se battre.

— S'il vous plaît, les pria-t-elle.

Le soulagement se lut dans les yeux de Zane, juste avant qu'il ne jette un coup d'œil à la pendule contre le mur. L'aiguille atteignit le douze, et les cloches résonnèrent. Il murmura quelque chose à l'oreille de Liam.

Ce dernier opina une fois, puis se mit à psalmodier :

— Que le temps nous ramène à notre place.

Alors qu'il poursuivait sa mélopée, la magie se déversa de la pendule de Carly, le carillon devint plus bruyant, et tout à coup, les deux hommes disparurent comme par magie, ne laissant rien de plus dans leur sillage qu'une carte de visite noire qui flotta doucement dans l'air.

Carly se précipita vers elle et regarda les deux côtés. Quand elle releva la tête, elle vit que tout le monde l'observait.

— Il y a quelque chose dessus ? demanda Jeremiah.

Elle brandit l'objet.

— Juste un mot. *Enchantement.*

CHAPITRE DIX-HUIT

Elle fourra la carte dans les mains de Jeremiah et se précipita aux côtés de son garde du corps. Elle s'agenouilla.

— Jake ? s'écria-t-elle en le palpant à la recherche d'une blessure. Où êtes-vous blessé ?

Il ne fit aucun mouvement ni aucun bruit. Elle chercha des traces de sang sur lui, mais n'en trouva aucune. Que se passait-il ? Elle plaqua les doigts sur son pouls et, soulagée, constata que le cœur battait toujours.

— Regarde, lui dit Hope, dans son dos. Là, dans son épaule. On dirait une fléchette.

Carly reporta son attention sur son garde du corps, et plus précisément sur la fléchette bleu foncé.

— Un tranquillisant ?

— Certainement, répondit Grace qui s'agenouilla pour inspecter l'objet. Nous ne devons pas y toucher, peut-être qu'il y a des empreintes dessus.

— Je vais appeler Sebastian, dit Gigi.

Carly sortit son portable et appela la société de sécurité pour leur expliquer ce qui s'était passé. Après qu'ils lui eurent promis que des renforts arrivaient, elle raccrocha et se précipita dans la chambre d'amis, où elle découvrit Skyler, touché lui aussi par une fléchette tranquillisante. Écroulé au sol, il serrait un blazer entre ses mains.

— Où sont Phil et Mikey ? marmonna-t-elle.

— Phil est dehors dans la camionnette, endormi lui aussi, répondit Jeremiah. Les filles ont trouvé Mikey sur la terrasse dans le même état.

Elle se releva et se jeta dans ses bras, le visage lové contre son torse. Il la serra contre lui et lui murmura que tout s'arrangerait.

Elle écarta la tête pour le regarder.

— Tu sais que Zane ne voulait pas faire tout ça, n'est-ce pas ?

Il se moqua.

— Tu prends tes désirs pour des réalités. Mon frère n'est plus l'homme que nous avons connu.

— Si, insista-t-elle en reculant d'un pas. Réfléchis. Il avait un pistolet. Un vrai Glock, braqué sur Liam. Il n'avait pas l'intention de blesser qui que ce soit à mon avis, bien qu'il ait tiré au moins deux fois. J'ai entendu des coups de feu, et toi aussi, n'est-ce pas ?

— Oui, bien sûr. Ce que je ne comprends pas, c'est sur qui il tirait ou pourquoi il le faisait s'il comptait utiliser des fléchettes tranquillisantes.

— Exactement. Il me paraît évident qu'il ne voulait tirer sur personne et que ce Glock n'était là que pour faire bonne mesure.

Jeremiah se renfrogna.

— Tu ne crois pas qu'il aurait tiré sur Liam ?

— Non, affirma-t-elle, sûre d'elle. Mais il devait faire

semblant que si. Ce qui signifie que quelqu'un le regardait, ou au moins écoutait ce qu'il faisait.

— Tu penses que quelqu'un le surveillait ?

Jeremiah pivota vivement et sortit de la pièce à grands pas, sans doute pour vérifier si quelqu'un les observait toujours.

Alors qu'elle s'apprêtait à le suivre, elle entendit Skyler gémir. Elle se précipita à ses côtés et posa la main sur son torse pour l'empêcher de bouger. Ses paupières papillotèrent.

— Que s'est-il passé ? demanda-t-il d'une voix rauque. J'ai l'impression d'avoir la gueule de bois.

— Quelqu'un t'a tiré dessus avec une fléchette tranquillisante, répondit-elle en observant l'objet en question.

Il fallait le retirer avant que Skyler ne se relève. Elle regarda autour d'elle et repéra sur sa table de nuit ce dont elle avait besoin. Elle alla chercher un mouchoir en papier et s'en servit pour enlever la fléchette, puis elle posa le tout sur sa commode avec précaution.

— Bordel, s'exclama Skyler en frottant la zone touchée. Ça fait un mal de chien.

— Je suis tellement désolée.

Elle lui serra la main.

— Je ne sais pas comment il est parvenu à franchir la sécurité sans que personne ne le remarque.

Skyler se frotta la nuque et fronça les sourcils.

— Où est Liam ? Et l'homme qu'il a laissé entrer ?

Elle écarquilla les yeux.

— Liam a laissé entrer quelqu'un ?

— Oui, par la porte de derrière. Un type aux cheveux noirs. Environ ton âge. Il portait un jean noir et une veste verte de l'armée.

— Zane, souffla-t-elle. Liam l'a fait entrer.

Elle serra les dents. Tout ceci n'avait-il donc été qu'un coup monté ? Cela n'avait aucun sens. Tout ce qui avait été dérobé ici, c'était Liam. Et Zane leur avait même laissé une sorte de preuve. Elle s'accrocha à sa théorie selon laquelle Zane ne voulait de mal à personne. Sinon il n'aurait pas tiré de fléchettes tranquillisantes. Contrairement à ce qui était arrivé à Liam, il n'avait renversé personne ni tiré de balles. C'était donc *différent*.

— Liam l'a appelé Lazer, je crois, dit Skyler en se frottant le front. Doux Jésus, ce mal de tête va me tuer.

Elle l'aida à se relever et le conduisit à la cuisine, où elle lui fournit un grand verre d'eau et de l'ibuprofène.

— Puis-je vous embêter et vous en demander moi aussi ? s'enquit Jake en s'asseyant à côté de Skyler.

— Oui, bien sûr.

Elle lui tendit le flacon, et il prit deux comprimés.

— Je suis désolé, madame Preston, dit-il en lui rendant le médicament. La brèche de sécurité d'aujourd'hui est inacceptable. Nous allons vérifier les caméras de surveillance et tester tous les points d'entrée de l'alarme pour trouver les défauts. Nous devrions pouvoir vous faire un rapport demain. En attendant, le patron a demandé des renforts, afin que nous puissions vous surveiller sous toutes les coutures le temps de déterminer d'où venait la brèche.

— Je sais comment il est entré, intervint Skyler.

Jake se tourna vers lui.

— Ah oui ?

Skyler opina et expliqua que Liam avait demandé à aller aux toilettes. Alors que Skyler sortait de la chambre d'amis quelques instants plus tard, pour aller se chercher un verre d'eau, il avait surpris Liam faisant entrer Zane par la porte au fond du couloir menant à la terrasse de derrière.

— Zane avait une arme dans chaque main quand il est

arrivé. Je suis retourné en vitesse dans la chambre d'amis, mais il m'a suivi, et tout ce que je me rappelle ensuite, c'est m'être réveillé avec une putain de gueule de bois.

— Liam savait qu'il venait ? demanda Carly.

— Aucune idée. C'est l'impression que ça peut donner, puisqu'il a quitté la pièce au bon moment, mais peut-être que Zane attendait juste de saisir sa chance.

— Il est probable que la visite ait été planifiée, mais que les choses aient dérapé avec le monde dans la maison, dit Jake. Cela expliquerait pourquoi ça s'est passé comme ça. Il a soigneusement mis Phil et Mickey hors d'état de nuire avant d'entrer, donc il a manifestement fait ses devoirs. Ce qu'on ne sait pas, c'est si Liam était au courant.

Quelque chose titillait l'esprit de Carly, et à ce moment-là, elle se rendit compte qu'elle n'avait pas vu sa nièce depuis qu'elle était rentrée à la maison. Elle se leva d'un bond et se précipita dans le salon.

— Quelqu'un a vu Harlow ?

Tous secouèrent la tête.

Elle courut à l'étage tout en composant le numéro de sa nièce sur son portable. L'appel tomba directement sur le répondeur.

— Merde.

Elle laissa un bref message, lui demandant de la rappeler dès que possible. Elle frappa à la porte de sa chambre et y pénétra. La pièce était complètement vide.

L'effroi tournoya dans ses tripes et remonta telle une spirale, lui comprimant la poitrine. Quelque chose clochait vraiment. Elle le sentait jusqu'au plus profond d'elle-même. Elle quitta la chambre de Harlow et fouilla le reste de l'étage.

Rien.

Elle reprit son téléphone et tenta à nouveau de la joindre. Répondeur directement, une nouvelle fois.

Des réminiscences de la nuit de l'enlèvement de Harlow tourbillonnèrent dans son esprit. Son souffle s'accéléra et sa peau devint glacée. Elle commença à trembler légèrement.

Crise de panique.

Elle connaissait les signes, bien qu'elle n'en ait pas fait depuis des années. Pas même après l'enlèvement de Harlow. Plus tard, elle avait compris que c'était parce qu'elle était tout de suite passée à l'offensive, alors il n'y avait pas eu le temps de paniquer. Elle se concentra sur son portable pour tenter de repousser sa détresse.

Puisque Harlow ne décrochait pas, Carly pouvait peut-être obtenir l'aide de ses amies. Elle se précipita au rez-de-chaussée, où Grace, assise sur le canapé, réfléchissait avec Hope, Joy et Gigi sur le moyen de traquer Liam et Zane à l'aide de la signature magique qu'ils avaient laissée. Iris, quant à elle, était au téléphone avec quelqu'un de la Brigade d'Intervention Magique, l'agence gouvernementale qui enquêtait sur les crimes impliquant le paranormal. Ignorant toutes les autres, Carly se précipita vers Grace.

— J'ai besoin du numéro de Lex. C'est important.

Son amie n'hésita pas et ne posa pas la moindre question. Elle le lui dicta simplement, et Carly le tapa sur son portable en priant pour que la nièce de Grace décroche.

— *Allô ?* répondit Lex d'une voix hésitante.

— Lex, c'est Carly Preston. Est-ce que Harlow est avec toi ? Ou bien sais-tu où elle est ?

— *Euh, non. Je n'ai pas eu de nouvelles aujourd'hui. Vous avez tenté de joindre Sarah ?*

— Sarah qui ? demanda-t-elle, en se creusant la tête pour savoir qui Harlow connaissait de ce nom-là.

— *Euh, Sarah Beckers ? Son... hum... amie ?*

La voix de Lex monta d'une octave, transformant sa déclaration en question.

— Son amie ? répéta Carly. Tu n'as pas l'air sûre.

— *Si, si, elles sont amies. Très proches.*

Carly fronça les sourcils, frustrée par la conversation.

— Écoute, Lex. Il s'est passé quelque chose à la maison aujourd'hui et je crains pour la sécurité de Harlow. Alors si tu me caches quelque chose, s'il te plaît, crache le morceau. Je m'inquiète pour elle.

— *Quoi ? Oh mon Dieu. D'accord. Sarah est la copine de Harlow. Je sais qu'elle cherchait le moyen de vous le dire, mais j'imagine qu'elle n'y est pas encore parvenue.*

— Sa copine ?

Elle secoua la tête. Elle qui soupçonnait Harlow de nourrir des sentiments pour Lex après les avoir vues ensemble l'autre jour ne s'était pas doutée un seul instant que sa nièce puisse sortir avec quelqu'un d'autre. Elle ne comprenait pas non plus pourquoi Harlow ne lui avait jamais rien dit. Pour elle, les gens avaient le droit de sortir avec qui ils le voulaient, tant qu'ils se respectaient et se traitaient bien.

— *Elle était nerveuse. Je lui ai dit qu'étant donné vos prises de position en faveur de la communauté LGBTQ+, elle n'avait aucune inquiétude à avoir, mais chacun doit faire son coming out à sa façon auprès des gens qu'il aime. Je suis désolée que ce soit moi qui vous l'ai dit et non elle. En temps normal, je n'aurais jamais fait ça, mais si elle est en danger, alors j'ai pensé... que vous deviez savoir.*

— Merci, Lex. As-tu le numéro de Sarah ou bien sais-tu comment je peux la contacter ?

— *Oui. Un instant.*

Il y eut des bruits étouffés à l'autre bout de la ligne, avant que Lex ne reprenne la communication pour lui dicter un numéro.

— *Si vous n'arrivez pas à la joindre, rappelez-moi. Sarah est la meilleure amie de Bronwyn. Je contacterai Bron, dans ce cas. Elle devrait savoir où trouver Sarah.*

— Harlow et toi sortez avec deux meilleures amies ? s'étonna Carly, comme si c'était important.

— *Oui,* confirma la jeune fille, amusée. *C'est intéressant. C'est pour ça qu'on traîne pas mal ensemble, Harlow et moi. On fait des trucs ensemble quand Sarah et Bron font des trucs de meilleures amies.*

Voilà au moins ce qui expliquait leur proximité. Si elle n'avait pas été aussi inquiète pour sa nièce, elle aurait été ravie d'apprendre ça. Elle avait cependant plus urgent à faire à l'heure actuelle.

— Merci, Lex. Pour tout.

Elle raccrocha et composa sans tarder le numéro de Sarah.

— *Allô ?* répondit une voix féminine chaleureuse.

— Sarah ?

— *C'est moi. Qui est à l'appareil ?*

Carly se présenta. Elle laissa Sarah balbutier et s'extasier de l'avoir au téléphone, lui dire qu'elle mourait d'envie de la rencontrer, avant de la couper.

— Avez-vous vu Harlow ? C'est une urgence.

— *Non. Nous ne devons nous voir que ce soir. Elle va bien ?* demanda Sarah, très inquiète.

— Pour être honnête, je n'en sais rien. Un incident s'est produit à la maison, et elle a disparu. Elle est peut-être simplement sortie, mais j'en doute, parce que son garde du corps était ici. Si vous avez de ses nouvelles, pourriez-vous m'appeler au plus vite ? C'est important.

— *Bien sûr. Et... madame Preston ?*

— Oui ?

— *Vous pouvez me contacter si vous avez des nouvelles ?* la pria son interlocutrice d'une voix tremblante.

— Promis, trésor.

Elle raccrocha et regarda l'océan, se sentant impuissante. Harlow ne partait jamais sans son garde du corps. Alors penser qu'elle pouvait être avec Lex ou Sarah n'était qu'un vain espoir insensé. Mikey ne l'aurait jamais laissée s'en aller sans l'accompagner.

— Carly ? l'appela Jeremiah dans son dos.

Elle carra les épaules, bien décidée à tenir le coup, et se tourna vers lui.

— Oui ?

Il se rapprocha d'elle.

— Rien à signaler dehors. Si quelqu'un surveillait la maison, il est parti, à présent.

Elle hocha la tête et enfonça ses ongles dans ses paumes pour s'empêcher de hurler contre l'univers.

— Hé, qu'est-ce qui se passe ? Tu es toute pâle. On dirait que tu vas t'écrouler.

— Tu as vu Harlow ? demanda-t-elle, plutôt que de lui expliquer.

— Harlow ? Non.

Il secoua la tête.

— Pas depuis que tu es partie rejoindre le coven au café. Je la croyais à l'étage, pour tout te dire.

— Elle n'y est pas, j'ai vérifié.

Elle savait que sa voix était bien trop haut perchée et paniquée pour pouvoir dissimuler son inquiétude aux autres.

— Elle n'est pas partie pendant que j'étais au café, si ?

C'était sa dernière tentative pour se convaincre que sa nièce n'avait pas été enlevée.

— Si c'est le cas, elle ne m'a rien dit. Mais j'ai passé mon temps sur l'ordinateur à chercher d'éventuels événements étranges survenus à Picture Lake. Et Mikey était là, non ?

— Si. Je suis très inquiète. Et si elle avait été enlevée ? Si c'est le cas, nous n'avons aucune piste ni idée sur les raisons de son kidnapping et l'endroit où elle a été emmenée.

— Mais pourquoi aurait-elle été enlevée ? Elle ne connaissait pas Zane et vient juste de rencontrer Liam.

— Je n'en sais rien, mais elle a disparu et son garde du corps s'est fait agresser. Qu'est-ce que je suis censée en conclure ?

Il ne répondit rien, se contentant de l'attirer contre lui. Elle l'enlaça et le remercia silencieusement de son soutien.

— Au cours des recherches que j'ai faites pendant ton absence, reprit-il calmement, j'ai découvert que plusieurs personnes disparues près du lac étaient réapparues. Un homme quelques mois après, mais la plupart des gens, plutôt un ou deux ans plus tard. Ce qui est intéressant, c'est qu'aucun d'eux n'a le moindre souvenir entre le lac et le moment où ils sont retrouvés.

— Comme Liam ? Rien du tout ? s'étonna-t-elle, le cœur battant, en regardant Jeremiah. Ce n'est pas une coïncidence.

— Exactement comme Liam. J'ai leurs noms.

Il sortit un petit carnet de la poche arrière de son jean.

— J'ai déjà appelé Sebastian. Il va enquêter sur chacun d'eux et voir s'ils se souviennent de quelque chose.

— C'est un bon plan.

Elle posa la joue contre le torse de Jeremiah, ayant besoin de contact.

Il lui passa une main apaisante dans le dos et l'embrassa sur la tempe.

— Il n'est pas impossible que Harlow revienne. Elle a peut-être filé en douce juste pour se promener sur la plage ou un truc du genre.

Il n'avait pas tort. Harlow aimait partir se balader sur la plage sans prévenir Mikey. C'était un sujet de dispute récurrent entre eux. Malheureusement, son instinct lui soufflait qu'il était arrivé quelque chose à sa nièce. Elle avait appris à ne jamais ignorer ces impressions.

— Carly ? l'appela Joy en la rejoignant à grands pas.

— Oui ?

Son cœur sombra quand elle vit l'expression de son amie.

— Qu'est-ce qui ne va pas ? Qu'as-tu trouvé ?

Joy lui montra un iPhone à la coque bleu roi. Le téléphone de Harlow.

— Nous l'avons trouvé sur la terrasse de derrière, avec ceci glissé dessous.

Joy lui montra une petite carte noire, identique à celle que Zane avait laissée, avec le mot « Enchantement » griffonné dessus.

La réalité s'imposa à elle, et elle eut du mal à respirer. Elle s'accrocha à la main de Joy.

— Ils l'ont enlevée. La personne qui détient Zane et Liam a aussi Harlow. Je le sais.

Joy déglutit.

— C'est aussi ce que je me suis dit.

Carly recula, prête à aller chercher une photo de Harlow et elle accrochée au mur.

— Tu pourrais essayer d'avoir une vision ?

Son amie l'avait déjà fait quand Harlow s'était fait enlever quelques mois plus tôt.

— S'il te plaît ?

— J'ai déjà tenté le coup, répondit Joy, démoralisée. Je suis désolée, Carly. Je vais continuer d'essayer, mais ça ne fonctionne pas.

Carly serra les paupières et ravala un cri.

— Je ne peux pas la perdre.

— Ça n'arrivera pas, affirma Jeremiah en lui prenant la main. Ces cartes ont de l'importance. D'une façon ou d'une autre, nous découvrirons laquelle, et nous les ramènerons tous les trois à la maison.

Carly le fixa en priant de toutes ses forces pour qu'il ait raison. Parce que, dans le cas contraire, cette histoire la briserait.

— Il a raison, Carly. Nous ne renoncerons pas. Tout le coven est là pour toi, dit Joy.

Carly les regarda tour à tour et se nourrit de leur résolution.

— Très bien.

Elle opina d'un air décidé.

— Dans ce cas, au travail. Il n'y a pas une minute à perdre.

CHAPITRE DIX-NEUF

CARLY SE TENAIT AU MILIEU DU SALON, SE SENTANT DÉTACHÉE DE l'activité qui y régnait. Sa maison s'était transformée en poste de commandement animé de personnes travaillant dur pour retrouver non seulement Harlow, mais aussi Liam et Zane. Elle aurait dû être stimulée par leur détermination ; au lieu de cela, elle se sentait agitée et ne savait pas comment se rendre utile.

Iris faisait les cent pas devant la cheminée, toujours au téléphone avec la BIM. Elle donna à l'agent l'adresse de Carly et décrivit les événements de la dernière heure.

Joy se tenait près d'une étagère remplie de photos. Elle les prenait une à une et fermait les yeux, essayant clairement de forcer une vision.

Jeremiah était à la table avec Skyler, Gigi et Sebastian. Ce dernier, avocat, avait des détectives privés dans ses contacts, alors il prenait le maximum de notes pour les faire enquêter ensuite.

Hope et Grace, blotties sur le canapé, discutaient du sort que Liam avait lancé juste avant que Zane et lui ne disparaissent.

Le sort. Zane avait demandé à Liam de se servir d'un sort temporel. Un souvenir d'enfance lui revint en mémoire.

— *Viens voir ça, Carly, lança Zane en indiquant une page dans le grimoire qu'il avait trouvé dans une librairie d'occasion.*

Assise au bureau de sa grand-mère, elle terminait de regarder les annonces de logement à Los Angeles, pour après son diplôme.

— Tu n'es même pas un sorcier, dit-elle, amusée.

— Je pourrais l'être, répliqua-t-il avec un faux air de défi qui l'amusa. Si le vieux grincheux qui a écrit ce livre peut réaliser des sorts temporels, alors moi aussi.

— Bien sûr, Zane.

Se levant de sa chaise, elle alla s'asseoir à côté de lui sur le canapé et lut le sort.

— Essayons.

Il haussa un sourcil.

— Tu es sérieuse ?

— Oui, pourquoi pas ?

Elle lui donna un coup d'épaule.

— Montre-moi ce que tu as dans le ventre, petit sorcier.

— Petit sorcier ?

Il fronça le nez.

— Je ne pourrais pas être un mage mystérieux, plutôt ?

— Seulement si tu enfiles une cape en velours et prends un nouveau nom tel que Xanadu.

Il s'esclaffa.

— Il faudra que je porte des rollers, aussi ?

— Avec un justaucorps sous la cape.

Elle observa le corps efflanqué de son ami.

— Tu serais sexy en collants.

— Oh mon Dieu.

Il rit à gorge déployée.

— Tu imagines de quoi j'aurais l'air ?

— J'essaie d'éviter, répliqua-t-elle, pantelante tellement elle riait. Mais je te vois bien avec un bandeau sur la tête ou des jambières.

— Super image.

Il riait toujours quand il reporta son attention sur le sort. Il jeta un coup d'œil à l'autre bout de la pièce.

— Est-ce que cette pendule fonctionne toujours ?

— Non.

Elle se leva pour s'approcher de l'antiquité.

— Le pendule s'est arrêté un jour, et on ne l'a jamais réparé.

Zane la rejoignit et observa l'objet à son tour.

— Le sort ne fonctionne que si l'heure tourne.

— Pas de chance, alors, j'imagine. Parce que je ne sais pas du tout comment réparer ça.

— Ooooh, allez. Ne renonce pas si vite.

Il ouvrit la porte vitrée et étudia le mécanisme.

— Je ne crois pas que…

Elle s'apprêtait à lui dire que cette pendule comptait beaucoup pour sa grand-mère et qu'ils ne devraient donc pas y toucher, mais tout à coup, l'intérieur se mit à luire. La magie ondula dans l'air et s'accrocha à Zane, parant sa peau de la même nuance dorée que celle émanant de l'horloge.

Les yeux de Zane s'écarquillèrent sous l'effet de la surprise, puis, avec détermination, il lut le sort dans le livre.

— Un sur trois et trois sur un, que le temps me transporte jusqu'à ce que je trouve mon espace. Que ta volonté soit accomplie.

La magie crépita et scintilla.

— Ça marche ! s'écria Zane, excité, alors que son corps s'auréolait de magie.

Puis tout à coup, la lumière s'estompa et la pendule recommença à tinter.

— Hé ! Tu as réparé l'horloge, commenta Carly, émerveillée.

Elle ne s'attendait pas à ce que Zane puisse faire appel à de la magie, et encore moins accomplir quelque chose avec.

— C'est impressionnant !

— Ça n'a pas fonctionné, répliqua-t-il, les sourcils froncés.

— De quoi tu parles ?

Elle montra la pendule.

— Elle s'est même réglée à la bonne heure. Je ne sais pas ce que tu as fait, mais je trouve ça brillant.

— Ce n'était pas ce que j'essayais de faire, Car. Ce sort est censé transporter les gens à travers l'espace. J'espérais qu'il m'enverrait dehors.

— Tu te fiches de moi.

Elle étudia le sort, lisant la description.

— La vache. Tu pensais sérieusement que faire un sort qui te transporterait à travers l'espace était une bonne idée ? Et si une partie de ton corps était restée en arrière ? Imagine que tu perdes un membre important ?

Leurs deux regards se posèrent sur l'entrejambe de Zane, qui se trémoussa, gêné.

— Arrête de mater mes parties.

— Je ne matais pas, affirma-t-elle, bien que le contraire soit vrai.

Comment aurait-il pu en être autrement, après une telle déclaration ?

— Si, rétorqua-t-il en levant les yeux au ciel. Peu importe, ça n'a pas fonctionné de toute façon.

— Réessayons.

Elle était bien plus intéressée maintenant qu'elle savait ce que le sort était censé accomplir. Si cela lui permettait d'éviter les bouchons et de se rendre où elle le voulait en un claquement de doigts, elle était totalement partante.

— J'imagine qu'à deux, c'est mieux que tout seul, dit-il en lui *prenant la main. Nous devons fixer l'intérieur de la pendule et visionner l'endroit où nous voulons aller.*

— Tu voulais tenter d'aller dehors, c'est ça ? La balancelle, ça te va ?

— Bonne idée. Maintenant, pense à la balancelle et nous réciterons le sort ensemble.

Pendant l'heure suivante, ils ressassèrent sans relâche le sort, mais la magie ne revint jamais. Le scintillement avait disparu, et ils eurent beau psalmodier un nombre incalculable de fois, il n'y eut plus la moindre étincelle.

— Hum, c'était décevant, commenta Carly.

Zane s'affala sur le canapé.

— Je n'en reviens pas d'avoir gâché toute ma magie pour réparer la pendule.

Elle lui tapota le genou.

— Au moins, ma grand-mère sera contente.

Il pouffa.

— Ne crois pas que je vais renoncer pour autant. Je vais réessayer tous les jours, si nécessaire. Mais un jour, je parviendrai à réaliser ce sort.

— Tu crois ? demanda-t-elle. Ce serait impressionnant, mais encore plus si tu portes un justaucorps.

— CARLY ?

La voix de Jeremiah s'infiltra dans sa tête, la sortant de ce souvenir auquel elle n'avait pas repensé depuis trente ans.

Elle se tourna vers lui, le cœur battant fort contre sa cage thoracique.

— Je crois que je sais comment trouver Zane.

Il fronça les sourcils.

— Ah bon ? Comment ?

Elle lui indiqua la pendule, celle-là même qui se trouvait dans la maison de sa grand-mère autrefois.

— Je sais quel sort il a utilisé, et avec l'aide du coven, je pense que cela peut me conduire à lui.

— Carly, je ne crois pas…

Mais elle avait déjà rejoint le milieu de la pièce, où elle tapa dans ses mains pour attirer l'attention de tout le monde.

Toute l'animation cessa, et chacun la regarda. Elle se racla la gorge.

— Je sais comment suivre Zane à travers le temps. Je connais le sort, mais pour que ça fonctionne, je crois qu'il faut que j'y aille tout de suite. La seule chose que j'ai besoin de savoir, c'est qui est avec moi ?

Un murmure traversa la pièce, puis les cinq autres membres du coven levèrent la main.

Elle sourit.

— Comme ça ? Sans poser de questions ?

— Pourquoi le ferions-nous ? répliqua Gigi. Nous sommes un coven. Quand l'une de nous a besoin d'aide, nous y allons toutes.

Les autres acquiescèrent, puis, en moins de temps qu'il n'en faut pour le dire, son coven, ce groupe de femmes qui pourraient être ses amies à la vie à la mort, commença à sortir des bougies, des herbes de protection, et du vin, parce que le vin servait toujours d'offrande.

Elle-même se dirigea vers la bibliothèque où elle avait conservé ce livre de sort depuis toutes ces années. Avant même qu'elle n'ait eu le temps de le feuilleter, il s'ouvrit pile à la bonne page, et les mots scintillaient de magie.

À ce moment-là, elle entendit le murmure de Zane :

— *Tu peux le faire, Car. Je t'attends.*

CHAPITRE VINGT

— Ça a l'air très simpliste, commenta Gigi après avoir vu le sort. Tu es sûre que c'est celui-ci ?

— Certaine.

Carly leur expliqua l'expérience que Zane et elle avaient faite autrefois.

— Je ne sais pas pourquoi ça a failli marcher cette fois-ci, et plus jamais ensuite, mais visiblement, Zane a trouvé comment le faire fonctionner à nouveau. Il faut que j'essaie. Mon intuition me dit que c'est le chemin à suivre.

Gigi jeta un coup d'œil à Sebastian.

— Nous devrions peut-être juste patienter un peu, le temps que Sebastian mette ses détectives sur le coup. Ils pourront sans doute nous trouver des informations utiles. Vous ne préférez pas attendre de savoir dans quoi nous mettons les pieds avant de nous jeter à l'eau ?

Carly ferma les yeux, essayant de se calmer. Ne venaient-elles pas toutes d'accepter de l'aider à partir à la recherche de Harlow, Zane et Liam ? Elle s'apprêtait à répliquer, quand Jeremiah s'en mêla.

— Je ne crois pas que nous puissions attendre. Ils détiennent Harlow et mon frère. Et Liam, alors ? Il est encore en convalescence. Est-ce que vous attendriez si votre famille était détenue contre sa volonté ?

— Non, répondit lentement Joy. J'en serais incapable. Mais Gigi n'a pas tort. Nous ne savons même pas avec certitude dans quel camp est Zane. Il a pris Liam. Et Harlow, alors ? L'a-t-il enlevée aussi ? C'est peut-être un piège. Je ne dis pas que je ne veux pas venir. Je veux juste être sûre que nous soyons convenablement préparées à ce qui nous attend de l'autre côté de cette pendule.

— Zane n'est pas notre ennemi, affirma Carly. Je pouvais percevoir ses émotions. Il était tourmenté par ce qu'il était contraint de faire, pas envahi d'une jubilation sadique. En outre, même si trente ans se sont écoulés, je le connais. Je le connais *vraiment*, et jamais je ne croirai qu'il fait tout ça par choix.

Le silence envahit la pièce. Enfin, Jake, son garde du corps, s'avança.

— Je viens avec vous.

— Moi aussi, dit Mikey, les bras croisés.

Le garde du corps de Harlow n'arrivait toujours pas à se souvenir de ce qu'il s'était passé sur la terrasse et s'en voulait de n'avoir pas protégé la jeune fille. Sa frustration émanait de lui par vagues.

— J'en suis, ajouta Phil en se plaçant à côté de Mickey. Nous ferons tout ce qui est en notre pouvoir pour les ramener à la maison.

Elle fut submergée de gratitude pour les hommes qui lui faisaient face. Cela allait bien au-delà de ce qui était attendu d'eux dans le cadre de leur boulot, et aussi à titre personnel.

— Merci, dit-elle simplement. Si vous saviez combien je vous en suis reconnaissante.

Jake lui adressa un petit sourire.

— Nous ne faisons que notre travail, madame.

— Vous faites bien plus que cela, et je ne l'oublierai jamais.

— Dites-nous où nous devons nous placer, intervint Mickey, qui se dirigeait déjà vers la pendule.

Carly regarda le coven. Les cinq femmes échangèrent des regards, puis, sans un mot, s'avancèrent comme un seul homme.

— On ne laisse personne derrière, déclara Iris en posant la main sur son bras. Allons botter quelques fesses.

Le soulagement l'envahit, et elle alla se placer près de l'horloge.

— Mettons en place quelques mesures de protection basique, dit Joy. Quelqu'un peut éloigner la pendule du mur ?

Les trois gardes du corps s'en chargèrent, puis Grace attrapa du sel dans son sac et traça un cercle avec. Hope tendit des bougies blanches à chaque membre du coven, puis ordonna à Jeremiah et aux trois gardes de se tenir au centre du cercle, près de la pendule.

— Carly, dit Gigi. Je crois que tu devrais te placer au nord.

— D'accord, accepta-t-elle en se mettant en position.

Puis elle attendit que les membres du coven complètent le cercle.

— C'est toi qui diriges, ajouta Gigi.

Elle opina, relut l'incantation, puis leva ses mains vers le ciel. Les autres sorcières l'imitèrent et, immédiatement, les flammes s'allumèrent sur les bougies blanches.

— Déesses du temps et des saisons, écoutez notre appel.

La magie s'éveilla dans la pendule, qui se mit à scintiller comme autrefois, quand Zane avait tenté le sort la première fois. La lumière renforça sa résolution, et elle éleva la voix pour ajouter :

— Emmenez-nous vers celui que nous cherchons. Aidez-nous à le suivre à travers le temps et l'espace afin de ramener chez eux ceux que nous aimons.

Un grondement sonore crépita au-dessus de leurs têtes, indiquant que leur pouvoir collectif fonctionnait comme prévu. Elle pouvait sentir la magie dans l'air, intense et plus forte que tout ce qu'elle avait connu auparavant. Elle se sentait également entraînée vers l'horloge, comme si cette dernière l'incitait à s'approcher. Elle aurait voulu se diriger vers elle et se laisser emporter par la magie.

— Récite l'incantation ! lança Gigi. Tout de suite !

La voix de Gigi la sortit de sa transe. Elle devait se concentrer sur l'endroit où elle voulait aller. Comme elle ne connaissait pas le lieu exact, elle se focalisa sur Zane et déversa dans le sort tout son amour et toute la douleur qui l'habitaient depuis plus de trente ans, tout en récitant les mêmes mots que Zane autrefois.

— Un sur trois et trois sur un, que le temps me transporte jusqu'à ce que je trouve mon espace. Que ta volonté soit accomplie.

Tout le monde répéta l'incantation.

Puis elle riva ses yeux à ceux de Jeremiah, et ils psalmodièrent en chœur.

La magie s'éleva autour d'eux, tourbillonna à l'intérieur du cercle, intense et exaltante. Elle sentit ses entrailles picoter d'anticipation. Son monde se réduisit à Jeremiah. Ils continuèrent à se fixer tandis que la lumière de la pendule devenait de plus en plus vive, au point d'en être aveuglante. Ce fut à ce moment-là que cela se produisit.

L'air déserta ses poumons alors qu'elle était entraînée dans un vortex de magie. Tout devint noir et sa tête se mit à tourner. Bien que désorientée et terrifiée, elle parvint à rester focalisée sur Zane et ses dernières paroles : « Je t'attends. »

Tout à coup, elle atterrit violemment sur le sol quand ce dernier se précipita à sa rencontre, froid et dur.

— Aïe ! s'écria-t-elle lorsque la douleur irradia dans son coude et sa hanche gauche. Par les déesses, tu parles d'un atterrissage pourri.

Elle cligna des paupières et regarda autour d'elle, s'attendant à voir tout le coven et les trois gardes du corps. Cependant, quand sa vision s'éclaircit, la seule personne qu'elle vit fut Jeremiah, allongé sur le dos, immobile, les jambes pliées et un bras sur le torse.

— Jeremiah ? dit-elle en rampant vers lui, paniquée.

Elle lui prit la main et soupira de soulagement en le sentant serrer ses doigts. Elle s'assit au-dessus de lui.

— Ça va ?

Il gémit.

— Jeremiah ?

— Ça ira, laisse-lui un instant.

Elle tourna vivement la tête et repéra Zane debout dans le couloir en marbre désert.

— Zane ! s'écria-t-elle en bondissant sur ses pieds.

Elle courut jusqu'à lui et l'enlaça.

— Ça a marché. Nous t'avons trouvé.

Il lui fallut quelques instants pour réaliser qu'il ne lui rendait pas son étreinte, qu'il restait raide et immobile. Elle s'écarta pour le regarder dans les yeux.

— Zane ?

Il la prit par le bras et tira.

— Viens. Tu ne devrais pas être ici.

— Zane !

Elle campa sur ses pieds et jeta un coup d'œil à Jeremiah. Deux hommes vêtus de noir étaient en train de le relever.

— Qui est-ce ? demanda-t-elle en jetant un nouveau coup d'œil alentour, constatant que sa première impression avait été la bonne et que ni le coven ni ses gardes du corps n'avaient franchi l'horloge.

— Que se passe-t-il ?

— Ils vont emmener Jeremiah dans sa chambre. Toi, tu viens avec moi, dit-il en l'entraînant de force dans la direction opposée.

Elle arracha son bras de sa poigne.

— Non. Je n'irai nulle part sans Jeremiah.

Elle se précipita vers ce dernier, mais avant qu'elle ne parvienne à l'atteindre, lui et les deux gardes disparurent comme par magie. Elle s'arrêta brusquement et fixa, bouche bée, l'espace vide.

— Zane ? Que se passe-t-il ?

— Je m'appelle Lazer, répliqua-t-il, une main sur ses reins. Viens, je vais te conduire à ta nièce.

— Harlow ? Elle est ici ?

Il acquiesça.

Après un dernier regard à l'endroit où avait disparu Jeremiah, elle suivit Zane, en espérant ne pas commettre une énorme erreur.

Leurs talons claquaient bruyamment sur le sol de marbre tandis qu'ils parcouraient le long couloir, dépassant une demi-douzaine de portes.

— Où sommes-nous ?

— Au quartier général.

Il indiqua une porte sur la gauche.

— C'est là.

Elle attendit qu'il vérifie la poignée, et il constata que la pièce était verrouillée. Un poids de plomb s'abattit sur son cœur. Il fallait s'y attendre. S'ils avaient pris Harlow, ils la détenaient forcément contre sa volonté. Et pourtant, voir cette porte verrouillée l'emplit de rage. Elle se plaça entre Zane et la chambre.

— Dis-moi exactement ce qu'il se passe.

Il leva ses yeux tristes vers les siens.

— Je suis désolé, Car. Ce n'était pas censé arriver.

— De quoi ? Le fait que tu sois coincé ou obligé d'obéir à quelqu'un ? Nous pouvons te sortir de là, je te le jure. J'ai toute une équipe de sorcières de mon côté. Quoi que soit cet endroit, ajouta-t-elle avec un geste englobant la demeure froide et bien trop impersonnelle, ça n'a pas d'importance. Tu peux partir.

Il secoua la tête.

— Si seulement c'était aussi simple.

Puis, sans lui laisser le temps de répondre, il posa la main sur une sorte d'écran et la porte s'ouvrit. Il la prit par le poignet, la fit pivoter et l'obligea à entrer dans la chambre. La porte se referma derrière eux et, dans le silence, elle entendit le verrou s'enclencher.

— Qu'est-ce qui se passe ? s'énerva-t-elle, remarquant à peine la pièce somptueuse, avec son lit imposant et son petit salon donnant sur l'océan.

Zane s'avança vers une seconde porte, l'ouvrit et lui fit signe.

— Harlow est là.

Elle courut dans cette direction et repéra sa nièce, blottie sur une chaise, le regard rivé sur la fenêtre.

— Harlow ?

La jeune femme ne bougea pas et ne sembla même pas l'avoir entendue.

— Harlow ? répéta-t-elle plus fort en entrant dans la pièce.

La jeune femme leva enfin les yeux.

— Qui est Harlow ?

— Juste quelqu'un qui te ressemble, lui dit Zane, qui vint poser la main sur son épaule. Carly, je voudrais te présenter Dani, notre nouvelle employée.

— Employée ? répéta-t-elle d'une voix suraiguë. Employée dans quel domaine ?

— J'ensorcelle des choses, répondit Harlow sur un ton agréable. Et je prépare des potions de beauté. C'est un super travail. Tu vas l'adorer.

Carly se tourna vers Zane.

— Qu'est-ce que tu lui as fait ?

Sans répondre, il recula vers la porte.

— Mets-toi à ton aise, Carly. Tu vas rester un moment.

Elle se précipita vers lui, comprenant qu'il s'apprêtait à l'enfermer avec sa nièce sans lui fournir de réponse.

— Zane ! Ne t'avise pas de quitter cette pièce ! J'exige que tu me dises tout de suite ce qu'il se passe.

Il leva très vite les yeux vers le haut et sur la droite, puis secoua très discrètement la tête à son attention, avant de dire :

— Nous discuterons des termes de ton séjour quand tu seras installée.

L'expression douloureuse, il sortit de là et disparut dans le couloir, après avoir verrouillé derrière lui.

CHAPITRE VINGT-ET-UN

Carly fixa la porte un long moment. Elle n'avait pas imaginé le subtil avertissement, n'est-ce pas ? Zane avait bien voulu la prévenir d'une caméra cachée, non ? Cela signifiait-il qu'il jouait la comédie jusqu'à ce qu'il trouve le moyen de les faire sortir ? Elle ne pouvait pas croire en tout cas qu'il l'avait attirée dans la maison des horreurs juste pour la forcer à entraîner une sorte de camp de travail magique.

Elle testa la poignée, même si elle savait déjà que c'était vain. Celle-ci ne bougea pas, alors elle rejoignit la pièce adjacente.

Harlow était assise par terre, devant sa chaise, et lisait un livre.

Carly la rejoignit.

— Harlow ?

La jeune femme leva la tête ; ses cheveux étaient plus en bataille que d'ordinaire, comme si elle n'avait cessé d'y passer les mains, un geste qu'elle n'avait que lorsqu'elle était angoissée.

— Qui est Harlow ? demanda-t-elle d'une voix innocente qui ne correspondait pas du tout à son expression alarmée.

— Toi, répondit Carly, totalement confuse.

Puis sa nièce lui fit signe de s'asseoir à ses côtés.

— Je suis désolée, vous devez me confondre avec quelqu'un d'autre. Je m'appelle Dani.

Carly cilla.

— Dani ?

— C'est exact. Dani. Je prépare des potions et lance des sorts. Je vous montrerai plus tard.

Elle tapota le livre qu'elle étudiait.

— Vous voyez ? Vous serez au point en un rien de temps.

Carly lut le livre. En haut de la page, écrit en caractères gras au marqueur indélébile, se trouvait un message.

« *Ils nous observent et nous écoutent. Nous ne pouvons pas parler ici.* »

— *Harlow*, articula Carly en silence. *Tu n'es pas ensorcelée ?*

— *Non*, répondit sa nièce sur le même ton.

Carly s'obligea à ne pas regarder dans le coin de la pièce, là où Zane lui avait indiqué une possible caméra, bien qu'elle ait désespérément envie de le faire. Elle aurait voulu s'en approcher et lancer en face à la personne derrière qu'elle les ferait tous tomber ; que, quoi qu'il en coûte, elle s'assurerait personnellement qu'ils ne passent pas une journée de plus en liberté.

Harlow lui prit la main et la serra.

— Je te ferai sortir d'ici, affirma Carly, sans se soucier des caméras.

Que voulaient-ils qu'elle dise d'autre, de toute façon ?

— Pourquoi ? répliqua Harlow, continuant sa mascarade. C'est beau, ici. Pourquoi voudrais-je partir ?

Elle indiqua la fenêtre et la vue très semblable à celle qu'avait Carly depuis sa maison.

Pour la première fois depuis son arrivée ici, elle-même prit le temps de se demander où ils se trouvaient. Ils étaient clairement perchés près de l'océan, mais étaient-ils toujours en Californie ? Et si oui, à quelle distance de Prémonition ? Elle se leva pour se rapprocher de la fenêtre. Elle ne distingua que le vaste océan à perte de vue. Sur la gauche, elle vit un petit mur en béton pour garantir l'intimité, et sur la droite, le reste de la maison où elles étaient détenues.

Elle se tourna vers sa nièce.

— Tu es déjà allée dehors ?

Harlow secoua la tête.

— Il y a du brouillard le matin et le soir, généralement. Et la journée, je suis occupée. Je travaille.

Qu'avaient-ils fait à sa nièce ? Lui avaient-ils implanté des souvenirs ? C'était ce qu'on dirait. Carly joua le jeu, essayant de se faire une idée précise de ce qu'il se passait dans cette demeure morbide.

— Tu travailles sur quoi exactement ? Tu m'as dit que tu jetais des sorts et préparais des potions de beauté, c'est ça ?

Ce devait forcément être illégal. Sinon pourquoi monter toute cette opération d'enlèvement pour forcer les gens à produire des soins ?

Harlow se tapota la lèvre inférieure, comme si elle réfléchissait à sa réponse.

— Aujourd'hui, j'ai ensorcelé des dagues.

— Pour qu'elles fassent quoi ?

La porte s'ouvrit dans l'autre pièce, et Liam entra. Il était vêtu d'un jean déchiré et d'un tee-shirt blanc moulant. Mais ce qui l'étonna le plus, c'était que toutes les blessures sur son visage aient guéri et qu'il ne semble plus porter de bandage à l'épaule. À vrai dire, il se déplaçait comme s'il ne s'était pas fait tirer dessus.

— Liam ? dit-elle en le rejoignant. Vous allez bien ?

— Bien sûr que je vais bien, répliqua-t-il avec impatience. Venez, le patron veut vous voir.

— Pourquoi elle ? gémit Harlow d'une voix plaintive qu'elle ne lui avait jamais entendue. C'est moi qui ai ensorcelé toutes ces dagues et j'ai réussi à comprendre ce qui n'allait pas dans cette potion contre l'acné. Il m'a dit que j'aurais une récompense pour mon travail supplémentaire.

Harlow l'indiqua de la main.

— Elle, elle vient d'arriver et n'a encore rien fait.

— Il te l'enverra quand il le pourra, Dani, répondit Liam, agacé. Tu n'es pas sa seule priorité.

Elle fronça les sourcils, essayant de comprendre ce qui arrivait à sa nièce. Essayait-elle de quitter la pièce ? C'était la seule explication plausible. Si oui, alors Carly pouvait certainement l'aider. Elle se planta dans la chambre et croisa les bras.

— Je ne partirai pas d'ici sans ma nièce. Si le patron veut me voir, il devra la voir elle aussi.

— Votre nièce ? demanda Liam en les regardant tour à tour, l'air perplexe. Vous êtes parentes ?

Elle soupira.

— Votre mémoire a encore été effacée, n'est-ce pas ?

— De quoi parlez-vous, madame ?

Il la prit par le poignet et l'entraîna de force vers la porte.

— Je ne suis pas un mouton sans cervelle. Personne ne m'a effacé la mémoire.

C'était pourtant bien le cas, puisqu'il ne les reconnaissait plus ni Harlow ni elle. Nom d'un chien ! La personne qui les retenait tous prisonniers était extrêmement puissante. Si elle le suivait de son plein gré, finirait-elle ensorcelée elle aussi et oublierait-elle tous ceux qu'elle aimait ? Parcourue d'un frisson, elle tendit la main vers Harlow, mais celle-ci ne la prit pas. Elle serra simplement les poings tandis que Liam l'entraînait hors de la pièce.

De retour dans le couloir de marbre blanc, Carly décida de tenter une nouvelle tactique. Elle s'adapta au pas de Liam, plutôt que de se faire tirer, et demanda :

— Savez-vous comment s'appelle cet endroit ?

— La maison, vous voulez dire ? demanda-t-il en lui lançant un regard méfiant.

— Oui, elle doit bien avoir un nom.

Il haussa les épaules.

— Nous l'appelons « le bout du monde ».

— Pas « enchantement » ? répliqua-t-elle, juste pour voir ce qu'il allait répondre.

— Non. Ça, c'est le nom de la société des produits que nous fabriquons ici.

— Des produits de quelle sorte ?

Même si elle en avait une petite idée grâce à Harlow, elle voulait en apprendre plus.

— Des sorts, des potions, des malédictions. Tout ce que les gens souhaitent acheter au marché noir. Vous savez, les choses un peu moins… légales.

Un peu moins légales ? Sacrée façon de décrire un réseau de contrebande.

— Je vois. Donc vous les vendez au marché noir ?

— Oui. Qui accepterait sinon de vendre une potion plongeant quelqu'un dans un sommeil éternel ?

Dès la fin de sa phrase, il se prit le ventre en grognant et se pencha en avant, saisi d'une vive douleur.

Si sa première impulsion fut de l'aider, vu la façon dont il venait de parler du meurtre de quelqu'un, elle n'était pas d'humeur à se montrer charitable.

Une porte s'ouvrit devant eux et une voix à l'intérieur lança :

— Liam, fais entrer notre invitée.

Le visage pâle, l'homme se redressa et, sans un mot, fit signe à Carly de pénétrer dans le bureau luxueux, à peu près deux fois plus grand que la chambre qui lui avait été assignée. L'un des murs était occupé par de grandes baies vitrées permettant d'admirer la vue spectaculaire. Sur les autres se trouvaient des rangées de bibliothèques remplies de vieux livres.

— Asseyez-vous, madame Preston, lui ordonna un homme, assis derrière son bureau.

Il avait une voix très familière, mais le soleil lui arrivait dans le dos, masquant son visage.

Elle eut beau plisser les yeux pour essayer de distinguer ses traits, elle ne remarqua qu'une silhouette de haute stature, un costume noir et de courts cheveux gris.

— Liam, ferme la porte et viens par ici, dit l'homme.

L'intéressé s'exécuta et alla se placer aux côtés de son patron, qui l'attrapa par le cou jusqu'à ce qu'il se mette à crier de douleur.

— Combien de fois t'ai-je dit de ne jamais parler des produits d'*Enchantement* ? grogna-t-il.

— Je suis désolé, monsieur Price. Je pensais qu'elle était votre nouvelle employée.

— C'est le cas, mais pas sur la ligne de production. Elle va travailler dans le laboratoire… avec monsieur Lazer.

Monsieur Price appuya sur un bouton, et un grand écran s'alluma sur son bureau.

Liam poussa une exclamation de surprise.

— Pourquoi est-ce que Lazer est enchaîné au lit ?

Horrifiée, Carly fixait son vieil ami sur l'écran. Il portait une chemise d'hôpital et chacune de ses mains était accrochée aux barreaux du lit. À côté de ce dernier, un moniteur cardiaque émettait un bruit régulier, indiquant qu'il n'était pas en danger immédiat.

— Il va être notre prochain cobaye. Ce sera sa punition pour t'avoir aidé à t'échapper le mois dernier.

Monsieur Price adressa à Liam un sourire démoniaque, qui rivaliserait avec celui de méchants de tous les films d'horreur qu'elle avait vus.

— Quoi ? s'étonna Liam, bouche bée et les yeux écarquillés. Je ne me suis pas échappé, je…

— Silence ! tonna monsieur Price. Plus de mensonges. Ton copain ici présent a aidé beaucoup trop de gens à s'échapper. Je lui ai accordé ma confiance pendant des années, et c'est ainsi qu'il me remercie ?

L'homme s'écarta du bureau et entraîna Liam avec lui. Ce dernier trébucha et parvint tout juste à se remettre droit juste avant que Price n'ouvre une porte et le jette par l'ouverture.

— Emmenez-le à l'isolement, ordonna-t-il aux deux gardes qui se tenaient là.

— Monsieur Price ! Non. Je ne…

La porte claqua, coupant court aux protestations de Liam.

L'homme se tourna vers Carly.

Stupéfaite, elle lâcha un petit cri en voyant son visage pour la première fois. Elle le connaissait. Il était le producteur de l'un des films qu'elle avait tournés quelques années plus tôt.

— Jim ? Jim Valens ? Que se passe-t-il ?

— L'argent de ces films doit bien provenir de quelque part, n'est-ce pas ? demanda-t-il sur le ton de la conversation en allant s'asseoir sur le coin de son bureau.

Il remonta une jambe, s'attrapa le genou et se pencha vers elle.

— Vous êtes une sacrée bonne actrice, madame Preston, dit-il sur le ton de la confidence. Mais pas suffisamment pour me duper. Votre nièce non plus.

Il tapa sur le clavier, et la vidéo changea d'angle, montrant une autre pièce stérile. Dans celle-ci se trouvait Harlow, qui faisait les cent pas en marmonnant, réfléchissant visiblement au sort à employer pour sortir de sa cellule.

La rage envahit Carly, si brûlante qu'elle aurait pu embraser dans l'instant le bureau prétentieux de Jim Valens.

— Pourquoi avez-vous enlevé ma nièce ? demanda-t-elle, les dents serrées.

— Pour vous faire venir de votre plein gré, répliqua-t-il, en retrouvant son sourire démoniaque. Pour quelle autre raison, sinon ?

Elle serra les poings, hésitant à l'attaquer, mais elle avait d'abord besoin de réponses. Depuis combien de temps dirigeait-il cette usine et ce marché noir ? Lorsqu'ils avaient travaillé ensemble quelques années plus tôt, elle ignorait qu'il était un scientifique diabolique sans la moindre conscience.

— Je ne sais pas, c'est bien pour ça que je vous pose la question. Que me voulez-vous ?

Il pouffa.

— Oh, Carly, très chère. La question serait plutôt : qu'est-ce que je ne vous veux *pas* ?

Sa peau la picota, et elle eut très envie de reculer, de mettre plus d'espace entre eux, mais elle tint bon, ne voulant pas montrer la moindre faiblesse.

— Si vous pensez que je ferais n'importe quoi pour vous, vous vous trompez lourdement. Je suis là seulement pour récupérer ma nièce, Jeremiah, Zane et Liam, et les emmener le plus loin possible d'ici. Puis j'irai voir la Brigade d'Intervention Magique et je les enverrai chez vous.

C'était sans doute stupide de le menacer de faire appel aux autorités, ou même d'indiquer qu'elle partirait non seulement avec Harlow et Jeremiah, mais aussi Zane et Liam quand elle quitterait cette prison construite par Jim. Mais elle savait mieux que quiconque que les mots avaient du pouvoir. Elle croyait pleinement qu'elle sortirait d'ici avec les personnes qu'elle était venue chercher.

— C'est ce que vous pensez ? demanda-t-il en haussant un sourcil.

— Oui, c'est bien ce que je pense.

— Hummm. Et moi qui envisageais de vous proposer de signer le contrat de votre vie.

Il ouvrit le tiroir supérieur de son bureau et en sortit une enveloppe kraft.

— Vous aurez un rôle dans chacun de nos films et recevrez une part non négligeable des revenus générés. Vous pourrez choisir les acteurs avec lesquels vous voudrez travailler, les réalisateurs et même les écrivains de votre choix, pour adapter un livre. Vous aurez, en gros, le contrôle de chaque domaine de ce métier. Vous serez la femme la plus puissante d'Hollywood. Pensez aux films qui seront faits sur vous.

Il lui adressa un petit sourire sournois qui confirma qu'il était convaincu qu'elle serait séduite par l'argent et le pouvoir.

Il n'aurait pas pu davantage se tromper.

— Qu'est-ce qui vous fait croire que je voudrais faire affaire avec quelqu'un comme vous ? demanda-t-elle en regrettant de ne pas pouvoir faire apparaître des couteaux de nulle part.

Bien qu'elle ne soit pas une personne violente, si elle avait l'opportunité de le poignarder *lui,* ici et maintenant, elle la saisirait. Comment osait-il essayer de l'acheter avec un contrat mirobolant comme si elle n'était qu'une garce sans cœur ne se souciant que d'argent et de prestige ?

— Parce que si vous ne le faites pas, votre ami Lazer... ou Zane, comme vous l'appelez... va se retrouver dans une situation très précaire dans peu de temps.

— Pourquoi ? Pourquoi est-ce si important pour vous que je signe ce contrat pour travailler pour votre société de production ? Et pourquoi voulez-vous me faire du chantage pour que j'accepte ?

— Oh, aurais-je oublié le plus important ? demanda-t-il en tentant de feindre l'innocence – et en échouant lamentablement.

— Crachez le morceau, Jim. Qu'est-ce que je fais là ? Que voulez-vous *réellement* de moi ? Je suis sûre que vous ne m'avez pas fait venir pour que j'ensorcelle des dagues et crée des potions.

Elle vibrait de frustration, à ce stade.

— Vous serez le visage d'*Enchantement.* Vous conférerez une véritable apparence de respectabilité à l'entreprise. Et vous concocterez des potions quand même. Les potions d'amour sont très demandées, tout comme celles anti-amour. Les faiseuses de veuves, comme nous les appelons. Je suis sûr que vous pouvez imaginer l'argent qu'elles nous rapportent.

Il se pencha vers elle, un sourire suffisant aux lèvres.

— Pourquoi moi ?

Elle se retenait à grand-peine de lui sauter dessus. Il lui demandait non seulement de faire affaire avec lui, mais aussi de devenir une meurtrière et une partenaire à part entière de son opération illégale.

— M'avez-vous ciblée pour une raison particulière ?

Il se leva.

— Vous vous accordez bien trop de mérite, Preston.

Tout simulacre de rendez-vous professionnel poli disparut.

— Vous êtes ici parce que c'est ce traître qui vous a fait venir.

Il indiqua l'écran du pouce.

— J'ai construit tout un empire avec Lazer comme bras droit. Je le préparais à prendre ma relève. Il était le fils que je n'avais jamais eu, et ensuite... *ensuite*, bouillonna-t-il, j'ai découvert que c'était lui qui libérait mes employés. Il aurait sans doute continué longtemps, s'il n'avait pas manqué de prudence avec Liam. Cet imbécile est tombé amoureux de lui, alors plutôt que de rompre tout contact, il a continué de le surveiller. Donc, quand mon homme a tiré sur Liam, Lazer a perdu les pédales et a tenté de me tuer avec l'une de mes propres potions.

Il secoua la tête.

— Il ignore que j'ai été à deux doigts de l'exécuter ce jour-là.

— Pourquoi ne l'avez-vous pas fait ? répliqua-t-elle.

Elle n'était pas certaine de vouloir connaître la réponse, mais pour trouver le moyen de sortir d'ici, elle devait comprendre comment fonctionnait l'esprit de cet homme.

— Pourquoi gardez-vous quelqu'un à qui vous ne faites plus confiance ?

— Il a trop de valeur.

Jim la regarda.

— Vous tenez à lui. Lorsque nous avons découvert que vous aviez récupéré Liam et que vous aviez un lien spécial avec notre trublion, c'est là que nous avons mis un plan au point. Vous voyez, Lazer a le complexe du sauveur. Un défaut facilement manipulable quand les gens qu'il aime sont menacés.

— Donc vous comptez le faire obéir en me menaçant ?

— Non. C'est *vous* qui allez le faire obéir, parce que si

quelqu'un nous dénonce aux autorités, comme vous serez le visage de la société, c'est vous qui tomberez pour activités illégales, pas moi. Lazer ne voudra pas que ça vous arrive.

— Vous pensez vraiment que les gens croiront que j'ai bâti cet empire ? se moqua-t-elle. Il n'y a aucune preuve de mon implication, à aucun moment. Ça ne fonctionne pas comme ça.

— Vous croyez ?

Il sortit un gros dossier et l'ouvrit.

— Venez voir.

Bien qu'elle n'ait pas envie de lui obéir, elle devait connaître son plan. Elle lut le premier document. C'étaient les actes constitutifs d'*Enchantement*. Son nom à elle était inscrit dessus. Il y avait également des courriers professionnels, des baux, des factures d'équipement, et beaucoup d'autres documents. Tous comportaient son nom comme « associé gérant » aux côtés de M. Price. Jim Valens n'était mentionné nulle part.

— Aucun de ces documents n'est signé.

— Ravi que vous l'ayez remarqué.

Il ouvrit un stylo.

— Dès que vous aurez apposé votre signature sur le premier, elle se reportera automatiquement sur tous les autres. Ensuite, ce sera officiel.

Elle jeta le stylo.

— Je ne signerai jamais ça. La réponse est non. Je ne deviendrai pas votre partenaire. Jamais.

— Vous en êtes sûre ? demanda-t-il en haussant un sourcil.

— Certaine. Vous perdez votre temps.

Il haussa les épaules, décrocha son téléphone sur le bureau et appuya sur un bouton. Au bout de quelques instants, il déclara :

— Il est l'heure du traitement de Lazer.

Sans quitter des yeux l'écran qui montrait à nouveau Zane, il reposa le combiné sur sa base.

— Vous voyez ? dit-il en indiquant un homme en blouse bleue en train de placer des électrodes sur le corps de Zane. Je pense qu'il ne vous faudra pas longtemps pour accepter le marché.

— Qu'allez-vous lui faire ?

Son cœur se mit à battre la chamade tandis qu'elle regardait Zane se tordre dans tous les sens et se débattre dans le lit pour essayer d'échapper à l'homme.

— Juste une petite technique de persuasion que j'ai perfectionnée au fil du temps.

Il récupéra le stylo et le lui présenta à nouveau.

— Je pense que vous aurez besoin de ceci.

Elle serra l'objet dans son poing comme une arme et attendit la première opportunité qui se présenterait.

Un craquement sonore résonna au niveau de l'écran, puis Zane se contorsionna lorsqu'une décharge électrique envahit son corps via les électrodes.

— Arrêtez ! cria Carly, horrifiée par ce dont elle venait d'être témoin. Stop ! Vous êtes en train de le tuer !

Jim Valens tapota la pile de documents.

— Il vous suffit de signer ici, et tout sera terminé.

Elle regarda le contrat, puis le corps immobile de Zane. Le craquement résonna de nouveau à ses oreilles, suivi d'un cri à glacer le sang, poussé par son meilleur ami.

Elle agrippa le stylo et s'avança d'un pas, mais plutôt que de signer le papier, elle se jeta sur Jim Valens et le frappa dans le cou avec.

CHAPITRE VINGT-DEUX

Ils tombèrent tous les deux sur le bureau, avec elle au-dessus, le maintenant sous elle. Elle serrait très fort le stylo enfoncé dans le cou de Jim.

Ce dernier la fixa, et dans ses yeux, la cruauté précédente avait fait place à la peur. Le souffle court, il l'attrapa par la gorge. Elle s'accrocha à sa main et enfonça davantage son arme de fortune.

La poigne autour de sa gorge se détendit suffisamment pour qu'elle puisse parler.

— Lâchez-moi ou bien je vous tue. Je ne suis pas loin de votre artère, fils de pute.

Du moins, elle en était presque certaine. Bien qu'elle ne soit pas une experte en physiologie, elle avait un jour joué un médecin méchant, grâce aux conseils d'un consultant sur le plateau. Pendant ce tournage, elle en avait appris beaucoup sur les différentes manières de tuer quelqu'un.

Valens se figea, et elle put voir dans ses yeux qu'il craignait désormais pour sa vie.

— Lâchez-moi. Tout de suite, ordonna-t-elle.

Il obéit, puis resta immobile.

— Maintenant, dites à ce connard d'arrêter de torturer Zane.

Elle indiqua l'écran du menton.

Comme il ne répondit pas, elle accrut légèrement la pression sur le stylo. Le souffle de Jim s'accéléra et il devint pâle.

— C'est bien. Vous comprenez que je ne joue pas. Faites-le. Dites-lui de laisser Zane tranquille.

L'homme coincé sous elle attrapa le téléphone, appuya sur un bouton et grogna :

— Ça suffit.

— Dites-lui de le libérer, murmura Carly.

Il la fusilla du regard, mais obéit.

— Détachez-le.

— *Oui, monsieur*, répondit l'homme à l'autre bout du fil.

Il entreprit ensuite de libérer Zane de tout équipement médical, puis de ses liens.

Dès que ce fut fait, elle reprit :

— Maintenant, dites à vos sbires de faire venir Harlow.

Les yeux froids et mortels du producteur la transpercèrent.

Elle enfonça ses ongles dans la peau de sa joue juste pour le plaisir.

— Est-ce aujourd'hui que vous allez mourir, Valens ?

Une haine pure suinta de chaque pore de la peau de l'homme, qui tendit la main vers le combiné. Cependant, plutôt que d'appuyer sur un bouton, il le lança contre sa tempe à elle, l'obligeant à reculer.

Puis il arracha le stylo de son cou.

Elle resta figée un instant, le regard fixé sur le sang qui se déversait de lui et imbibait sa chemise grise.

Lorsqu'il s'écarta du bureau pour s'avancer vers elle en

titubant, elle se releva tant bien que mal et se précipita vers la porte. Suivie par le son des pas de Valens, elle courut à toute vitesse dans le manoir, tournant à gauche et à droite, cherchant tout ce qui pourrait ressembler aux pièces où étaient détenus Zane et Harlow.

Elle devrait descendre, n'est-ce pas ? C'était toujours au sous-sol que les gens étaient enfermés, non ? Elle n'avait pas vu de fenêtres sur les pièces affichées sur l'écran. Ce qui signifiait qu'elles se trouvaient soit au centre de la maison, soit dans un sous-sol.

Elle découvrit des marches étroites menant à l'étage en dessous et les descendit deux par deux. Dès qu'elle atteignit le palier, elle percuta quelqu'un.

Elle s'agrippa à la rampe, évitant de justesse de tomber dans l'escalier.

— Merde. Regardez où vous allez, grogna une voix familière.

Elle plissa les yeux, puisque l'éclairage était faible, et soupira de soulagement quand elle le reconnut.

— Liam, que la déesse soit louée. Je vous croyais enfermé quelque part.

— Tout le monde n'obéit pas au patron. Ça sert d'avoir des amis qui vous doivent des faveurs, répondit-il en reniflant de dédain.

Envahie d'une vague de soulagement, elle pria pour que ces mêmes amis veuillent bien l'aider avec Zane.

— Tant mieux. Maintenant, aidez-moi à trouver Zane… Lazer. Il a des ennuis.

— Qu'est-ce que je foutais, d'après vous ?

Il l'attrapa et la décala littéralement hors de son chemin avant d'emprunter le couloir.

— Il est retenu là, en bas, c'est bien ça ? s'exclama-t-elle.

— Chhhut, dit-il en s'immobilisant pour la regarder. Je vais vous conduire jusqu'à lui, mais seulement si vous arrêtez de parler. Vous savez ce qu'ils nous feront s'ils nous trouvent ?

Elle en avait une petite idée, à vrai dire, et un frisson lui remonta l'échine. Elle posa le doigt sur ses lèvres, indiquant qu'elle allait se taire.

Ils progressèrent dans la maison plongée dans un silence sinistre, Liam contrôlant soigneusement chaque pièce avant de passer à la suivante. Elle aurait voulu lui demander où se trouvaient tous les autres. Valens ne les laisserait pas déambuler dans sa maison sans se lancer à leur recherche. À moins qu'il n'ait perdu connaissance à cause de la perte de sang avant d'avoir pu donner des ordres à quelqu'un. C'était possible. Peu probable, mais elle préférait garder espoir.

— Par ici, souffla Liam.

Il la conduisit dans une petite salle d'attente sans fenêtres ressemblant à une pièce de musée, avec ses canapés tuftés de velours, de fausses peintures de Monet et des statues en or.

— Qu'est-ce qu'on fait là ? murmura-t-elle.

— Vous allez voir.

Il s'approcha de l'une des statues et la saisit à l'entrejambe. Immédiatement, l'une des répliques des *Nymphéas* de Monet s'ouvrit comme une porte, révélant un passage secret.

— J'aurais dû m'en douter, commenta-t-elle en levant les yeux au ciel.

Un passage secret qui s'ouvrait en attrapant un homme par les testicules. Valens avait dû trouver ça drôle.

— Venez.

Liam lui fit signe de le suivre dans un couloir blanc stérile qui ressemblait à tous les faux labos de tous les films dans lesquels elle avait tourné.

— Il manque d'originalité, marmonna-t-elle.

— Price est un connard avec un ego de la taille de Jupiter. C'est aussi un bâtard sadique qui n'hésitera pas à nous détruire si nous lui sommes inutiles. Alors dépêchez-vous, parce qu'il n'y a aucune chance pour que Lazer ne soit pas en train de souffrir à l'heure actuelle.

— Je ne pense pas. J'ai forcé Price à arrêter la torture.

Liam s'immobilisa et se tourna vers elle, les mâchoires serrées.

— La torture ?

Elle opina.

— Les décharges électriques.

— Putain.

Il lâcha un gémissement étranglé et se mit à courir.

Elle partit aussi vite que lui, et lorsqu'elle le rattrapa enfin, il se tenait près d'une porte verrouillée. Les deux mains sur le mur, il psalmodia :

— Déesses de la mer, de la terre, du ciel et de l'obscurité, puissiez-vous entendre mon appel et m'emplir du pouvoir de traverser ce mur.

La magie crépita autour de lui, le faisant scintiller, comme Zane et lui l'avaient fait avant de disparaître à travers la pendule. Voyant le corps de Liam commencer à s'estomper, elle lui attrapa la main et répéta la même incantation. Elle sentit un tiraillement au niveau de son nombril, puis, l'instant d'après, elle se tenait à ses côtés dans une pièce aveugle et fixait le corps immobile de Zane.

— Lazer ! s'écria Liam en courant vers lui.

— Zane ! hurla-t-elle au même moment.

Liam prit le visage de Zane dans ses mains.

— Debout, bébé. Tu dois te réveiller. Nous allons te sortir d'ici.

Carly prit l'un des poignets de Zane et vérifia le pouls ; il battait puissamment. La peur qui lui obstruait la gorge s'estompa, et elle s'accrocha à sa main, la serrant contre sa poitrine.

Zane gémit, et Liam soupira de soulagement.

— Essayons de le redresser, dit-elle avec insistance.

— Tu peux bouger ? lui demanda Liam.

Zane cligna des paupières et grimaça en essayant de se mouvoir.

— J'ai mal partout.

Carly regarda autour d'elle, cherchant de l'eau ou une potion contre la douleur, mais la pièce était vide en dehors de l'engin de torture que le sbire de Valens avait utilisé sur Zane.

— Nous te soignerons dès que nous serons sortis d'ici, lui promit Liam.

Zane remua, s'asseyant, et croisa finalement le regard de Carly. Les larmes aux yeux, il lui serra la main.

— Je suis tellement désolé, Car. Je n'ai jamais voulu ça.

— Tu la connais ? s'étonna Liam, qui les dévisageait tour à tour. Comment ?

Elle avait oublié que la mémoire de ce dernier avait été effacée. Avec toutes les perfidies qui se déroulaient dans cette maison, elle avait du mal à suivre.

Zane posa la main sur le bras de Liam. Il marmonna un sort déterminé à lever une malédiction, et les deux hommes furent auréolés de magie. Lorsque la lumière s'estompa, Liam souffla et les fixa, les yeux exorbités.

— Que... je... sale enfoiré ! Ces connards ont voulu effacer ma mémoire ? s'écria-t-il. Bon sang, il s'est passé des tas de choses ces dernières semaines.

— Oui, confirma Zane. J'ai essayé de les en empêcher, mais le mieux que j'ai réussi à faire, c'est obtenir de Vick qu'il cache tes souvenirs, afin que je puisse t'aider ensuite à les retrouver.

Il n'y avait aucune chance pour qu'ils me laissent m'approcher de toi. Ils savent que je suis compromis.

Liam se tourna vers Carly.

— Merci pour tout. C'était très gentil à vous de me laisser vivre chez vous et d'avoir tenté de me protéger. Désolé d'avoir agi comme un con.

— Pas de problème. répondit-elle, sincère.

L'heure n'était plus aux rancœurs. Ils devaient sortir d'ici.

— Nous pourrons en reparler plus tard. Pour l'instant, nous devons retrouver Jeremiah et Harlow et sortir de cet enfer.

Liam saisit le bras de Zane.

— Tu n'es pas en état de chercher qui que ce soit, Lazer. Nous devons te faire sortir d'ici avant qu'ils ne reviennent et nous éliminent.

Zane secoua la tête.

— Nous ne pouvons pas partir sans Jeremiah. Je ne peux pas faire ça.

— Il faut toujours que tu agisses en héros, hein ? lança Liam sur un ton accusateur. Pour une fois, tu ne peux pas placer ta vie avant celle des autres ? Si nous sommes dans cette situation, c'est parce que tu as insisté pour que je parte, puis tu as effacé mes souvenirs pour que je ne revienne pas. Tu m'as obligé à le faire, alors même que j'étais plus que volontaire pour rester ici avec toi pour toujours. Et maintenant, regarde où nous en sommes. Je suis quand même de retour et nous sommes compromis tous les deux. Que comptes-tu faire quand Price nous attrapera ? Il nous tuera sur-le-champ.

Le cœur de Carly se serra. Elle savait que Liam disait vrai. Mais elle connaissait aussi Zane. Il avait toujours été du genre à faire passer sa vie après celle des gens qu'il aimait. Elle était prête à parier sa propre vie qu'il ne partirait pas sans Jeremiah.

— C'est possible. Mais ce qui est sûr, c'est que si je m'en vais, il va tuer mon frère. Je ne pourrai pas vivre avec ça.

Zane se tourna vers elle.

— Harlow, c'est ta nièce, c'est bien ça ?

— Oui. Elle est la seule personne de ma famille à laquelle je tiens.

— C'est à cause d'elle que ce type est revenu me chercher, répliqua Liam avec un soupir exagéré. Price a menacé de tuer Harlow s'il ne me ramenait pas ici. Il sait que Lazer vous aime. Même si nous parvenons tous à sortir d'ici, il fera tout pour détruire nos vies.

Carly croisa les bras.

— Alors, nous devrons nous assurer de ne pas lui en donner l'opportunité, n'est-ce pas ?

— Et comment allons-nous faire ? demanda-t-il.

— Le coven va nous aider. Vous ne savez pas de quoi ces dames sont capables. Allons-y.

CHAPITRE VINGT-TROIS

— Par ici, dit Liam en entourant Zane d'un bras pour l'entraîner vers la porte.

— Je peux y arriver, dit ce dernier en l'embrassant sur la tête, avant de s'extraire gentiment de son étreinte. Mais merci.

Liam soupira.

— On dirait que tu vas t'écrouler.

— Ça n'arrivera pas

Il se redressa, étira les bras et murmura une sorte d'incantation. Après un bref moment de concentration, la magie apparut au bout de ses doigts et recouvrit tout son corps.

Ébahie, Carly sentit tout à coup l'épuisement de Zane le quitter. L'instant d'après, la magie disparut. Il n'avait plus de cernes sous les yeux et ses joues avaient retrouvé des couleurs.

— La vache, marmonna Liam. Je ne m'habituerai jamais à ce que tu sois si puissant.

— Espérons que tu n'aies pas à le faire. Si seulement je n'avais jamais ouvert ce livre d'incantations autrefois, ajouta-t-il sur un ton plein de regret. Rien de ceci ne se serait produit.

— Tu parles de celui que tu as trouvé dans cette librairie de livres anciens ? s'écria-t-elle.

Il acquiesça.

— Je me suis beaucoup entraîné dessus, ce qui a attiré l'attention de Price. C'est pour ça qu'il m'a pris pour cible.

Liam fronça les sourcils et lui prit la main.

— Mais si tu n'avais pas fait ça, nous ne nous serions jamais rencontrés. Je... Merde.

Il se passa la main dans les cheveux.

— Je sais que... Je ne peux pas imaginer ma vie sans toi.

— Je sais.

Zane l'attira contre lui et le serra fort dans ses bras.

— Mais j'aime à penser que nous nous serions quand même trouvés.

L'amour qui se déversait d'eux la submergea et lui fit monter les larmes aux yeux. Avait-elle déjà aimé quelqu'un à ce point ? Tous deux avaient vécu des choses terribles, ce qui avait visiblement renforcé leurs liens. Bon sang, Zane aimait Liam si fort qu'il avait été prêt à renoncer à lui juste pour lui offrir une vie meilleure que celle dans laquelle il était contraint de travailler pour un réseau criminel sadique.

— Allons-y, dit Zane. Il est temps de retrouver Jeremiah et Harlow.

Carly suivit les deux hommes envahis d'appréhension et de doutes. Il était clair qu'aucun d'eux ne pensait réussir, et malgré tout, il y avait aussi de la détermination derrière les autres émotions. Ils voulaient sortir, plus que tout, mais s'étaient résignés depuis longtemps à ce que cela n'arrive jamais. Elle se jura de ne laisser aucun d'eux en arrière. Elle les ferait sortir d'ici, même au péril de sa vie.

La demeure était plongée dans un silence total qui commençait à la mettre mal à l'aise.

— Où sont tous les autres ? Je parie qu'il n'y a pas que nous ici. Où sont les agents de sécurité ? Les sbires de Valens... de Price, je veux dire ? Le mec qui t'a torturé, Zane ? Où sont-ils tous passés ?

— C'est une bonne question. S'ils ne savent pas qu'il y a un problème, alors ils sont dans leurs labos. Sinon ça va partir en sucette.

— C'est bien ce que je crains, marmonna-t-elle alors que, empruntant un nouveau couloir, ils tombèrent dans une embuscade.

Une alarme retentit, si fort qu'elle manqua de l'assourdir. Elle posa les deux mains sur ses oreilles pour les protéger, mais très vite, elle se retourna, les poings brandis, quand elle sentit quelqu'un dans son dos.

Une grande blonde toute de noir vêtue lança sa jambe, manquant de la faire tomber. Mais ses cours d'autodéfense lui revinrent à l'esprit et elle parvint à bondir avant de s'étaler par terre.

Liam et Zane quant à eux criaient sur leurs propres agresseurs, leur disant de reculer.

Carly se demanda brièvement s'ils connaissaient leurs assaillants, parce qu'il lui paraissait inutile d'essayer de raisonner quelqu'un qui balançait des coups de poing. Elle n'avait de toute façon pas le temps de trop y penser. Un coup vicieux l'atteignit en plein ventre, lui coupant la respiration. Elle tomba sur un genou, puis, très vite, se releva et agita les poings.

— Recule, salope, cria-t-elle en atteignant la femme à la mâchoire.

Sauf que l'autre ne parut pas le sentir. Elle se contenta de se ruer sur elle, les poings brandis.

La douleur irradia dans sa pommette quand elle s'effondra

au sol. Elle n'eut pas le temps de reprendre ses esprits avant que l'autre femme ne lui saute dessus et tente de lui maintenir les mains.

Carly rua, mais impossible d'échapper à sa poigne.

— Carly, sers-toi de ta magie ! lui cria Zane.

Lui jetant un coup d'œil, elle le vit en train de restreindre son assaillant avec un filet magique. L'homme se débattait, obligeant Zane à ne pas s'éloigner, afin de maintenir le filet.

Elle ne s'était jamais servie de sa magie pour autre chose que de simples sorts ou potions. Ses réflexes d'autodéfense avaient pris le dessus, pas sa magie. Résolue, elle fusilla du regard son ennemie et l'imagina attachée avec une corde. Elle se concentra, visualisa une corde encerclant son torse et ses bras. Et juste comme ça, une corde apparut de nulle part et s'enroula autour de la femme.

Celle-ci se figea et fixa avec horreur la corde magique. Lorsqu'elle ouvrit la bouche et entama une incantation, Carly visualisa du ruban adhésif sur ses lèvres, et rit tout haut quand son souhait se réalisa, coupant la parole à son adversaire.

— La vache, Carly, c'était impressionnant. Vous pourriez travailler pour les services secrets, avec de tels dons, commenta Liam derrière elle.

Se tournant, elle vit les attaquants des deux hommes attachés avec une vraie corde.

— Où l'avez-vous trouvée ?

— Sur eux. Regarde dans le sac à dos, dit Zane.

Elle s'exécuta, et quand elle dénicha l'objet en question dans le sac de la femme, Zane attacha cette dernière sans tarder. Puis ils poussèrent les trois dans la pièce la plus proche et refermèrent la porte.

Ils se trouvèrent confrontés à un autre groupe de sbires de

Valens, mais dès que Zane se mit à psalmodier, ils filèrent sans demander leur reste, déclenchant l'hilarité de Liam.

— Je parie que découvrir que tu pouvais voyager à travers le temps et l'espace leur a filé la peur de leur vie.

Carly fronça les sourcils.

— Pourquoi ça leur ferait peur ?

Il haussa les épaules.

— Seuls les sorciers les plus puissants en sont capables. On dirait que vous possédez tous deux cette faculté. Dans tous les cas, s'il peut voyager à travers l'espace, cela signifie qu'il est bien plus fort qu'eux. Ils préfèrent ne pas savoir ce qu'il peut leur faire.

— Ou alors, ils sont juste en train de se rassembler, médita Zane.

— Tu as toujours été le plus pessimiste de nous deux, le taquina-t-elle, juste pour briser la tension.

Liam les dévisagea, puis secoua la tête, incrédule.

— Quoi ? demandèrent-ils en chœur.

— Rien. Seulement, je n'avais jamais vu Lazer agir de la sorte avec personne. C'est… bizarre.

— Pourquoi c'est bizarre ? s'étonna Zane.

— Je ne sais pas. Ce n'est pas bizarre d'une mauvaise manière. Juste bizarre à observer. Tu restes tellement à l'écart des gens, en général.

— Pas de toi, répliqua-t-il en se rapprochant de Liam.

Ce dernier lui adressa un petit sourire.

— Je sais. C'est pour ça que c'est bizarre. D'ordinaire, je suis le seul à te taquiner.

Carly leva les yeux au ciel.

— Bon, les gars, aussi mignon que ça puisse l'être, car croyez-moi, c'était adorable, il faut vraiment trouver Harlow et Jeremiah. Pouvons-nous nous y remettre ?

— Oui.

Zane se détourna et les conduisit dans un autre couloir, alla jusqu'au fond et indiqua les trois portes.

— C'est l'une de celles-ci.

— Celle-là, dit-elle immédiatement en indiquant celle de droite. Je le sens à l'intérieur.

Zane ne posa aucune question. Il plaqua la main sur le panneau électronique et attendit que la porte s'ouvre. Comme rien ne se produisait, il réessaya. Sans succès.

— Ils ont dû changer le code, puisqu'ils savaient que tu viendrais pour lui, dit Liam.

Une sensation d'acidité lui retourna l'estomac. Allaient-ils tomber dans un nouveau piège ?

— Je m'en occupe.

Liam posa ses mains contre le mur, fit le même sort que précédemment, et disparut à l'intérieur, laissant Carly et Zane seuls à l'extérieur.

— Il va le faire sortir, lui assura ce dernier.

— Il a intérêt, sinon je défonce cette porte.

Il lui adressa un sourire triste.

— Tu peux toujours essayer, mais je doute que tu y parviennes. C'est de l'acier renforcé.

— Bordel de merde !

Elle se passa la main dans les cheveux et se retrouva vite coincée dans un nœud. Elle jura à nouveau et leva les yeux.

— Je ne ressemble à rien, je parie.

— Tu es magnifique, comme toujours.

Cette douceur dans sa voix, elle ne l'avait pas entendue depuis plus de trente ans.

— Arrête. Tu vas me faire pleurer, sinon, et je ne veux pas craquer maintenant. Harlow…

Le nom de sa nièce se coinça dans sa gorge, et elle secoua la tête, incapable de parler davantage.

Zane ne dit rien. Il la prit simplement dans ses bras et la serra contre lui. Son torse était bien plus ciselé à cinquante ans et quelques qu'il ne l'avait été à l'adolescence, ce qui ne fit que lui rappeler le peu qu'elle savait de lui maintenant et combien il lui avait manqué toutes ces années à cause de l'empire diabolique de Jim Valens.

— Je vais le faire tomber, Zane. Je te le jure sur toutes les déesses de l'univers. Il va payer pour ce qu'il t'a fait.

Silence.

Elle chercha le regard de Zane.

— Tu m'entends ? Je ne vais pas le laisser s'en tirer comme ça.

Il se racla la gorge.

— Qu'est-ce qui te fait dire que je n'ai pas participé activement de mon plein gré à tout ça ?

— Pfff. Parce que je te connais. Le Zane avec lequel j'ai grandi ne vendrait jamais de potions de sommeil éternel ou ne maudirait des dagues pour les rendre encore plus dangereuses. Ni ne ferait toutes ces autres choses que Valens force les gens à faire ici. Si tu l'as fait, c'était sous la contrainte, ou parce que tes souvenirs avaient été altérés, ou bien parce qu'ils t'ont fait croire qu'il s'agissait d'un sort. Je ne crois absolument pas que tu as fait tout ceci de ton plein gré, que tu as signé pour cette vie-là.

— Par les déesses, souffla-t-il, une main sur les yeux. Tu as donc une telle confiance en moi ?

— Oui. Ose me dire que je me trompe. Regarde-moi dans les yeux et dis-moi que tu voulais tout ça. Que tu n'as pas été forcé. Que tu es venu chez moi récupérer Liam juste parce que tu voulais le revoir et non parce qu'ils t'ont fait du chantage avec Harlow.

— Je ne peux pas te dire ça.

— Je sais.

Elle lui serra les mains.

— Et si par hasard j'avais des raisons de douter de toi, ce qui n'est pas le cas, Valens m'a déjà confirmé que tu n'avais pas cessé d'aider des gens à se libérer, et qu'il ne s'en est rendu compte que lorsque tu as fait de même avec Liam. Peut-être parce qu'il essayait de te retrouver, ce dont ils ne pouvaient pas se permettre. Donc non seulement tu n'as pas participé à ça de ton plein gré, mais en plus, tu as travaillé activement contre eux. Je parie que tu as aussi lutté contre leurs pires sorts, n'est-ce pas ?

Il acquiesça une fois, puis l'attira contre lui à nouveau.

— J'imagine que je n'avais pas tort quand je te disais que nous serions meilleurs amis pour la vie.

— Tu as bien raison. Et maintenant que je t'ai retrouvé, je ne te laisserai plus jamais partir.

— Ça suffit, les câlins, tous les deux, lança Liam avec impatience. Il est temps de partir.

Elle s'écarta de Zane et remarqua Jeremiah non loin. Il avait des bleus sur le visage et des éraflures sur les bras, mais à part ça, il semblait aller bien. Leurs regards se trouvèrent et convoyèrent tout un monde d'émotions. Puis il posa les yeux sur Zane.

Aucun d'eux ne parla. Ils s'avancèrent simplement l'un vers l'autre et s'enlacèrent avec force pendant une éternité, qui n'avait dû en réalité durer que quelques secondes.

— Allez, dit gentiment Liam en tirant sur le bras de Zane. Pas de temps à perdre.

Jeremiah opina, et ils repartirent tous dans le couloir.

— Carly ? demanda Zane.

— Oui ?

— Tu m'as dit que tu pouvais sentir les émotions de Jeremiah. Ça veut dire que tu es une empathe ?

— En quelque sorte ?

Elle n'avait jamais utilisé cette étiquette auparavant, mais elle commençait à s'habituer au fait que sa capacité à percevoir les émotions des autres s'était grandement amplifiée.

— Bien. Dis-nous quand tu sens Harlow.

— D'accord.

Ils s'arrêtèrent devant chaque porte, afin de lui laisser le temps de chercher la moindre signature émotionnelle. D'après ce qu'elle pouvait en dire, toutes les pièces étaient vides. Ils fouillèrent ainsi tout le rez-de-chaussée, en vain.

Zane serra les dents.

— Nous allons devoir chercher près du bureau de Price. C'est là qu'il garde les gens qu'il ne veut pas trop loin de lui.

La peur ondoya en elle.

— Ce n'est pas bon signe.

— Peut-être que si, peut-être que non. Si la blessure de Pride est aussi grave que tu l'as dit, il est possible qu'il ait oublié ta nièce. Tout ce que nous pouvons faire, c'est rester ensemble et la trouver rapidement.

Ils montèrent les marches en silence, sans croiser d'autres équipes lancées à leur recherche. Il n'y avait pas le moindre mouvement dans la maison, comme si l'endroit était désert. Mais elle n'était pas dupe, et quand ils arrivèrent dans le hall d'entrée menant au bureau de Valens, elle ne fut pas surprise que l'enfer se déchaîne.

CHAPITRE VINGT-QUATRE

— Reculez ! cria Liam en essayant de les entraîner vers l'endroit d'où ils étaient arrivés.

Mais des pas martelaient déjà les marches en bois. En quelques instants, ils furent cernés par un groupe désorganisé de gens brandissant des dagues scintillant de magie.

— Merde, marmonna Zane.

Toutefois, en un claquement de doigts, il fit tomber les lames d'une demi-douzaine de mains. Toutes volèrent dans sa direction, et il les rattrapa sans peine.

— Lazer, grogna Valens, qui se tenait près du couloir menant à son bureau. Repose ça, ou le séjour de la nièce de Mme Preston va devenir très désagréable.

Carly se précipita, mais Jeremiah la retint par le poignet. Elle ne lui dit rien, se concentrant sur Valens.

— Si vous touchez à un seul cheveu de Harlow, je vous traquerai, et quand je poserai la main sur vous, vous ne vivrez pas assez longtemps pour raconter votre histoire.

Il pencha la tête sur le côté pour lui montrer le bandage recouvrant la blessure qu'elle lui avait infligée.

— C'est la dernière fois que vous me touchez, madame Preston. Vous pouvez y compter.

— C'est ce que tu crois, connard, aboya-t-elle.

La magie lui picota le bout des doigts. Tout en elle la poussait à se jeter sur lui, à le faire tomber par tous les moyens, à n'importe quel prix, sans se soucier de qui s'interposerait. Sa rage était si puissante qu'elle se sentait invincible. Elle n'était plus la femme qui s'était fait surprendre par la blonde au sous-sol. Non, cette Carly-là était prête à déverser chaque bribe de sa fureur jusqu'à avoir anéanti l'homme retenant sa nièce prisonnière. Mais alors qu'elle s'apprêtait à s'avancer, la porte d'entrée s'ouvrit brusquement et des sorcières, *ses* sorcières, entrèrent, toutes munies d'une sorte d'arme.

— C'est terminé, Valens, lança Iris en s'approchant à grands pas.

Elle avait une amulette à la main, et ses cheveux voletaient dans son dos comme ceux d'une héroïne hollywoodienne.

Cela la fit sourire. C'était le cadre parfait pour une scène de bataille épique. À ceci près qu'il s'agissait de la réalité et qu'il était impossible de déterminer quelle serait l'issue. Tout ce qu'elle savait, c'était qu'elle avait une équipe badass pour la soutenir et toutes les raisons de se battre jusqu'à la fin.

— Oui, lança Carly, répétant les mots de son amie. C'est terminé. Écartez-vous et laissez partir Harlow avant que du sang ne soit encore versé.

— Madame Harsten, je ne crois pas vous avoir invitée à notre fête, déclara Valens, ignorant totalement Carly.

— Je crois que l'invitation est arrivée quand vos sbires ont attaqué les gardes du corps de Carly et enlevé sa nièce, cracha Iris. Et aussi quand vous avez essayé de m'entraîner dans votre entreprise criminelle. Vous croyiez que Grace et moi ne ferions jamais le rapprochement ? Que nous ne comprendrions pas que vous aviez besoin de notre aide pour monter une entreprise légale grâce à laquelle vous pourriez blanchir l'argent de votre marché noir ?

— Je vous ai engagée pour m'aider à monter mon entreprise, pas pour la diriger, répliqua Valens comme si ça avait la moindre importance. Je ne vois pas ce qui vous dérange.

Sincèrement curieux, il ajouta :

— Mais puisque vous en parlez, comment avez-vous fait le lien ?

Iris lui montra deux cartes de visite noires ressemblant à celle laissée avec le portable de Harlow. Sur l'une d'elles se trouvait le mot « Enchantement » et sur l'autre « Sérénité ».

— Vous devriez engager un meilleur graphiste. Avoir deux cartes de visite exactement pareilles, à l'exception du nom, ça fait très brouillon. Dès que Grace et moi nous en sommes rendu compte, il ne nous a pas fallu longtemps pour comprendre que la demeure qu'elle vous avait trouvée l'an dernier vous servait de cachette. C'est bien dommage, parce qu'avec l'aide d'une bonne décoratrice d'intérieur, cet endroit aurait fait un super Bed & Breakfast pour Prémonition.

— Vous seriez surprise de savoir le nombre de personnes qui ne voient que ce qu'elles ont envie de voir, madame Harsten, répliqua-t-il d'un air supérieur.

Cette arrogance et cette façon de croire que tout lui était dû représentaient tout ce que Carly détestait chez les hommes d'affaires accomplis d'Hollywood, mais cet homme-là était encore pire que tout ce qu'elle avait imaginé.

Les employés de Valens dévisageaient Iris comme s'il lui était poussé trois têtes. Ils échangèrent des murmures de confusion et d'incrédulité. Carly songea que la plupart d'entre eux agissaient sans doute sous la contrainte et ignoraient que les sorts qu'ils lançaient étaient illégaux, voire dangereux. Ils étaient sans doute aussi innocents que Harlow faisait semblant de l'être devant les caméras, dans la chambre.

Elle serra le bras d'Iris et murmura.

— Je ne crois pas que ses employés savaient ce qu'ils faisaient. Je pense qu'ils ont été forcés par un sort.

— Tu es une sale petite merde, hein, Valens ? dit Iris en brandissant son amulette. Rappelle tes sbires avant qu'ils ne soient blessés sans raison.

— Billy, il est temps de s'occuper des ordures, lança-t-il au grand homme blond qui se tenait à ses côtés.

— Oui, patron, répondit ce dernier en regardant les hommes qui l'entouraient. Débarrassez-vous d'eux. Je me charge de Lazer.

Zane jura et tendit les couteaux à Jeremiah. Quand Billy vola littéralement à travers la pièce dans sa direction, Zane le retrouva à mi-chemin et les deux hommes se lancèrent dans un duel magique.

Liam voulut le rejoindre, mais avant qu'il n'y parvienne, l'un des hommes de main de Valens l'attrapa.

Tout le monde passa à l'action. Jeremiah garda l'une des dagues et passa les cinq autres au coven, tandis que les hommes de Valens les attaquaient. La grande blonde qui l'avait agressée au sous-sol était de retour et cibla Carly, mais elle la prit par le poignet et déversa sa magie dans la femme, sous forme d'une décharge électrique qui aspira toute l'énergie de son ennemie, apeurée.

Lorsqu'elle s'écroula au sol, Carly se pencha et lui dit :

— Si tu t'en prends encore une seule fois à moi, je te ferai plonger dans un coma dont tu ne te réveilleras jamais. Compris ?

La femme déglutit et opina légèrement.

Carly s'en écarta et riva le regard à celui, glacial, de Jim Valens, qui semblait jubiler. Dès que leurs yeux se trouvèrent, les siens pétillèrent d'anticipation. Il voulait qu'elle s'en prenne à lui. Il voulait sa revanche.

Il pouvait toujours essayer, il ne réussirait pas. Carly repoussa non pas un, ni deux, mais trois sbires grâce à des décharges électriques. Aucun d'eux ne s'attarda le temps qu'elle les vide de leur énergie, préférant s'enfuir avant. Cela ne la dérangeait pas. Ce n'étaient pas eux qu'elle voulait combattre ; c'était l'homme qui avait tenté de lui prendre tout ce qu'elle avait de plus cher.

— Venez, lança-t-il, aguicheur. Montrez-moi ce que vous avez dans le ventre, Carly.

La magie crépita autour d'elle. Elle ignorait si elle venait d'elle-même ou de la bataille qui faisait rage dans la pièce. Cela n'avait pas d'importance. Tout ce qui l'intéressait, c'était Valens.

— Je veux ma nièce, Valens. Personne ne partira d'ici sans elle.

— Alors j'imagine que personne ne s'en ira.

Son air vil était presque impossible à supporter. Cette façon qu'il avait de jubiler la rendait malade.

Voilà pourquoi elle se jeta sur lui, visant son cou. Elle n'avait certes pas de stylo, mais elle avait sa magie, et lui, une blessure ouverte.

Mais avant qu'elle ne l'atteigne, il brandit une amulette contre elle. La magie l'atteignit à la poitrine, lui faisant perdre un instant connaissance. Lorsqu'elle cligna des paupières, il la surplombait en haussant un sourcil.

— C'est tout ce que vous pouvez faire, Preston ?

Elle leva la main, et cette fois-ci, toucha sa cible. Elle attrapa Valens par le cou et serra de toutes ses forces.

Il lâcha un gémissement de douleur, avant de reculer. Il brandit à nouveau son amulette, mais elle parvint à s'écarter pour éviter d'être assommée de nouveau. Elle se réfugia derrière l'une des nombreuses statues et baissa la tête lorsque l'amulette fit voler celle de la statue.

Ils étaient cernés par le chaos. Il lui parut vite évident qu'elle avait besoin d'une arme. Elle ne pouvait pas combattre Valens à mains nues alors qu'il possédait une amulette puissante. Elle jeta un coup d'œil autour d'elle, espérant que quelqu'un avait perdu une dague. Hélas, non. Tout ce qu'elle trouva, ce fut un petit pentacle. Elle s'en empara et le dirigea droit sur lui.

— Vous pensez vraiment que ça va servir à quelque chose ? demanda-t-il.

— Ça pourrait. On ne sait jamais quel type de magie est stockée là-dedans.

Elle pouvait cependant dire en le touchant que l'objet n'était pas imprégné d'un mauvais sort, mais qu'il servait au contraire de protection. C'était une magie chaleureuse et agréable, pas du tout ce qu'elle s'attendait à trouver dans le manoir des horreurs de Valens.

Il gloussa.

— Vous êtes joueuse.

— Et vous, vous êtes bien trop arrogant, répliqua-t-elle en se précipitant à nouveau sur lui.

Cette fois-ci, il ne chercha pas à utiliser son amulette. Il pointa le doigt vers elle et envoya un puissant éclair de magie. Carly brandit le pentacle, et, au début, le talisman parut être exactement ce dont elle avait besoin. Mais au moment où elle pensa avoir contrôlé la magie de Valens, le pentacle explosa et toute la magie refoulée qu'il contenait la frappa en pleine poitrine.

Elle regarda fixement le visage fou du réalisateur avant que son monde ne devienne noir.

CHAPITRE VINGT-CINQ

— SI VOUS LUI FAITES DU MAL, JE VOUS TUERAI MOI-MÊME, déclara Harlow d'une voix rauque, la même qu'elle avait lorsqu'elle revenait d'un concert ou s'était couchée trop tard et n'avait pas assez dormi.

— Tu vas finir comme elle, répliqua Valens, avec désinvolture et indifférence.

Carly cligna des paupières et se retrouva à fixer une lumière aveuglante. Elle grimaça et leva les mains pour se couvrir le visage.

— Carly ! cria Harlow. Tu vas bien ?

Elle tourna la tête vers sa nièce et cilla. Harlow était attachée sur une chaise à quelques mètres de là. Ses cheveux se dressaient dans tous les sens, comme si elle avait combattu, elle aussi, mais sa peau semblait intacte, de ce qu'en voyait Carly.

— Je suis en vie, se força-t-elle à dire.

Elle grimaça quand elle inspira. Respirer faisait mal. Elle réessaya de bouger et comprit que tout ferait mal.

— Que la déesse soit louée, souffla Harlow.

— C'est moi que tu devrais remercier, grogna Valens. Je me

suis retenu de la tuer. J'aurais probablement dû, mais où serait le plaisir, sinon ?

— Vous n'êtes qu'un con, dit Harlow.

C'était un tel euphémisme que Carly ne put s'empêcher de glousser. Ce fut une erreur, parce que tout son corps hurla de douleur. Cette bombe magique lui avait vraiment joué un sale tour.

— Je n'oublierai pas de mentionner ça dans mon autobiographie, rétorqua Valens avec désinvolture.

Carly se força à se redresser et constata que si Harlow était attachée, il ne s'était pas donné autant de peine avec elle.

— Qu'attendez-vous de nous exactement ?

— Vous connaissez déjà la réponse à cette question.

Il tapota les papiers qui se trouvaient toujours sur son bureau. Le dossier qui avait été souillé par son sang.

— Vous serez le visage de cette société, vous lui donnerez de la crédibilité, ce qui permettra de garder Lazer sous contrôle. Ce… comportement…

Il agita la main pour indiquer la porte close de son bureau.

— … est inacceptable. Vous signerez ceci et direz à Lazer de réunir votre coven afin que nous effacions leurs souvenirs, et ensuite seulement, je laisserai vivre votre nièce. Ici, avec vous, si vous le souhaitez.

Carly le fixa avec incrédulité. Était-il vraiment en train de lui expliquer calmement comment elle allait gâcher toute sa vie en renonçant à tout ce pour quoi elle avait travaillé, toutes les personnes qu'elle aimait, pour se transformer en criminelle ?

— Vous savez que ça n'arrivera pas. Vous allez plutôt relâcher Harlow, histoire que je ne vous tue pas.

Il rit.

— J'aime votre fougue. Elle vous sera bien utile pour diriger *Enchantement*.

— Je ne dirigerai pas cette secte de la mort, Valens. Qu'est-ce qui vous fait croire ça ?

Il jeta un coup d'œil à Harlow.

— Les gens font toutes sortes de choses douteuses pour le bien de ceux qu'ils aiment.

— Vous parlez par expérience ? C'est comme ça que vous avez fini… gérant de cette opération criminelle ?

Elle se demandait ce qui avait pu pousser un producteur puissant à mettre en péril sa vie et sa carrière pour gagner plus d'argent qu'il ne semblait en avoir besoin.

Il détourna le regard.

— Quelque chose comme ça.

Puis il reporta son attention sur elle et ajouta :

— Ça n'a plus aucune importance à présent. Je suis trop mêlé à ça maintenant et j'ai besoin du visage d'une personne irréprochable. Qui de mieux pour ce rôle que tante Serena ? demanda-t-il, faisant allusion à un film de Noël populaire, dans lequel elle jouait le rôle de la tante préférée et tutrice de deux petites filles.

— Vous êtes vraiment une enflure, commenta-t-elle, et Harlow ricana.

— Je ne suis pas là pour me faire des amis. Maintenant, signez ces papiers, ordonna-t-il en lui indiquant le stylo à côté du dossier.

Son ventre se retourna quand elle reconnut l'objet ensanglanté avec lequel elle l'avait poignardé. Si elle s'en servait, le sang donnerait plus de poids à son consentement, certainement. Hors de question qu'elle signe ces documents.

— Laissez d'abord partir Harlow. Ensuite, nous discuterons.

— Vous me prenez pour un imbécile ? demanda-t-il en s'écartant du bureau pour s'approcher d'elle.

— Moi, oui ! s'écria Harlow en bondissant de sa chaise pour l'attaquer avec un petit couteau scintillant, qui alla se ficher directement dans l'épaule de Valens.

Ce dernier tressaillit et lui envoya un tel revers de la main que le bruit heurta les oreilles de Carly. Mais elle ignora son malaise et courut vers le bureau pour y récupérer l'amulette qu'il avait négligemment laissée dessus.

La magie se déversa de l'objet, atteignant Valens droit dans la poitrine quand il se détourna pour essayer de la lui prendre des mains. Il se figea, puis tomba en arrière dans un grand bruit sourd.

Harlow bondit sur lui et plaqua le petit couteau contre sa gorge.

— Tu penses pouvoir me tuer ?

La voix de Valens se brisa, bien que son ton soit incrédule.

— J'ai de bonnes raisons de le faire. Ce serait de l'autodéfense. Les brûlures des cordes sur mes poignets sont une preuve suffisante, je pense.

Carly jeta un coup d'œil à la peau de sa nièce et fut traversée par une vague de rage, qui laissa surtout place à une immense tristesse. Elle était triste que Harlow ait à nouveau subi ça. Triste que tout ceci soit arrivé. Que Harlow se trouve dans une situation lui donnant envie de tuer un homme.

— Harlow, dit-elle doucement. Je ne pense pas que tu veuilles vraiment faire ça.

Valens prit une grande inspiration.

— Tu devrais écouter ta tante.

— La ferme, lui siffla la jeune femme en enfonçant le couteau dans sa peau, faisant perler le sang.

Harlow regarda brièvement Carly.

— Je pense que si.

— Je sais, mais je ne veux pas que tu aies à vivre avec ça

pour le reste de ton existence. Je n'ai pas envie que les actions de ce connard tordu aient ce genre d'effet sur toi. Je peux l'attacher et, quand tout ceci sera terminé, la Brigade d'Intervention Magique s'occupera de lui, tout comme ils l'ont fait quand le nouveau maire a essayé de s'emparer de Prémonition et de mener ses activités illégales depuis la mairie.

— C'est différent, répliqua Harlow sans quitter Valens du regard.

— En quoi ? demanda-t-elle en se rapprochant de sa nièce.

— Ce connard t'a prise pour cible, dit Harlow, les dents serrées. Et il m'a utilisée pour ça. Tu ne comprends pas, tatie ? J'en ai marre des bons à rien qui tentent de me prendre quelque chose. J'en ai marre des bons à rien qui croient que toutes les femmes de leur entourage leur doivent quelque chose. Tout ce qu'ils savent faire, c'est enlever les gens et gâcher tout ce qu'il y a de bien dans leur vie.

Les larmes coulaient sans discontinuer sur les joues de la jeune femme.

— Quand vont-ils enfin payer pour leurs crimes ? Hein ? Comment puis-je être sûre que ce connard restera derrière les barreaux toute sa vie ? Comment pouvons-nous être certaines qu'ils ne le laisseront pas sortir sous prétexte qu'il est puissant et pourra racheter sa liberté ?

Carly ne savait pas quoi dire. Harlow avait raison. À propos de tout. Jim Valens était aisé et avait des tas de relations. Même s'ils pouvaient tous témoigner contre lui, trop d'hommes puissants étaient ressortis impunis de leurs crimes. Elle ne pouvait guère assurer à sa nièce que cela ne se reproduirait plus, puisque cela arrivait bien trop souvent.

Elle inspira profondément et dit :

— Je ne peux pas répondre à ça, ma puce. Tout ce que je sais, c'est que nous devrons ensuite vivre avec notre propre conscience. Si tu lui tranches la gorge, seras-tu capable de vivre avec ça ?

Il fallait que le choix vienne de Harlow, quel que soit son propre désir d'empêcher sa nièce de mettre un terme à l'existence de Valens. Il fallait que Harlow s'écarte par elle-même. Elle devait se convaincre qu'elle avait la force de reculer, même si chaque cellule de son être la suppliait de tuer son agresseur.

Harlow ouvrit la bouche, la referma. Elle secoua la tête et accorda une attention encore plus accrue à Valens. Sa poigne se resserra autour du couteau. Puis elle poussa un cri et s'écarta de Valens.

Il se redressa, l'attrapa par les cheveux et la mit à genoux de force.

Cette fois-ci, Carly n'hésita pas. Elle saisit le stylo et le plongea droit dans la carotide de l'homme, puis ressortit le stylo tout aussi vite.

Valens se figea, sous le choc, et alors que le sang s'écoulait de la plaie, son visage perdit toutes ses couleurs, et lui-même s'effondra au sol sans vie. Carly lâcha son arme à côté du corps.

Harlow la fixa, bouche bée.

— Merde alors. Tu l'as fait, souffla-t-elle, les yeux écarquillés et l'air stupéfaite. Pourquoi ? Tu as dit que nous ne devrions pas avoir à vivre avec ça.

Carly la rejoignit et l'enlaça d'un bras.

— Il était en train de te faire du mal, et si je ne voulais pas que tu aies à porter ce poids toute ta vie, pour ma part, je n'ai aucun problème avec ça. Il t'a fait souffrir, ainsi que d'autres personnes que j'aime. Il ne leur fera plus jamais de mal.

La porte s'ouvrit à la volée tandis qu'elles s'enlaçaient. C'était Jeremiah. Il jeta un seul coup d'œil à Valens avant de venir les étreindre toutes les deux.

— C'est terminé, dit-il. Quand Valens est mort, les sorts de contraintes ont été levés et la plupart des gens ont cessé de se battre. Zane et Liam les ont tous attachés.

— Que la déesse soit louée, s'exclama Carly en s'appuyant contre lui alors que l'adrénaline refluait de ses veines. Il y a des blessés ?

— Rien de grave, souffla-t-il contre ses cheveux.

Elle adressa une nouvelle prière silencieuse au ciel avant de s'écarter.

— Appelons qui de droit pour faire notre déposition, puis récupérons Zane, Liam et le coven et partons d'ici.

Elle attrapa les mains de Jeremiah et de Harlow.

— Je voudrais ramener ma famille chez moi.

CHAPITRE VINGT-SIX

LES SEMAINES QUI SUIVIRENT LA BATAILLE AU DOMAINE VALENS furent compliquées. Carly et Harlow furent interrogées pendant deux journées entières par la Brigade d'Intervention Magique, mais ce n'était rien comparé à ce que Zane et Liam durent subir. Alors qu'ils avaient été sur le point d'être accusés d'un certain nombre de crimes, les journaux avaient eu vent de toute l'affaire, et c'était à ce moment-là que les personnes que Zane avait aidées à s'échapper étaient venues raconter leur histoire. Apparemment, avec la mort de Valens, tous ses sorts de contrainte et d'oubli étaient morts avec lui.

Grâce à l'intervention de Carly auprès des médias, Zane était devenu une sorte de héros, et toutes les charges retenues contre Liam et lui avaient été abandonnées. Certains sbires de Valens n'avaient pas eu autant de chance. Les vrais partisans de ce dernier, ceux qui n'avaient pas eu besoin d'avoir la mémoire effacée pour agir, étaient allés en prison et attendaient leur procès. Qui savait que la BIM était capable de tracer les effets rémanents d'un sort de mémoire ? Carly l'ignorait. Mais cela s'était révélé très pratique pour régler leur compte à Billy et au reste de sa bande.

Quant à Valens lui-même, en analysant tous ses papiers, la Brigade d'Intervention Magique avait découvert un journal détaillant comment il s'était retrouvé mêlé à *Enchantement* tant d'années plus tôt. En fin de compte, c'était son père qui avait monté cette entreprise et qui l'avait forcé à l'intégrer en lui faisant du chantage, tout comme lui l'avait fait avec Carly. Son père l'avait menacé de tuer la femme qu'il aimait, si bien que Valens avait à contrecœur accepté de signer les documents. Il avait tenté plusieurs fois en vain de quitter l'organisation avec sa copine, mais lorsqu'elle avait fini par mettre fin à ses jours, il avait renoncé à fuir et avait en définitive accepté de devenir comme son père. C'était un conte tragique qui la rendait triste chaque fois qu'elle y pensait.

Même après la révélation au public de tous les détails et la fin du procès, les médias ne lâchèrent pas l'affaire. Carly recevait désormais des demandes d'interview quotidiennement. Tout le monde voulait connaître son histoire. Malheureusement pour eux, il n'y avait rien à dire, à ses yeux.

Ils harcelaient également Harlow, qui avait un passé bien rempli avec la presse. Après le dernier enlèvement, toute l'histoire de son enfance traumatisante ainsi que les détails de la mort de son père avaient rempli les pages des journaux pendant des semaines. Elle suivait une thérapie qui l'aidait à vivre avec ça, mais c'était difficile de le faire sous les projecteurs. Néanmoins, Carly l'avait convaincue de ne pas abandonner, et sa nièce s'en sortait finalement plutôt bien.

— Salut, toi, dit-elle en posant le plateau à côté du lit de Harlow.

Celle-ci tourna sur elle-même et avisa le plateau.

— Tu m'as préparé le petit déjeuner ?

— C'est Liam qui l'a fait, répondit Carly, un sourire aux lèvres, en admirant les gaufres et les œufs pochés à la perfection. Il fera un sacré chef cuisinier un jour.

— Il m'a encore préparé mes plats préférés, commenta Harlow en se redressant pour s'appuyer contre la tête de lit.

Elle attrapa le café et en prit une gorgée avant d'ajouter :

— Je crois que c'est ma personne préférée au monde.

Carly rit.

— Je crois qu'il est devenu celle de tout le monde. S'il continue à cuisiner comme ça, je vais devoir passer deux fois plus de temps en salle de sport.

Harlow leva les yeux au ciel.

— Tu n'as pas changé d'un pouce.

— Tu devrais faire contrôler ta vue, répliqua-t-elle avec un clin d'œil avant de s'asseoir sur le lit. Si tu veux bien, j'aimerais te parler quelques minutes.

Harlow haussa un sourcil.

— Ce n'est pas ce que nous faisions ?

— Si, mais c'était juste du bavardage. Ce dont je souhaiterais parler, c'est Sarah.

Harlow écarquilla les yeux, puis les détourna.

— Tu es au courant pour elle ?

— Oui. Lex me l'a appris quand nous te cherchions après ton enlèvement. Elle pensait que Sarah pouvait savoir où tu étais.

— Merde.

La jeune femme reposa sa tasse et se cacha le visage à deux mains.

— Harlow, qu'est-ce qui ne va pas ? Tu ne penses quand même pas que je vais être perturbée de savoir que tu fréquentes une femme, n'est-ce pas ? Enfin, Zane était... *est*

253

mon meilleur ami. J'ai toujours eu des amis homosexuels. Je ne comprends pas.

— Je... oh, par les déesses. Comment expliquer ça ?

Harlow semblait un peu perdue. Carly lui prit la main et la serra.

— Tu peux tout me dire, je ne te jugerai pas. Je veux juste que tu saches que peu importe ce qui te tracasse, tout va bien, je suis là.

Elle lui adressa un petit sourire.

— Et si tu sors avec quelqu'un, j'aimerais vraiment beaucoup la rencontrer.

— Elle veut te rencontrer, elle aussi, et je...

Sa nièce haussa les épaules.

— Je me sens bête.

— Je t'assure qu'il n'y a rien de stupide ici, la rassura-t-elle.

— D'accord, ça va quand même avoir l'air idiot après tout ce que tu m'as dit, mais j'avais quand même peur de te le dire.

Harlow fit la grimace.

— Enfin, je ne crois pas que ce soit vis-à-vis de toi en particulier. J'ai toujours su implicitement que ce ne serait pas un problème pour toi, mais une petite voix dans ma tête ne cessait de me demander ce que je comptais faire si je t'avais déçue. Et si tu faisais partie de ces gens n'ayant rien contre l'homosexualité à condition qu'elle ne concerne pas ses proches ? Et si tu mettais de la distance entre nous et que les choses changeaient ?

Carly se rapprocha de Harlow et posa le bras sur ses épaules.

— Mon bébé, ça n'arrivera jamais. Tu es la personne que j'aime à la vie à la mort. Que ça te plaise ou non, tu es coincée avec moi.

Harlow lâcha un bruit entre le sanglot et le rire et essuya ses larmes.

— Merci. Mais je ne me considère pas comme *coincée* avec toi. C'est un sacré honneur d'être ta nièce.

— Et de t'avoir pour nièce, affirma-t-elle en la serrant plus fort contre elle.

— Je crois que j'ai…

Harlow inspira avant de poursuivre.

— J'ai beaucoup de problèmes d'abandon, et encore plus avec les hommes après tout ce que j'ai traversé. J'y travaille avec ma thérapeute. J'imagine que la moindre petite possibilité que ma relation ouvre une brèche entre nous m'a empêchée de t'en parler. Je suis désolée. Ça a dû te blesser que je ne te fasse pas confiance.

— Un peu, peut-être, mais je me disais que tu avais tes raisons.

Elle embrassa sa nièce sur le sommet du crâne.

— Je comprends. Sincèrement. Et je sais aussi que te répéter cinq cent mille fois que je n'irai nulle part ne changera sans doute rien à tes angoisses, mais c'est quand même précisément ce que je vais faire à partir de maintenant. Tu vois, tous les matins au petit déjeuner, quand tu partiras faire une course ou te prépareras pour un rencard. Et même au milieu d'un film nul, juste pour lancer la conversation.

— Arrête, s'esclaffa Harlow. Tu es folle.

— Qui ne l'est pas ? Après l'année que nous avons vécue, nous avons le droit de l'être.

— Tu peux le dire.

Sa nièce prit une tranche de bacon et la lui tendit.

Bien que l'odeur soit délicieuse, Carly passa son tour. Elle ne plaisantait pas à propos des séances de sport à augmenter.

— Je devrais m'assurer que les garçons vont bien.

— Qu'est-ce qui leur arrive ? demanda Harlow, les yeux pétillant d'intérêt.

Carly savait que ce que sa nièce voulait réellement savoir, c'était ce qu'il se passait entre Jeremiah et elle, mais même elle n'en était pas certaine. Il logeait chez elle, parce que Liam et Zane y étaient aussi. Ils avaient accepté de rester quand elle les en avait suppliés. Elle voulait Zane près d'elle, et en outre, ils avaient besoin d'un endroit où habiter le temps de retomber sur leurs pattes, loin des regards indiscrets de la presse. Sa maison était alors l'endroit le plus logique, avec la sécurité qui y avait été renforcée. Carly adorait avoir tout ce monde avec elle, mais sa romance naissante avec Jeremiah avait ralenti tandis qu'il apprenait à connaître son frère à nouveau. Et quand il n'était pas avec Zane, il passait du temps au téléphone avec son patron.

Peut-être que ce qu'il s'était passé entre eux n'avait été que le résultat de la tension et de l'angoisse qu'ils ressentaient pendant qu'ils cherchaient Zane. Ça arrivait, non ? Les gens développaient des sentiments l'un pour l'autre dans des situations intenses, mais, une fois celles-ci terminées, ils devenaient plus distants. Cela lui était déjà arrivé sur un tournage. Il n'y avait rien de plus excitant qu'une bonne vieille romance de plateau. Mais ces dernières ne duraient jamais, et, à force, elle avait fini par apprendre que ce n'était pas le meilleur moyen d'entamer une relation.

Jeremiah, en revanche ? Ses sentiments pour lui n'avaient rien à voir avec les circonstances. Elle avait toujours tenu à lui et tenait encore à lui. Rien qu'en le regardant, son ventre se nouait. Bon sang, il fallait qu'elle se reprenne. S'il n'était pas intéressé, il ne l'était pas, point barre.

— La Terre à Carly, dit Harlow en agitant la main devant son visage. Où avais-tu filé ? Tu semblais partie.

— Oh, désolée. C'était quoi ta question ?

— Qu'arrive-t-il à Zane et Liam ? Ils acceptent ce film ?

— Oh, ça.

Elle secoua la tête. Hollywood s'était pointé quelques jours à peine après que Zane avait été libéré de toute accusation. De nombreux producteurs voulaient les droits de leur histoire, mais tous faisaient des offres trop faibles. Alors Carly avait mis les garçons en contact avec un agent qui leur avait dit qu'ils pouvaient obtenir mieux.

— Non, pas encore. Leur agent est toujours en négociation.

— Je ne les juge pas, mais je ne pense pas que je pourrais raconter mon histoire comme ça au public. Je n'ose imaginer les conneries que les gens diront sur Internet.

Carly opina.

— Oui, je suis d'accord. Mais d'un autre côté, ça leur permet de maîtriser comment est racontée leur propre histoire. Pour tout te dire, s'ils ne la vendent pas et ne s'assurent pas d'avoir leur mot à dire dans le film, quelqu'un sortira une version non autorisée et ils n'auront aucun recours si la vérité est entièrement trafiquée. Je comprends donc pourquoi ils veulent faire ça. En outre, cela les aidera à acquérir une certaine sécurité financière. Ce n'est pas facile de partir de zéro à quarante et cinquante ans.

— C'est vrai.

Harlow mordit dans son bacon.

— Je n'aime toujours pas cette idée, mais au moins je la comprends maintenant.

Carly se leva.

— Je retourne au rez-de-chaussée. Régale-toi bien et invite Sarah pour le dîner. Je suis sûre que Liam nous prépare un repas fabuleux.

— D'accord, accepta sa nièce timidement.

Puis, alors qu'elle sortait de la pièce, Harlow ajouta :

— Je t'aime.

— Je t'aime aussi.

Carly rejoignit Liam et Zane dans la cuisine, le premier devant le plan de travail en train de malaxer de la pâte pour une ciabatta, le deuxième assis à table pour lire des contrats.

— C'est encore pour un film ? demanda-t-elle en s'installant à ses côtés.

— Non. C'est un contrat d'édition, répondit-il, un grand sourire aux lèvres. Ils veulent que Liam et moi racontions notre histoire.

— Sérieux ?

Elle avait le cœur gonflé d'émotion pour eux.

— C'est incroyable. C'est un contrat intéressant ?

Il lui tendit les documents, et elle siffla.

— Sept chiffres ? La vache, c'est génial.

Elle lui caressa la joue.

— Vous avez traversé l'enfer et en êtes revenus. Je suis tellement contente que ces opportunités se présentent à vous à présent. À tous les deux, insista-t-elle en regardant Liam. C'est le moins que vous méritiez, et si je peux vous aider dans quoi que ce soit, dites-le-moi. Je déplacerais des montagnes, pour vous.

Zane pouffa.

— Tu l'as déjà fait, tu sais ? Rien de tout ceci ne serait arrivé si tu ne nous avais pas aidés avec les premiers contrats. Sans agent, nous nous serions fait avoir. Nous ne l'aurions pas trouvée sans toi. Elle nous a même présentés à un agent littéraire puissant, et c'est grâce à lui que ceci…

Il souleva le contrat pour le livre.

— … est arrivé jusqu'à nous. J'aimerais te remercier. Pour ça, et de nous loger. C'est… tout pour nous.

Elle l'enlaça et le serra fort dans ses bras. Elle qui n'avait jamais été du genre à câliner, à part Harlow, avait l'impression de ne pouvoir s'en empêcher à présent.

— J'adore vous avoir ici, Liam et toi. Tu le sais. Tu nous as tellement manqué tout ce temps qu'on avait bien le droit à une soirée pyjama étendue, tu ne crois pas ?

Il sourit.

— Tu te souviens quand je t'ai dit, enfant, que notre rencontre était le fruit du destin ?

Son cœur se gonfla d'amour à ce souvenir.

— Tout à fait. Nous avions… dix ans, je crois ? Et tu m'as dit ça parce que nous aimions tous les deux les mêmes parfums du camion de glace.

— Les bâtonnets à l'orange ! s'écrièrent-ils en chœur.

Ils pouffèrent.

— Tu vois ? dit-il. Le destin.

Liam se racla la gorge et, quand elle leva le regard vers lui, il détourna le sien. Elle tapota la main de Zane.

— Je pense que ta rencontre avec Liam relevait du destin, elle aussi.

Il la dévisagea avec scepticisme.

— Ah bon ? Pourquoi ? Tu n'étais même pas là.

— Parce qu'il est le catalyseur qui t'a permis de sortir de cet enfer. Si tu ne l'avais pas libéré ni envoyé nous trouver Jeremiah et moi, rien de tout ceci ne serait arrivé, dit-elle en englobant Liam, lui et la maison. Votre rencontre était le destin aussi.

Liam lui jeta un coup d'œil, puis secoua la tête d'un air entendu. Il savait ce qu'elle essayait de faire. Elle l'incluait afin qu'il ne se sente pas comme la cinquième roue du carrosse pendant qu'ils évoquaient leurs souvenirs.

— Je suppose que c'était le destin, acquiesça-t-il. Tu crois que les gens rencontrent souvent l'amour de leur vie au sein d'une organisation criminelle à laquelle ils ont été forcés de participer ?

Ce fut dit avec une telle désinvolture que Zane et elle éclatèrent de rire.

Zane se leva et rejoignit son compagnon près du plan de travail. Puis il l'enlaça par-derrière et dit :

— Tu es tellement mignon, tu sais ?

— Et toi, tu déranges cette pâte. Si tu ne recules pas, je vais finir par abandonner ce que je fais, et nous n'aurons que du simple pain blanc pour le dîner.

Zane fit mine de frissonner d'horreur et s'écarta.

— Pas du simple pain blanc. Je pense que je vais attendre que la ciabatta soit dans le four pour te déranger.

— Bon plan.

Peu après, Liam mettait le minuteur sur le four. Dès qu'il eut fini, il prit Zane par la main et dit :

— Viens, chéri. Nous devons aller vénérer le soleil.

— Vénérer le soleil ? répéta Zane, perplexe.

Liam indiqua quelque chose… ou quelqu'un par-dessus l'épaule de Carly.

Regardant derrière elle, elle découvrit Jeremiah dans l'embrasure, les yeux rivés sur elle.

— Salut.

— Salut, dit-il en entrant dans la pièce.

Jeremiah et Zane échangèrent un regard, puis ce dernier acquiesça et suivit Liam dehors.

— C'était quoi, ça ? demanda-t-elle.

— De quoi tu parles ? répliqua Jeremiah en toute innocence.

— Oh, voyons. Zane et toi venez d'échanger un signe en silence. C'était pour quoi ? C'est le moment où vous m'annoncez que vous me quittez tous ? Mes chambres d'amis et mon four vont être vides ?

Elle entendait la légère panique dans sa voix, mais elle s'en fichait. Elle adorait les avoir tous ici. Elle n'était pas prête à les voir partir.

Jeremiah lui prit la main et entrelaça leurs doigts.

— Personne ne part, Carly. En fait, je pense que Zane et Liam comptent rester ici. Ils vous adorent, Harlow et toi. Et s'ils s'en vont, ce sera juste pour emménager à côté, une fois qu'ils auront encaissé l'argent que leur rapporteront toutes ces opportunités.

Il lui adressa un grand sourire.

— Quant à moi…

— Tu retournes à San Francisco ? compléta-t-elle en lui serrant la main, tout en espérant que ses soupçons étaient infondés. Je sais que tu as beaucoup de travail à faire. Tu as été absent longtemps, ça n'a pas dû être facile.

— Non, en effet, approuva-t-il. Mais je n'y retournerai pas. En fait, j'ai même négocié ma retraite anticipée avec eux et je m'installe à Prémonition définitivement.

Elle poussa un petit cri.

— C'est vrai ? Quand ?

— Pourquoi pas maintenant ? Il faudra que je me trouve un logement, mais si ça ne te dérange pas que je reste un peu plus longtemps en attendant, j'aimerais bien rester ici jusqu'à ce qu'une opportunité se présente.

— Me dérange ? Pourquoi voudrais-tu que ça me dérange ?

Mais ensuite, elle se leva, et sa frustration prit le dessus.

— Après tout, ce n'est pas comme si j'ignorais où nous en sommes ou comme si je me demandais sans cesse ce qui s'est passé entre nous et si tu en as fini avec ça. Je suis sûre que nous pouvons ignorer ça. Cela dit, un jour, l'un de nous recommencera à fréquenter quelqu'un, et ça deviendra gênant, j'imagine, mais bon, nous nous en remettrons. Ou peut-être que tu devras déménager à ce moment-là. Peut-être chez Liam et Zane, où nous pourrons nous regarder vivre l'un l'autre en nous demandant sans cesse ce que ça aurait pu donner. Et...

— Carly, la coupa-t-il en se levant.

— Quoi ? répliqua-t-elle sur un ton de défi. C'est maintenant que tu me repousses et... *oumpf.*

Cette fois-ci, il la coupa en plaquant sa bouche à la sienne. Elle fut d'abord si choquée qu'elle ne protesta pas. Mais ensuite, lorsqu'il l'enlaça, elle fondit contre lui et ouvrit les lèvres. Le baiser fut lent et doux dans un premier temps. Cependant, très vite, il s'échauffa et ils furent tous deux à bout de souffle.

Au bout d'un moment, il s'écarta et la regarda dans les yeux.

— Est-ce que ça répond à tes questions ?

— Certaines, concéda-t-elle. Même si j'ignore ce que ça signifie.

— Ça signifie que je te veux. Je t'ai toujours voulue, et si j'emménage à Prémonition, c'est parce que je suis amoureux de toi.

— C'est vrai ? Dans ce cas, pourquoi étais-tu si... distant ces dernières semaines ?

— J'avais des choses à régler avec moi-même.

Il s'assit et l'attira sur ses genoux.

— Au début, je voulais juste passer du temps avec Zane et gérer ma culpabilité d'avoir ignoré qu'il était en vie. Toutes ces années perdues... Ça m'a vraiment foutu en l'air, tu vois ?

Elle opina. Elle éprouvait la même culpabilité et travaillait encore dessus.

— Ensuite, j'ai dû me réconcilier avec moi-même à cause de la façon dont je t'ai traitée après l'accident.

Il tendit la main vers son visage et lui écarta quelques cheveux des yeux.

— J'étais un imbécile, Carly. Je n'aurais jamais dû t'en vouloir. J'aurais dû m'appuyer sur toi. Nous avons perdu tant de temps, tant d'années. Ça me fait mal rien que d'y penser.

Elle se pencha vers ses lèvres et l'embrassa doucement.

— La vie est douloureuse et pleine d'erreurs. Nous le savons tous les deux. De même qu'il est impossible de revenir en arrière pour tout changer. La seule chose que nous pouvons faire, c'est aller de l'avant.

— Je suis d'accord, acquiesça-t-il. La seule question que je me pose, c'est : veux-tu aller de l'avant avec *moi* ?

Elle lui fit un grand sourire.

— Oh que oui. Tu ne sais pas que je suis amoureuse de toi depuis le lycée, au moins ?

Il rougit.

— Je savais que tu craquais pour moi, si.

— Eh bien, c'en était peut-être un à l'époque, mais pas aujourd'hui. Maintenant, je suis amoureuse de toi, et je le suis sans doute depuis le jour où tu es apparu sur le pas de ma porte.

Il haussa les sourcils, sceptique.

— Vraiment ? Le jour où tu as voulu me claquer la porte au nez ?

— Exactement.

Il lui lança un regard dubitatif, et ils rirent tous les deux.

— Est-ce que je peux te poser une question ?

— Bien sûr.

— Tu as des projets, ce matin ?

Elle fit la moue, pensive, puis secoua la tête.

— Non, pourquoi ?

— Voilà pourquoi.

Il se leva avec elle dans les bras et la porta jusqu'à sa chambre, à l'étage. Lorsqu'il l'allongea sur son lit, il rampa sur elle et murmura :

— Je suis prêt à nous créer de nouveaux souvenirs.

— Qu'est-ce qui t'a pris si longtemps ? demanda-t-elle avec un sourire mutin.

— Si je le savais.

Puis il l'embrassa.

CHAPITRE VINGT-SEPT

Carly gara sa voiture près de la falaise qui était devenue si importante pour elle. Le cœur gonflé d'amour, elle regarda l'océan. Le brouillard s'accrochait à la côte, mais le soleil faisait de son mieux pour le percer. C'était, à son goût, la métaphore parfaite pour son introduction officielle au coven.

Si les filles lui avaient fait une place depuis des mois, il n'y avait jamais eu de cérémonie officielle. Maintenant que le cauchemar avec Valens était derrière eux, elle était prête à prendre un nouveau départ avec les femmes venues à son secours sans hésiter, sans poser de question, guidées seulement par l'amour.

Elle avait dit il y a peu à Harlow que celle-ci était la personne qu'elle aimait à la vie à la mort, et ce, depuis longtemps. Ce qu'elle s'était interdit d'admettre jusqu'à cet instant, c'était que les femmes de ce coven étaient elles aussi ses amies à la vie à la mort. Elles étaient là pour elle juste parce qu'elles l'aimaient, tout comme elle était là pour ses amies.

Un coup sur la vitre la fit sursauter. Puis elle éclata de rire en reconnaissant Iris, avec une bouteille de vin dans une main et une amulette dans l'autre. Non pas son amulette personnelle, celle ayant appartenu à son père, mais une différente, avec un beau saphir en plein milieu.

— Allez, Carly. Aujourd'hui, c'est ton jour. Viens !

Carly sourit, attrapa son sac et rejoignit son amie sur le début du chemin qui les mènerait jusqu'au cercle du coven, dressé au-dessus de l'océan agité.

— Tu es prête ? lui demanda Iris.

Elle opina.

— Plus que prête à devenir officiellement votre sœur.

Iris la prit par le bras et, ensemble, elles se dirigèrent vers les quatre autres membres du coven qui les attendaient déjà.

— Bienvenue dans le premier jour du reste de ta vie, la taquina Hope en lui faisant un câlin.

Carly rit.

— Euh, dans quoi est-ce que je m'embarque, au juste ?

— Une secte, répondit Grace avec un clin d'œil.

Joy leva les yeux au ciel.

— Stop. Carly a eu suffisamment de trucs comme ça, vous ne croyez pas ?

Carly lui prit la main. Joy faisait toujours attention à elle, à son bien-être, et elle ne saurait lui dire à quel point elle l'aimait pour ça. Mais elle se sentait en sécurité avec le coven et savait que Grace plaisantait.

— C'est bon. En rire, c'est un progrès, non ?

— Tout à fait, convinrent les autres en chœur.

— Donc, dit Gigi en s'asseyant sur un rondin de bois flotté, passons aux choses importantes. Que se passe-t-il avec Jeremiah ?

Toutes les filles se penchèrent vers elle, attendant sa réponse.

— Hum ? Avec son travail, tu veux dire ?

— Non, répondit Grace. On se fiche de son boulot. Ce que Gigi veut vraiment savoir, c'est si vous l'avez fait, ça y est ? Tu l'as enfin séduit ?

Carly rit à gorge déployée. Elle n'avait jamais eu d'amis comme ça jusqu'à présent. Le genre qui pouvait vous demander n'importe quoi et à qui elle répondrait toujours, parce qu'elle leur faisait une confiance totale. Malgré tout, elle eut envie de les torturer encore un peu. Elle plaqua une main sur sa gorge et feignit d'être horrifiée.

— Grace ! Voyons ! Une femme ne parle pas des hommes qu'elle embrasse.

— Mais est-ce qu'elle parle de ceux avec lesquels elle couche ? répliqua Hope avec un grand sourire. Allez. On meurt d'envie de savoir si tu t'es remise en selle.

Elle se sentit rougir.

— Oh ! Elle est passée à la casserole ! s'écria Gigi. Regardez ses joues roses !

— Enfin, commenta Hope en se penchant pour récupérer la bouteille de vin des mains d'Iris. C'était comment ?

Elle esquissa un lent sourire.

— Incroyable.

Joy poussa un soupir satisfait.

— Je suis tellement contente pour toi, Carly. Tu mérites ce qu'il y a de meilleur dans la vie.

Des larmes de joie lui brûlèrent les yeux et, pour une fois, elle ne chercha pas à les ravaler.

— Il va s'installer ici, dit-elle. Il pensait se trouver un logement, mais je lui ai demandé de vivre avec moi et il a accepté.

Elle sentit un immense sourire étirer ses lèvres, mais elle se fichait d'avoir l'air d'une idiote amoureuse.

— Oh mon Dieu, s'écria Grace, désormais sincère et plus du tout taquine. Je crois que je ne t'avais jamais vue aussi heureuse.

— C'est l'effet d'une bonne partie de jambes en l'air, déclara Hope en pouffant.

Toutes éclatèrent de rire.

— Ça ne fait pas de mal, c'est vrai, concéda Carly, avant de reprendre son sérieux. Vous savez que ce n'est pas dû qu'à Jeremiah, n'est-ce pas ? Ou à Zane, Liam et Harlow ? C'est aussi grâce à vous cinq et tout ce que vous m'apportez. J'ignorais qu'il me manquait quelque chose, avant que vous n'entriez dans ma vie. Alors, merci à vous. Merci à vous toutes d'être vous et de nous aimer Harlow et moi de tout votre cœur. Ça compte beaucoup pour moi.

Son petit discours noua la gorge de ses amies, même de Hope, quelques secondes, avant que toutes ne lui disent l'importance qu'elle-même et le coven avaient pour elle.

Grace se racla la gorge.

— D'accord, ça suffit avec les déclarations fleur bleue. Il est temps de passer aux choses sérieuses.

Elle se leva et tendit la main, exigeant un verre de vin.

— Intronisons cette sorcière dans le coven afin de pouvoir passer à la partie importante de la réunion.

— Le vin ? demanda Joy.

— Exactement, confirma Grace avec un grand sourire, et tout le monde rit tandis que Hope remplissait les verres.

Une fois qu'elles furent toutes les six en cercle, avec des bougies blanches flottant devant chacune d'elles, Grace leva son verre et dit :

— Nous t'aimons, Carly. Bienvenue dans notre coven rempli d'amour et d'amitié. Tu es l'une de nous. Pour toujours et à jamais.

— Pour toujours et à jamais, répétèrent-elles en chœur.

La magie tourbillonna autour d'elles, et Carly sentit enfin toutes ses angoisses relationnelles et ses hésitations s'évanouir. Elle avait son propre cercle d'amies désormais, et quoi qu'il advienne, elles seraient là les unes pour les autres jusqu'à la fin.

CHAPITRE VINGT-HUIT

Marion Matched entra dans un bâtiment abandonné de la rue Principale et comprit tout de suite qu'il deviendrait sa nouvelle maison. Enfin, non, peut-être pas la maison, mais au moins son siège social. Elle avait le sentiment que cet endroit l'appelait et s'infiltrait dans ses os.

Elle pouvait déjà lire l'enseigne sur la façade : « Mlle Matched, agence de rencontre pour personnes matures ».

Le temps où elle ne travaillait qu'avec des riches exigeant sans cesse des modèles plus jeunes de leurs anciennes femmes était révolu. Cette fois-ci, elle ne comptait travailler qu'avec des femmes matures, accomplies, qui cherchaient de véritables partenaires, et non des jeunes femmes en quête d'un vieux plein aux as.

Elle soupira en pensant à tous les clients qu'elle laissait derrière elle à Los Angeles. Tous n'étaient pas de mauvais bougres, et elle avait fait un super travail pour créer plusieurs couples. Elle avait même assisté à une dizaine de mariages d'anciens clients lors de l'année écoulée.

Son seul souci, c'était que sa clientèle était de plus en plus cliché. Des hommes riches, des femmes jeunes, tous s'engageant pour de mauvaises raisons. Elle ne voulait plus de ce genre de couples. Elle voulait de la magie. Des gens trouvant leur moitié tard dans la vie et obtenant enfin ce qui leur avait toujours manqué... à savoir un véritable partenaire, la personne les complétant. C'était pour eux qu'elle œuvrerait désormais.

— Je crois que cette propriété est vendue trop cher, commenta Grace Valentine derrière elle. Je pense que vous devriez y aller au culot et proposer vingt-cinq pour cent de moins au vendeur. Au bas mot.

— Je suis d'accord, approuva Iris Hartsen. Elle est sur le marché depuis une éternité et il va falloir beaucoup de travaux pour en faire quelque chose d'exploitable.

Grace était l'agent immobilier que son amie Carly Preston lui avait recommandée, et Iris était une consultante qui se chargerait de toute la paperasse légale.

Marion se tourna vers elles.

— D'ici combien de temps pouvons-nous conclure la vente ?

— Je peux rédiger l'offre aujourd'hui, répondit Grace en consultant sa montre. J'ai déjà dit à l'agent immobilier que nous sommes sérieuses, alors il attend sans doute de mes nouvelles.

— Iris ? Quand pourrai-je ouvrir ?

L'intéressée eut l'air prise de court.

— Eh bien, je présume que vous voulez acquérir le bâtiment avant de faire de la publicité. Au niveau de la banque, tout est bon. Il faudra changer l'adresse, mais ce n'est pas grand-chose à faire. Le plus gros problème va être la licence d'exploitation. Nous ne pouvons pas faire de demande tant que nous n'avons pas d'adresse. Cela pourrait prendre du temps, mais je peux essayer de la faire passer plus vite.

— Excellent. Faites ce que vous pouvez. Je voudrais ouvrir le plus tôt possible.

— Hum. D'accord, répondit Iris en griffonnant un tas de notes dans son carnet.

Marion discuta avec Grace de l'offre qu'elle voulait faire, puis laissa les deux femmes à leur travail et se balada au centre-ville de Prémonition. Elle pouvait sentir la magie dans l'air, ancienne, majestueuse, qui emplissait son âme.

Cette âme bien trop malmenée et jamais tout à fait remise.

Elle secoua la tête. Voilà pourquoi elle était devenue marieuse. Elle possédait le don de repérer deux personnes faites l'une pour l'autre. C'était comme un sixième sens. Elle savait, tout simplement. Tout comme elle savait que Prémonition était destinée à devenir sa nouvelle maison.

Peut-être trouverait-elle la paix dans cette petite ville en bord d'océan. Parce que seules les déesses savaient qu'elle le méritait bien après l'année qu'elle venait de vivre. Plus d'enquêtes. Plus de Brigade d'Intervention Magique. Et, par pitié, sur la tête de tout ce qu'elle avait de sacré, plus de rencards.

— Marion ?

Elle pivota vivement sur elle-même en entendant son nom et observa, les yeux écarquillés, l'homme séduisant aux cheveux sombres qui lui faisait face. Elle cilla, certaine d'avoir une hallucination. Il ne s'agissait bien sûr pas de Jax Williams, son coup de cœur de lycée, qu'elle n'avait pas vu depuis vingt-cinq ans au moins.

— C'est bien toi ! s'écria-t-il, un grand sourire aux lèvres.

Elle jeta d'instinct un coup d'œil à l'annulaire de Jax et faillit flancher en ne découvrant aucune bague.

— Euh, oui, c'est moi, répondit-elle enfin en tendant la main.

Il lui adressa un regard étrange, ignora son geste et la serra dans ses bras.

— La vache, que c'est bon de te voir !

Elle s'accrocha à lui un instant et dit, la gorge nouée :

— Je suis contente de te revoir, moi aussi.

Lorsqu'il la lâcha, elle lissa sa robe et se racla la gorge.

— Alors, qu'est-ce qui t'amène à Prémonition ? Tu es en vacances ?

Il pouffa.

— Non, j'habite ici. À peu près depuis mon divorce il y a cinq ans. Et toi ?

Elle jeta un coup d'œil derrière elle vers ses futurs bureaux et ravala son soupir.

— Je viens d'emménager. Je vais monter une société.

Il haussa les sourcils.

— Dans quel domaine ?

Merde. Il était obligé de poser la question ?

— Une agence matrimoniale. Tu es sur le marché ? Tu pourrais être mon premier client.

Il la détailla du regard, de ce même regard qui l'avait fait tomber sous son charme la première fois.

— Je ne suis pas certain. Et si je t'invitais à sortir pour te faire part de ma décision ?

Elle pouffa, incapable de s'en empêcher.

— Pas mal, comme phrase de drague. Je vois que tu n'as rien perdu de ton charme.

Il lui fit un clin d'œil.

— Ce n'est pas la seule chose que je n'ai pas perdue.

Il sortit une carte de visite de sa poche arrière.

— Quand tu seras prête pour ce dîner, fais-moi signe.

Debout dans la rue, pétrifiée, elle le regarda s'en aller. Quelles étaient les chances qu'il puisse être à Prémonition, bon sang ? Le monde lui jouait vraiment un sale tour.

Parce que Marion avait renoncé aux rencards. Elle froissa la carte, prête à la jeter à la poubelle. Cependant, elle la fourra finalement dans sa poche, se disant qu'elle s'en débarrasserait plus tard.

Elle pensait toujours à la fossette sexy en diable de Jax quand elle entra dans le café et entendit un cri à glacer le sang.

Elle se figea et regarda autour d'elle pour trouver qui était blessé. Comme aucun autre client ou employé n'avait l'air de réagir, un poids de plomb se posa sur son ventre.

Pas encore. Pas ici. Pas à Prémonition.

Elle ferma les yeux, essayant de repousser tout ça, mais quand elle les rouvrit, le fantôme se tenait devant elle et soufflait « Aidez-moi ».

À PROPOS DE L'AUTEURE

Deanna Chase, auteure de best-sellers aux classements du New York Times et de USA Today, a grandi en Californie, avant de s'installer dans le sud-est de la Louisiane, au rythme de vie plus tranquille. Quand elle n'écrit pas, elle passe du bon temps à La Nouvelle-Orléans avec son mari ou elle joue avec ses deux chiens shih tzu. Pour plus d'informations et actualités sur ses nouvelles parutions, visitez son site web, deannachase.com.

NOTES

CHAPITRE 10

1. En référence à Mildred Ratched, l'infirmière tyrannique du film *Vol au-dessus d'un nid de coucou.*